ISBN-13: 9798451232132

Cover design by: Art Painter
Library of Congress Control Number: 2018675309
Printed in the United States of America

Für meine Vertraute, Freundin und beste Ratgeberin

Monsunzeit

Roman

Victoria Winkel

1

Leise trommelte der Regen gegen die Fensterscheiben. Patrick Arun lag benommen auf seinem Bett. Er starrte an die Decke und versuchte das Muster zu erkennen, aber vor seinen Augen verschwamm alles. Patrick drehte sich auf die Seite, was er jedoch in der Sekunde auch gleich zu bereuen begann. Ein stechender Schmerz fuhr ihm durch den Kopf. Er ließ sich auf die Kissen sinken und blinzelte zum Fenster. Durch die großen Panoramascheiben des Penthouses konnte er die regennasse Silhouette von London erkennen. Die höheren Gebäude lagen im Nebel, aber unter ihm rollte der Verkehr über die Tower-Bridge. Bis vor wenigen Minuten war er selbst Teil dieses riesigen Ameisenhaufens gewesen, der sich da vor ihm ausbreitete. Was er in der vergangenen Nacht alles angestellt hatte, daran konnte sich Patrick nicht mehr wirklich erinnern. Er und seine Freunde hatten mehrere Nachtclubs besucht. Es floss viel Alkohol und auch Drogen waren im Spiel. Wie fast an jedem Abend, wenn die

Clique unterwegs war.

Meistens erfuhr Patrick aus den Klatschspalten der Yellowpress, was in den langen Partynächten alles passiert war. Patrick Arun – 24, Millionenerbe, Playboy und jeder Zeit für einen Skandal gut. Sein Vater hatte es in der Vergangenheit immer geschafft Patrick aus der Presse herauszuhalten, immerhin besaß er Anteile an einigen der größten Verlage Englands, doch seit dem Tod seiner Eltern, war Patrick praktisch Freiwild für die Paparazzi und Klatschreporter. Alles was die Journalisten in den letzten Jahren verschweigen mussten, holten sie jetzt wieder aus den Archiven hervor. Patrick wusste genau, was sein Vater davon halten würde und wie bekümmert seine Mutter wäre. In solchen Momenten, wenn das schlechte Gewissen ihn zu übermannen drohte, trank er einfach noch mehr oder warf eine weitere Tablette ein. Schon nach wenigen Minuten verschwand der Schmerz und alles war wieder gut.

Langsam graute der Morgen und die Lichter der Stadt unter ihm verschwanden, eins nach dem anderen. Patrick hätte gern noch einige Stunden geschlafen, doch sein Herz pochte als ob es ihm gleich aus dem Brustkorb springen wollte. In ihm tobte ein Sturm, der ihn einfach nicht zur Ruhe kommen lassen wollte. Patrick quälte sich aus dem Bett hoch und schälte sich umständlich aus seinen Klamotten. Sie rochen nach kaltem Rauch, Zigaretten und Joints und auch verschütteter Alkohol war dabei. Er warf die Sachen achtlos auf den Boden. Irgendein Angestellter würde sie schon einsammeln und waschen.

Patrick schaltete die Nachttischlampe an. Kurz wurde der Raum in warmes gelbes Licht getaucht. Er machte die Lampe sofort wieder aus. Das Licht war zu hell, das hielten seine Augen aktuell nicht aus. Im Dunkeln versuchte sich Patrick in seinem Schlafzimmer zu orientieren. Eigentlich kannte er jedes Möbelstück, doch im Moment wirkte alles fremd. Nach wenigen Schritten stieß er gegen einen Hocker.

„Au, verdammt. Wo kommt der denn her?“ murmelte Patrick. Er tastete weiter. Irgendwo hier musste noch eine Kommode kommen. Er fuhr mit seiner Hand über das lackierte Holz. Direkt hinter dem Schränkchen war die Badtür.

Patrick streckte die Arme aus. War die Tür geschlossen oder offen. Mit etwas Glück kam er unfallfrei ins Bad, wenn er Pech hatte, holte er sich eine dicke Beule. Diesmal war Fortuna auf seiner Seite. Die Tür war nur angelehnt und mit einem leichten Stoß war der Weg ins Bad für ihn frei. Doch dann riss die Glückssträhne: Der Bewegungssensor erkannte Patrick sofort und augenblicklich flackerten die Lampen an der Decke und am Spiegel auf.

„Ahhh, das kann doch nicht wahr sein." Patrick hielt sich die Hände vor die Augen, um sie vor der Helligkeit zu schützen. Vorsichtig blinzelte er durch seine Finger hindurch, bis er das Licht halbwegs ertragen konnte. Sein Blick glitt am Spiegel vorbei. Die Person, die Patrick dort sah, kannte er nicht. Sie hatte entfernte Ähnlichkeit mit ihm, aber nicht mehr als ein Cousin dritten Grades. Die Haut war fahl, die Haare hingen strähnig ins Gesicht und die Augen sahen müde aus. Die mörderisch dunklen Augenringe versuchte er krampfhaft zu übersehen.

„Erstmal ne kalte Dusche, dann wird es schon gehen", murmelte er und drehte das Wasser auf.

Nach etwa zwanzig Minuten kam Patrick wieder aus dem Bad heraus. Er hatte sich ein Handtuch um die Hüfte gewickelt. Wirklich besser fühlte er sich nicht, doch zumindest roch er nicht mehr nach Rauch, Alkohol und Schweiß. Er ließ sich aufs Bett fallen. Vielleicht klappte es mit dem Schlafen noch, wenigstens für ein, zwei Stündchen. Er drehte sich auf die Seite und schloss die Augen. Die Gesichter seiner Eltern tauchten vor ihm auf.

Rangar und Katja Arun stammten beide aus bettelarmen Familien. Mit Arbeit, Fleiß und vielen Jahren voller Entbehrungen hatte Rangar es geschafft ein Immobilienimperium aufzubauen. Er kaufte alte baufällige Häuser billig auf und mit Hilfe seines Schwiegervaters Ivan, einem russischen Einwanderer, renovierte er sie. Die ganze russische Verwandtschaft, die nach und nach nach England kam, war in das Unternehmen einbezogen. Dank der familiären Unterstützung konnten die Aruns mit der Zeit ein kleines Vermögen anhäufen, bis die Reichen und Schönen der Stadt beschlossen, das Viertel, indem Rangar und Ivan hauptsächlich tätig waren, zum neuen In-Wohnort zu ernennen. Die Immobilienpreise schossen ins Bodenlose. Rangar, der gerade einige Häuser sanierte und schon die Kaufverträge für die nächsten Grundstücke und Gebäude unterschrieben hatte, konnte sich gar nicht mehr vor Anfragen retten. Innerhalb eines Jahres war die Familie alle Geldsorgen los und konnte in eine schicke Gegend ziehen. Patrick besuchte Privatschulen und bekam sogar ein Stipendium für die Uni. Katja und Rangar waren so stolz auf ihren Jungen. Ihm stand die ganze Welt offen und es kümmerte keinen, welche Hautfarbe er hatte oder welche Vergangenheit seine Eltern. Patrick lebte im hier und jetzt und genoss das in vollen Zügen.

Die Gesichter verschwammen wieder vor seinem inneren Auge und der Tag, der sein ganzes Leben veränderte, kam ihm wieder in den Sinn. Es war ein grauer Märzmorgen. Die Aruns hatten ein Angebot für ihr Landhaus in Surrey bekommen und wollten sich dort mit einem potentiellen Käufer treffen. Patrick kam gerade erst nach Hause und wollte ins Bett gehen, als sie aufbrachen.

Sein Vater sah ihn vorwurfsvoll an, sagte aber kein Wort. Seine Mutter murmelte so etwas wie: „Muss denn das sein?“. Er ignorierte die Beiden und ging einfach ohne ein Wort zu sagen in sein Zimmer. Er schmiss sich aufs Bett und schlief sofort ein.

Es war das letzte Mal, dass Patrick seine Eltern sah. Irgendwann am Nachmittag hämmerte jemand an die Tür. John, der Butler stand mit einem Polizisten im Flur. Patrick bekam den Schreck seines Lebens. Er dachte, jetzt wäre er wegen der ganzen Drogen dran, die er auf den Partys kaufte. Doch es kam anders.

Der junge Sergeant, der ihn mit kummervoller Miene anblickte, stammelte etwas von einem Unfall und seinen Eltern. Die letzten Worte, die er vernahm waren:

„Es tut mir sehr leid, mein Beileid.“

Patrick verstand nicht, was da gerade los war. Es dauerte Stunden, nein, eher Tage, bis er wirklich begriff, was passiert war. Seine Eltern waren mit dem Auto verunglückt. Dichter Nebel hatte an dem Morgen über dem Land gelegen. Die Sichtweite außerhalb der Stadt war gleich null. Auf der engen Landstraße, auf der sie unterwegs waren, war Überholen eigentlich verboten, doch plötzlich kam ihnen ein Auto auf der falschen Spur entgegen. Es überholte mehrere Laster, die in Kolonne in Richtung London fuhren. Rangar bremste und auch der andere Wagen versuchte auszuweichen, doch dabei kollidierte er mit einem der Laster. Der SUV wurde zurückgeschleudert. Er drehte sich auf der Straße und stieß mit voller Wucht gegen den Mercedes der Aruns. Die Limousine wurde von der Straße gedrängt, raste einen Abhang hinab, überschlug sich und blieb erst viele Meter entfernt auf einem Feld liegen. Der Wagen war in Brand geraten und für Patricks Eltern gab es keine Chance aus dem Wrack zu kommen. Für sie kam jede Hilfe zu spät. Als die Rettungskräfte eintrafen, waren die beiden schon tot.

Patrick öffnete die Augen. Er konnte die Erinnerung nicht ertragen. Sein Blick wanderte wieder über die Skyline von London. Der Regen hatte sich verzogen und die Sonne ging auf und tauchte die Stadt in ein goldenes Licht. Die Regentropfen an den Fenstern trockneten langsam ab. Es versprach ein schöner Tag zu werden. Patrick drehte sich auf den Rücken und starrte an die Decke. Jetzt könnte er eine Line Koks vertragen, das machte das Leben erträglicher. Doch da er aktuell keine Drogen zur Hand hatte, musste eine Tasse Kaffee reichen.

„Pete anrufen, das muss ganz nach oben auf meine heutige to-do-Liste", murmelte er. Pete hatte seine „Basis" in Soho und die ganze Clique kaufte bei ihm. Was er nicht vorrätig hatte, konnte er binnen weniger Stunden versorgen.

Patrick zog sich ein T-Shirt und eine alte Trainingshose an und schlurfte dann die Treppe hinunter in die Küche. Er hatte Glück, die Haushälterin, Doris, war bereits mit der Vorbereitung seines Frühstücks beschäftigt. Wie spät war es eigentlich? In solchen Partynächten verlor Patrick jegliches Gefühl für Raum und Zeit. Er schaute auf sein Handy. Kurz vor halb acht, was nach seinem Zeitgefühl noch mitten in der Nacht war.

„Guten Morgen, Sir. Haben sie gut geschlafen?" fragte Doris, während sie eine Kaffeetasse aus dem Schrank nahm und unter den Kaffeeautomaten stellte. Die Maschine ratterte los und Patrick hätte die Wände hochgehen können. Dieser Lärm war nichts für seinen Kopf. Er quälte sich ein Lächeln ab und zeigte Doris an, dass er Kopfweh hatte. Doris kannte die Symptome bei ihrem jungen Herrn. Sie zog einen Kasten auf und holte eine Packung Schmerztabletten heraus. Sie reichte Patrick die Schachtel und füllte ein Glas mit

Wasser. Inzwischen war auch der Kaffee fertig. Patrick nahm zwei Tabletten, stürzte das Wasser herunter und trank danach den Kaffee auf Ex aus. Ihm brannte die Kehle, aber er spürte den Schmerz fast nicht. Patrick reichte Doris die Tasse und zeigte an, dass er noch einen wollte.

„Ich mache ihnen auch gleich Toast fertig. Möchten sie Rühreier dazu?"

„Nur Toast, bitte. Das reicht." Er wankte aus der Küche und ging ins Wohnzimmer. Erschöpft ließ sich Patrick auf das große Ecksofa fallen. Die Tabletten betäubten ihn langsam. Doris brachte ein Tablett mit seinem Frühstück ins Zimmer. Patrick nahm sich eine der Toastscheiben biss zweimal davon ab, ohne sie vorher mit Butter zu beschmieren. Dann trank er die zweite Tasse Kaffee. Kaum hatte er den letzten Schluck getrunken, da überkam ihn das Gefühl, dass ihm schlecht würde. Er sank in die Kissen und versucht gleichmäßig zu atmen. Es dauerte nicht lange, dann verfiel er in einen Dämmerschlaf.

Doris war wieder in die Küche gegangen. Da Master Patrick kein richtiges Frühstück wollte, war sie schnell mit ihrer morgendlichen Arbeit fertig. Sie schaute auf die Küchenuhr. Noch nicht einmal acht Uhr. Es war noch eine gute Stunde Zeit, bis die Anwälte der Familie, Vater und Sohn Pembrock mit dem Testamentsvollstrecker Stanley Ward im Penthouse sein wollte.

Ein halbes Jahr, nachdem das Ehepaar verunglückt war, sollte nun endlich das Testament eröffnet werden. Die polizeilichen Ermittlungen zur Schuldfrage hatten sich so lange hingezogen, so dass die Anwälte noch abwarten wollten. Außerdem lief noch ein Schadensersatzprozess.

„Hoffentlich wird sich Master Patrick dann endlich fangen und normal trauern können", schoss es Doris durch den Kopf. Er glaubte vielleicht sie würde das nicht mitbekommen, aber Doris hatte schon bemerkt, wie er jeden Abend aus der Wohnung verschwand und erst gegen Morgen zurückkam. Heute war es nach fünf Uhr gewesen und so wie er aussah, hatte er seitdem kein Auge zubekommen. Doris hatte zwei Platten mit Sandwiches und Gebäck fertig gemacht und brachte diese ins Arbeitszimmer von ihrem verstorbenen Chef. Sie stellte die Platten auf einen kleinen Beistelltisch und sah sich dann im Zimmer um. Es war eigentlich alles vorbereitet. John hatte die Heizung aufgedreht. Für Mitte September war es schon ungewöhnlich kalt und da der Raum nicht mehr genutzt wurde, hatte das Thermometer zuletzt nur noch 15 Grad anzeigt. Doris schob noch die Stühle zurecht, als John durch die geöffnete Tür blickte.

„Er schläft, auf dem Sofa."

„Er sah auch furchtbar aus, so als hätte er tagelang kein Auge zu bekommen."

„In diesem Zustand kann er doch der Testamentseröffnung gar nicht folgen, wenn wir ihn bis dahin überhaupt wach bekommen."

„Geben wir ihm noch eine halbe Stunde, dann mach ich einen doppelten Espresso und sie versuchen ihr bestes um ihn zu wecken."

„Typisch, die unmöglichen Aufgaben bleiben wieder bei mir hängen", John verzog sein Gesicht.

„Dafür bekommen sie auch mehr Gehalt als ich. Vergessen sie nicht, Master Patrick einen passenden Anzug herauszusuchen. Sonst trifft er die Anwälte in T-Shirt und Jogginghose."

Das schrille Klingeln der Türglocke schreckte Patrick aus seinem Dämmerschlaf. Er lag quer auf seinem Bett, nur notdürftig mit der Tagesdecke zugedeckt.

„Was zur Hölle..." murmelte er. Er sah an sich herunter und musste feststellen, dass er plötzlich einen Anzug trug. „Wo kommt der denn her und wieso bin ich im Schlafzimmer?" fragte er sich. Das letzte, an das er sich erinnern konnte, war, dass er in der Küche einen Kaffee getrunken hatte und dann auf dem Sofa saß.

Ein leises Klopfen an der Tür holte Patrick aus seiner Gedankenwelt zurück.

„Sir?", John schaute in das Zimmer. „Die Anwälte wären jetzt da."

„Welche Anwälte?"

„Die Pembrocks mit einem Stanley Ward, dem Testamentsvollstrecker. Heute soll doch das Testament ihrer Eltern verlesen werden."

„Ach ja." Patricks Erinnerung kehrte langsam zurück. Heute war der Tag, vor dem er sich seit Wochen gefürchtet hatte. Es machte die ganze Sache endgültig. Sie würden wirklich nicht zurückkommen.

„Die Herrschaften warten im Arbeitszimmer auf sie, Sir."

John wandte sich um und verließ diskret das Schlafzimmer. Patrick quälte sich zum zweiten Mal an diesem Tag aus seinem Bett hoch und ging ins Bad. Die Stunde Schlaf hatte nicht wirklich geholfen. Er fühlte sich, als hätte ihn ein Güterzug gerammt. So sah er auch in etwa aus, wie er im Bad feststellen musste. Er ließ kaltes Wasser über seine Hände laufen und spritzte es sich dann ins Gesicht. Auch wenn er nicht wirklich ausgeruhter war, glaubte er sich aber besser zu fühlen.

Langsam lief Patrick in die untere Etage zum Arbeitszimmer. Immer wieder musste er sich an der Wand abstützen, um nicht die geschwungene Treppe hinunter zu stürzen.

Im Zimmer saßen drei Herren, einer älter als der andere, in steifen Anzügen mit gestärkten Hemden. Die Männer wirkten wie eine Schwarz-Weiß-Fotografie. Sie unterhielten sich leise, während sie die belegten Brote von Doris aßen. Als Patrick den Essengeruch wahrnahm, wurde ihm wieder schlecht. Am liebsten wäre er umgekehrt und zurück ins Schlafzimmer gegangen.

Doch die Anwälte hatten Patrick bereits bemerkt und waren augenblicklich verstimmt. Sie musterten den jungen Mann mit einer Mischung aus Mitleid und Abscheu. Mister Pembrock, der Ältere, kannte Patrick, seit er ein Kind war. Mister Pembrock, der Jüngere, hatte ihn nur bei der Beerdigung der Eltern kurz gesehen. Der dritte Mann war der Testamentsvollstrecker, Stanley Ward. Er war ebenfalls Anwalt in der Kanzlei von Pembrock, Pembrock und Söhne. Aber er hatte bislang nichts mit der Familie Arun zu tun gehabt und kannte Patrick nicht.

Als Ward Patrick nun erblickte, hatte der junge Mann sofort das Mitgefühl des Anwalts. Die letzten Monate mussten sehr schwer für ihn gewesen sein. Jahrelang ein sorgloses Leben zu führen, um dann von einem Tag auf den anderen alles zu verlieren. Kein Wunder, dass er so fertig aussah.

Pembrock Senior hatte da weniger Mitleid. Er

ahnte, was an dem schlechten Aussehen von Patrick Arun schuld war. Er kannte die Presseberichte über die Ausschweifungen der Society. Ja, er hatte sogar alles gesammelt, wo Patrick Aruns Name vorkam oder er auf einem Foto zu erkennen war. Sein Sohn, Pembrock Junior überlegte bereits, welche Entzugskliniken er kannte.

„Meine Herren, wie ich sehe, haben sie es sich schon bequem gemacht", presste Patrick zwischen seinen fast geschlossenen Lippen hervor. Er konnte sie alle nicht ausstehen. Den alten Pembrock noch nie und die anderen konnten nicht viel besser sein. Außerdem kämpfte er mit der aufkommenden Übelkeit. Er hatte das Gefühl sich übergeben zu müssen.

Patrick lief langsam und bedächtig zum Schreibtisch seines Vaters. Er versuchte dabei so selbstsicher wie möglich zu wirken. Die Anwälte sollten nicht mitbekommen, wie schlecht es ihm ging. Seiner Einschätzung nach, machte er die Sache auch ganz gut. Kaum das er den großen Ledersessel seines Vaters erreicht hatte, ließ er sich in die Polster fallen. Das war geschafft. Nun noch zehn Minuten so tun, als wäre alles normal, dann konnte er wieder ins Bett.

Zum Glück hatte Doris die Vorhänge fast komplett geschlossen gelassen, so dass kaum Tageslicht in den Raum fiel. Nur in einer Ecke war eine Stehleuchte an, die das Arbeitszimmer in ein dämmriges Licht hüllte. Das machte es ihm einfacher. Trotzdem war Patricks Schmerzgrenze inzwischen fast erreicht. Seine Schläfen pochten bereits und er glaubte sein Kopf würde ihm gleich zerspringen.

Auf alle Förmlichkeiten verzichtend, sagte er: „Können wir uns vielleicht beeilen, ich habe noch einige Termine heute." Der Satz kam schroffer raus, als beabsichtigt war, doch er zeigte Wirkung.

„Natürlich Herr Arun. Ich würde dann auch direkt das Wort an Mister Ward übergeben. Er hat schon alles vorbereitet", erwiderte Pembrock Senior in salbungsvollem Ton.

Ward räusperte sich, während er die Papiere vor sich ausbreitete. Er kannte das Testament, ebenso wie die Pembrocks und nun, da er Patrick Arun gesehen hatte, fürchtete er sich fast es zu verlesen. Er nahm das erste Blatt und las mit leiser Stimme vor:

„April 2010, Testament. Ich, Rangar Arun, im Vollbesitz meiner geistigen Kräfte bestimme meinen Sohn, Patrick Arun zum Alleinerben. Die Firma soll zukünftig in der Verwaltung vom Pembrock, Pembrock und Söhne geführt werden. Die Erträge gehen an meinen Sohn. Sollte er sich entscheiden sein Studium fortzuführen und einen entsprechenden Abschluss ma-

chen, besteht die Möglichkeit, dass, nach eingehender Prüfung, er die Leitung der Firma übernimmt."

Ward legte das Blatt weg und machte eine kurze Pause. Er atmete tief durch. Jetzt würde der schwerste Teil kommen. Aber Patrick, der die Pause anders deutete, fiel ihm ins Wort:

„Sehr schön, dann ist ja alles gesagt. Ich habe nichts dagegen, wenn sie sich um die Firma kümmern. Hauptsache die monatlichen Schecks kommen pünktlich an. Wenn sie mich nun entschuldigen würden. John bringt sie dann zur Tür."

Patrick stand auf und wollte so schnell wie möglich aus dem Zimmer raus. Die vielen Menschen und die Atmosphäre drohten ihn zu ersticken. Er brauchte Luft. Doch der jüngere Pembrock fasste ihn am Arm, als Patrick an ihm vorbeilief und hielt ihn zurück. Patrick drehte sich um und funkelte den Mann böse an.

„Nicht so schnell, Herr Arun. Ward war noch nicht fertig", sagte er mit scharfen Stimme, die Glas hätte zum Zerspringen bringen können. Er schien die ganze Szenerie sichtlich zu genießen.

Patrick starrte den Mann an. Was sollte das? Es war doch alles gesagt. Mühevoll ging er zum Schreibtisch zurück und ließ sich wieder in den Sessel fallen. Übelkeit und Kopfschmerzen waren blanker Wut gewichen. In ebenso bissigem Ton, wie der von Pembrock junior, sagte Patrick:

„Nun, was gibt es denn noch?"

Ward räusperte sich noch einmal, bevor er zu einem anderen Blatt Papier griff. Ihm zitterten die Hände und die Stimme war noch leiser geworden:

„Wir haben hier noch einen Zusatz, den ihr Vater einen Monat vor seinem Tod aufgesetzt hat als Ergänzung zu seinem bisherigen Testament aufgesetzt hat."

„Ein Zusatz, was soll das sein? Hab ich noch Geschwister, von denen ich nichts weiß, die etwas von dem Geld abbekommen sollen?"

„Nein, Sir. Ihre Tante."

„Wie bitte? Meine Tante? Welche Tante? Die sind alle tot", in Patrick stieg Panik auf. Was wurde hier gespielt? Seine Mutter hatte zwei Schwestern gehabt, die beide älter waren und in den vergangenen Jahren an verschiedenen Krankheiten verstorben waren.

„Nun ja, Sir. Die Schwester ihres Vaters, die noch in Indien lebt", stammelte Ward.

„Die kenne ich nicht einmal", platzte es aus Patrick heraus. Er konnte sich erinnern, dass sein Vater irgend wann einmal von einer Schwester erzählt hatte. Aber sie hatte nie eine Rolle im Leben der Familie gespielt. Patrick glaubte sich vage zu erinnern, dass sie einmal in London war. Aber das war sicher 15 Jahre her. Er war damals noch ein Kind und auf dem Internat. Diese Frau war ihm nie begegnet.

„Sie sollten sich vielleicht erst einmal anhören, was Mister Ward noch zu verlesen hat“, meldete sich Pembrock Senior zu Wort. Trotz der schlechten Beleuchtung in dem Arbeitszimmer, konnte Patrick das breite Grinsen des Anwalts erkennen.

Patrick gab ein Handzeichen, dass der Testamentsvollstrecker endlich beginnen sollte. Ward rückte sich seine Brille zurecht und las vor:

„Nachtrag zu meinem Testament vom April 2010. 20. Februar 2018: Mein lieber Patrick. Da ich deine Entwicklung mit großer Sorge sehe, haben deine Mutter und ich uns zu einem drastischen Schritt entschlossen: Mein gesamtes Vermögen sowie die Erträge aus der Firma und den Immobilien gehen an meine Schwester Ashwara Sharma in Jaipur.“

2

Ein betretenes Schweigen hatte sich über das Arbeitszimmer gelegt. Ward verkroch sich in seinen Papieren und die beiden Pembrocks starrten Patrick an.In ihrem Blick lag eine Mischung aus Sorge und Genugtuung. Doch Patrick saß nur regungslos im Stuhl seines Vaters. Er war wie erstarrt. Anhand seiner Miene konnte man beim besten Willen nicht ablesen, was in dem Moment in seinem Kopf vorging. Patrick selbst fühlte sich wie gelähmt, als hätte ihn jemand in ein schwarzes Loch geschubst und nun flog er durch die Dunkelheit. Alles war leer um ihn herum. Was sollte er nun tun? Er spürte wie die Blicke der anderen ihn durchbohrten und auf eine Reaktion warteten. Die drei Anwälte rechneten mit dem Schlimmsten. Doch Patrick entschied sich einfach nur ruhig aufzustehen. Dabei sagte er so gefasst wie möglich:

„Ich glaube sie sollten jetzt alle gehen.“ Dann

verließ er den Raum ohne die Männer noch einmal eines Blickes zu würdigen.

So schnell er konnte, lief Patrick zu der großen geschwungenen Treppe und verschwand in Richtung obere Etage. Hinter sich hatte er eine Tür gehört. Das waren entweder die Anwälte oder einer der Angestellten. Im Moment wollte er keinen von denen sehen. Er merkte wie ihm die Tränen in die Augen stiegen und er kämpfte damit halbwegs die Fassung zu bewahren. Am oberen Treppenabsatz blieb er stehen und ließ sich auf die oberste Stufe sinken. Von hier aus konnte Patrick die Wohnungstür beobachten, blieb aber selber unentdeckt. Diesen Platz hatte er schon als Kind geliebt. Wenn seine Eltern Besuch erwarteten, beobachtete er von hier aus das Kommen und Gehen der Gäste. Seine Nanny ließ ihn immer gewähren, auch wenn sie ihn jedesmal ermahnte, in seinem Zimmer zu bleiben. Dort wollte er sich auch jetzt am liebsten verkriechen. Aber wie bei einem Unfall, bei dem man nicht wegschauen konnte, blieb Patrick auf der Treppe sitzen. Er wollte die Anwälte gehen sehen, in der Hoffnung, dass dann auch alle seine Probleme verschwinden würden und er wieder frei atmen könnte.

Patrick verkroch sich in die hinterste Ecke und lehnte sich an die Wand. Er starrte nach unten und wartete. Es dauerte nicht lange, bis John und die

Anwälte auftauchten. Der Butler reichte den Männern ihre Mäntel, Hüte und Schirme und öffnete die Tür. Während sich Ward und die Pembrocks noch anzogen, fragte einer von ihnen:

„Wie wird es nun weitergehen?“ Es war Stanley Ward, der tiefstes Mitleid für Patrick empfand. Der kleine Mann mit den grauen Haaren und der dicken Brille hatte etwas großväterliches an sich und wenn er gekonnt hätte, hätte er Patrick einfach in die Arme genommen und ihn getröstet.

„Ein Schreiben an Frau Sharma ist bereits unterwegs. Sie wird in den nächsten Tagen von der Erbschaft erfahren. Wir kümmern uns dann um die Bürokratie“, sagte der alte Pembrock ungerührt. Er wusste worauf sein Kollege hinauswollte, aber er ignorierte es.

„Nun, ich meinte eigentlich, wie es mit Herrn Arun weitergeht“, bohrte Ward nach.

Pembrock Junior lachte kurz scharf auf. „Ein bisschen Realität wird ihm guttun. Er kann nicht so blauäugig gewesen sein, zu glauben, dass sich sein Vater diesen Lebensstil ewig mit ansieht. Er wird sich jetzt einen Job suchen und vielleicht mal ein Leben wie jeder andere leben. Ohne goldenen Löffel im Mund und die Nase voller Koks.“

„Timothy, beherrsche dich. Die Aruns waren jahrelang gute Kunden und es hat Rangar Arun sicher das Herz gebrochen, seinen Sohn so zu sehen.“

Mit diesen Worten verschwanden die Männer aus der Tür und setzten ihre Unterhaltung im Treppenhaus fort. Patrick konnte die Stimmen noch hören, verstand aber nicht, was sie sagten. Am liebsten wäre er ihnen hinterher gerannt und hätte sie angeschrien. Aber dafür fehlte ihm im Moment der Mut. Er starrte nach unten ins Leere, ohne zu bemerken, wie John die Treppe herauf kam.

„Kann ich ihnen etwas bringen, Sir?"

Der Butler, der schon fast zwanzig Jahre im Dienst der Familie stand, schaute ebenso betroffen wie der Anwalt Ward. Das Personal wusste immer alles. Mit diesem Phänomen war Patrick aufgewachsen.

„Danke John, aber sie haben ja gehört, ich muss jetzt ein Leben leben, wie jeder andere und ich befürchte, dass ich sie, Doris und die anderen nicht länger bezahlen kann. Dafür ist jetzt meine Tante zuständig."

„Sir, sie brauchen sich keine Sorgen um uns zu machen. Konzentrieren sie sich ganz auf sich selbst. Das ist jetzt das Wichtigste."

„Habe ich das nicht schon mein ganzes Leben getan. Meine Selbstsucht und Dummheit hat mich doch erst in diesen Schlamassel gebracht."

Patrick wandte sich ab, stand schwerfällig auf und ging zu seinem Zimmer. Er blieb vor den großen

Panoramafenstern stehen und blickte hinunter auf die Straßen von London. Er hatte immer das Gefühl gehabt, von diesem Platz aus würde ihm die Welt zu Füßen liegen und er könnte mit ihr spielen, wie im Puppentheater. Doch jetzt depremierte ihn dieser Ausblick. Was sollte er tun? Er würde ausziehen müssen. Vielleicht konnte er einiges von den Möbeln oder vom Schmuck zu Geld machen und so die erste Zeit überbrücken. Nein, das ging nicht. Das gehörte ja auch alles seiner Tante. Eigentlich besaß er nur noch seine Klamotten. Einen ganz Schrank voller Maßanzüge, Designerjeans, Hemden und Poloshirts. Alles vollkommen sinnlos und nicht mehr zu gebrauchen.

Patrick merkte, wie seine Hände zu zittern begannen. Sein Blick vernebelte sich leicht und sein Verlangen nach einem neuen Schub Drogen wurde immer größer. „Eine Nase voll Koks…“, murmelte er. Nein, das war keine Lösung. Vielleicht wäre es überhaupt das Beste, das ganze jetzt zu beenden. Ein Fenster zu öffnen und den direkten Weg nach unten zu wählen.

Das Klingeln seines Handys riss ihn aus seinen Gedanken. Er schaute auf das Display. Es war Charly St. Claire, sein bester Kumpel. Die beiden waren seit dem ersten Tag im Internat beste Freunde, hatten gute und schlechte Zeiten erlebt und viele Abstürze.

In der letzten Nacht waren sie auch zusammen unterwegs, doch irgendwann trennten sich ihre Wege. Charly war mit irgendeinem Mädchen davongezogen und Patrick in den nächsten Club gegangen.

„Puh Alter, warum gehst du denn nicht ran“, blaffte Charly, als Patrick das Gespräch angenommen hatte.

„Was, wieso?“

„Ich hab schon dreimal angerufen. Man, das war vielleicht eine Nacht. Die Kleine, also ich kann dir sagen ... du hättest mit uns mitkommen sollen. Sie wohnt mit ihrer Freundin zusammen, wenn du verstehst, was ich meine. Aber wir können das heute wiederholen. Ich hab schon alles organisiert.“

Patrick atmete tief ein. Wie gerne hätte er zugesagt. Gegen eine letzte Party war eigentlich nichts einzuwenden, aber dann würde Charly einen Tag später wieder ankommen und den Tag darauf auch. Es war besser das Pflaster schnell abzuziehen.

„Daraus wird nichts Charly.“

„Hast du schon was vor? Davon hast du gestern nichts gesagt.“

„Nein, ich hab nichts vor. Nie mehr.“

„Nie mehr? Musst du in den Knast, oder was ist los?“

„Charly, ich hab richtig Scheiße gebaut. Mein Vater hat mich enterbt...“ bei diesen Worten stockte

Patrick die Stimme. Es selber auszusprechen war noch schwerer als es nur zu hören. Plötzlich war es real. Der Schleier, der Patrick den ganzen Tag umgeben hatte, war weg.

„Waaaaaaaaaas“, Charlys schriller Schrei ließ Patrick fast das Trommelfell platzen.

Emotionslos erklärte Patrick: „Er hat sein Testament geändert, kurz vor dem Unfall.“

Auf einmal sah Patrick es klar vor sich. Es war im Februar, eine eiskalte Nacht. Charly, einige andere Kumpels und er waren wie so oft um die Häuser gezogen. Doch an dem Abend gab es eine Razzia. Die Polizei nahm sie alle hoch und sein Vater musste ihn vom Revier abholen. Am Ende löste sich alles in Wohlgefallen auf. Die Beamten waren nicht hinter Drogen her, sondern hinter Prostituierten. Die Mädels zogen sich schick an und gingen in die In-Clubs, um neue Kundschaft zu erschließen. Der Abend war noch nicht weit genug vorangeschritten, so dass sie ihre Identität nicht offenbart hatten. Selbst wenn, es hätte die Männer nicht gestört. Sie wären wahrscheinlich sogar auf das Angebot eingegangen, egal zu welchem Preis.

Patrick und seine Freunde kamen mit einem blauen Auge davon. Aber in dieser Nacht muss seinem Vater klar geworden sein, in welchen Kreisen sich sein Sohn aufhielt.

Charlys Stimme drang zu Patrick durch: „Hey, hör mal Kumpel, so schlimm kann es doch nicht sein.“

„Du kannst mir glauben, das ist es.“

„Nein, nein, nein! Pat so schnell gibst du nicht auf. Das Erbe, das ganze Geld, die Häuser und Autos gehört dir und keinem anderen.“

„Meine Eltern haben das anders gesehen und nun bekommt meine Tante alles.“

„Was soll die denn mit so viel Geld. Komm zum Club, dann bequatschen wir alles. In 30 Minuten, ok?“

„Ich glaube nicht, dass ich da noch Mitglied bin.“

„So schnell schmeißen die dich nicht raus. Also los, mach dich auf den Weg.“ Charly beendete das Gespräch.

Patrick starrte auf das dunkle Display seines I-Phones. Charlys Idee war gar nicht schlecht. Was sollte seine Tante in Indien mit dem ganzen Geld. Vielleicht konnte er das Testament anfechten.

Patrick schmiss das Handy auf das Bett und ging ins Bad. Die Klamotten, die er früh als erstes angezogen hatte, lagen ordentlich gefaltet auf dem Kleiderständer. Er schälte sich aus dem Anzug heraus und schmiss die Sachen achtlos auf den Boden. Dann griff er sich die Jeans und das Shirt.

Sein Blick blieb kurz am Spiegel hängen. Er schaute sich den Mann an, den er dort sah: Die dunklen Haare ordentlich zurückgekämmt, die Haut leicht gebräunt, unter dem Poloshirt zeichneten sich einige Muskeln ab. Inzwischen wirkte er auch nicht mehr so müde und abgekämpft wie am Morgen. Er sah eigentlich aus, wie andere junge Männer in seinem Alter auch.

„Einer von vielen, nichts besonderes mehr", murmelte Patrick und verließ das Bad. Er nahm sich ein Jackett aus dem Schrank.

Der Weg zum Club war nicht sehr weit und da der Regen aufgehört hatte, entschloss sich Patrick zu laufen. Die frische Luft tat ihm gut. Die leichten Kopfschmerzen, die trotz der Tabletten noch im Hinterkopf pochten, ließen langsam nach. Patrick blieb einen Moment vor dem Eingang stehen. Der Portier, der ihm die Tür geöffnet hatte, hatte sich diskret in den Flur zurückgezogen. Er wartete hinter seinem Tresen auf eine Reaktion von Patrick.

Nach wenigen Minuten drehte sich Patrick nach links. Das Appartementhaus, in dem seine Eltern die beiden obersten Etagen gekauft hatten, lag an einer belebten Ecke. Am Ende des Hauses angekommen bog Patrick ab. Nach wenigen Metern überquerte er die Straße. Eine kleine Seitengasse führte direkt zum Club. Er konnte das Haus schon sehen, da aber noch genug Zeit war, bog er zur Trinity Church ab. Diesen Spaziergang hatte sein Vater immer besonders geliebt. „Eine Runde ums Haus gehen“, hatte er das genannt. Dabei lief er nicht nur eine kleine Runde, sondern bis hinunter ans Flussufer. Als Patrick noch kleiner war und seinen Vater begleitete, kaufte er ihm immer an einem der kleinen Ständen, die entlang der Themse standen, ein Eis und dann setzten sie sich auf eine Bank, schauten auf das Wasser und beobachteten die Schiffe.

In diesem Sommer war Patrick kein einziges Mal am Fluss gewesen. „Ob die Eisverkäufer noch da sind?“ überlegte er. Aber eigentlich war es zu kalt dafür und die Zeit würde letztlich auch nicht reichen.

Schnellen Schrittes lief Patrick weiter zum Club. Wie er es vermutet hatte, war Charly noch nicht da. Pünktlichkeit war noch nie St. Claires Stärke gewesen. Patrick suchte sich erstmal an der Bar einen Platz und orderte einen Whiskey. Es war erst kurz vor zehn Uhr und damit eigentlich zu zeitig für die härteren Sachen, aber nachdem was Patrick an diesem Morgen schon alles erlebt hatte, kam es darauf nun auch nicht mehr an.

„Irgendwo auf der Welt ist es bestimmt schon 17 Uhr.“

Eine geschlagene halbe Stunde später tauchte Charly endlich auf. Patrick konnte ihn im Spiegel hinter der Bar beobachten, wie er mit großem Auftritt durch die Tür kam.

Charly St. Claire war schon damals mit elf Jahren, als sie sich kennenlernten, der Liebling aller gewesen. Egal was er anstellte, keiner konnte ihm böse sein. Sobald er sein strahlendes Lächeln anknipste, waren seine Schandtaten vergessen. Er hatte eine Art mit der er alle um den kleinen Finger wickeln konnte. Dabei war das alles nur Schein. Wenn man in Charlys stahlblaue Augen schaute, konnte man sehen, dass er es nicht ernst meinte. Er tat fast alles aus purer Berechnung und seine scheinbar gute Laune, sein Charme und sein sportliches Aussehen halfen ihm dabei. Für Patrick war er trotzdem der beste Freund, der ihm auch in schwierigen Situationen half.

So war es nicht überraschend, dass Patrick noch nicht einmal was sagen musste, da platzte es aus Charly heraus:

„Ich habe schon mit unseren Anwälten gesprochen. Sie meinen die Chancen stehen gut das Testament anzufechten. Wir brauchen eine gute Begründung, aber zumindest könnte damit das ganze Verfahren ausgesetzt werden."

An diese Möglichkeit hatte Patrick auch schon

gedacht, aber ob das wirklich Sinn hatte? „Wie lange würde das dauern?“, fragte er resigniert, „Ach, am Ende hat es doch keinen Erfolg.“

„Vielleicht, vielleicht auch nicht. Aber in der Zeit kommst du noch an das Geld, auch wenn es von euren Anwälten verwaltet wird. Du kannst in deiner Wohnung bleiben und vor allem gewinnst du Zeit.“

„In ein paar Monaten bin ich wieder in der Situation und dann? Außerdem wie ich Pembrock einschätze, wird er mir nur das Allernötigste auszahlen.“

„Kommt Zeit, kommt Rat. Wenn sich das Verfahren dem Ende zuneigt, dann schauen wir weiter.“

„Nein Charly, so wird das nichts.“

„Pfff, eine schlechte Lösung ist besser als gar keine.“

„Naja, mir ist vorhin noch eine andere Idee gekommen, aber da bräuchte ich deine Hilfe.“

„Bin ganz Ohr“, sagte Charly, während er das Whiskyglas ansetzte.

„Wenn ich mich recht erinnere, war meine Tante schon immer sehr sozial engagiert. Vater hat ihr von Zeit zu Zeit mal Spenden überwiesen. Aber das war eher wegen der Steuer, aber egal …“

„Eine Heilige also?“

„Was sie genau macht, weiß ich nicht einmal.

Aber was auch immer es ist, sie braucht bestimmt keine 100 Millionen und erst recht keine Immobilien in England."

„Worauf willst du hinaus?" Charly hatte das Glas abgesetzt und hörte seinem Freund plötzlich aufmerksam zu.

„Ich werde nach Indien fliegen und mit ihr reden. Vielleicht kann ich sie überzeugen mir etwas von dem Geld zu lassen oder zumindest das Penthouse und die Villa in Surrey. Wenn sie ein Herz für Bedürftige hat, kann sie mir das doch gar nicht ausschlagen."

„Und wenn sie mitspielt und dir die Wohnung und das Haus überlässt, was dann? Hast du eine Ahnung, wie hoch die Erbschaftsteuer bei Immobilien ist? Du würdest von einem Problem direkt ins nächste steuern."

„Wenn ich alles verkaufe, dann müssten die Kosten gedeckt sein und auch etwas übrig bleiben."

„Dann hast du nicht mehr gewonnen, als mit meinem Plan das Testament anzufechten."

„Deswegen muss ich sie überzeugen mir auch etwas von dem Geld zu lassen. Du hast doch Ahnung von Anlagegeschäften. Du kannst mein Geld in Aktien investieren und davon kann ich leben."

Charly zog eine Augenbraue hoch (eine Eigenart, die er sich von seinem Vater abgeschaut hatte), lehnte sich in seinem Sessel zurück und schaute seinen Freund mit starrer Miene an. Er ließ sich die Worte noch einmal durch den Kopf gehen. Der Plan war aberwitzig und er würde bestimmt nie klappen.

„Mal angenommen sie überlässt dir ein bis zwei Millionen. Um schnell an Rendite zu kommen und dann davon zu leben, muss du Hochrisiko-Anlagen machen und so schnell wie man da Geld gewinnen kann, ist es auch wieder weg."

Charlys Vater gehörte eine Bank. Er war mit diesen Aktiengeschäften aufgewachsen und kannte sie besser als das kleine Einmaleins. Patricks Vater hatte ihn immer vor solchen Anlagen gewarnt. Seine Devise war: „Lass dir Zeit und schöpfe mehr ab." Nur Patrick hatte diese Zeit nicht, das war Charly klar.

„Ich muss das Risiko eingehen, Charly."

„Also gut, ich hör mich mal um, was in Frage käme."

„Ich danke dir", Patrick atmete tief ein und nahm einen Schluck aus dem Whiskyglas. „Etwas noch, Charly."

Charly zog wieder eine Augenbraue hoch. Was würde jetzt noch kommen.

„Ich habe kein Geld, um nach Indien zu reisen. Könntest du mir vielleicht was leihen? Für den Flug und das Hotel?"

„Wenn es nicht mehr ist, klar. Wieviel brauchst du?“

„Ich habe keine Ahnung. Ich weiß ja noch nicht mal, wie lange ich dort bleibe.“

„Kennst du deine Tante eigentlich?“

„Nicht wirklich. Irgendwo im Wohnzimmer steht ein Foto von ihr, glaube ich.“

„Du hast also noch nie ein Wort mit ihr gewechselt?“

„Wenn du so fragst, nein.“

„Sicher, dass du diesen Plan durchziehen willst. Für mich klingt das echt nicht gut.“

„Du musst dir ja auch keine Sorgen um die Zukunft machen. Du hast einen Platz in der Bank deines Vaters sicher. Aber mein Vater wollte nie, dass ich etwas mit seinen Geschäften zu tun habe.“

„Wahrscheinlich weil du so grottenschlecht in Mathe warst.“

Patrick sah seinen Freund finster an. Charly sah auch nicht freundlicher aus. Seine blauen Augen schauten eiskalt auf Patrick hinab. Er wirkte wie ein Tiger, kurz vor dem Angriff auf seine Beute.

Patrick reichte es: „Gut, du brauchst mir auch nicht zu helfen. Ich schaff das schon. Ich habe noch mehr Freunde, die mir das Geld leihen können“, blaffte er Charly an. Patrick stand auf und warf seine Serviette auf den Tisch. Er drehte sich schon zur Tür, als Charly seinen Arm ergriff und ihn am Gehen hinderte.

„Lass gut sein Kumpel. Ich geb dir das Geld natürlich."

„Du bekommst es wieder, das verspreche ich dir." Patrick sah seinen Freund mit ebenso kalten Augen an. Dann verließ er den Club. Wahrscheinlich würde er nie zurückkehren.

„Ich bezweifle, dass ich das Geld wiedersehe", murmelte Charly. Er versuchte seine Worte hinter dem Whiskyglas zu verstecken, aber er redete trotzdem laut genug, dass Patrick ihn gut verstehen konnte.

Patrick verdrehte die Augen. Sie stammten beide aus wohlhabenden Familien, doch Charly hatte einen großen Vorteil: Er war in der Schule besser und er hatte studiert. Nun hatte Patrick das einzige verloren, was sie über all die Jahre verband: Sein Geld. Sollte er nur nach Indien gehen und seine Verwandtschaft suchen, dann könnte er wahrscheinlich auch gleich dort bleiben.

3

Patrick trat vor den Club. Es hatte wieder leicht zu regnen angefangen und natürlich hatte er beim Verlassen der Wohnung nicht an einen Schirm gedacht. Er könnte zurück in den Club gehen und Charly frage, ob er ihn mitnehmen könnte. Sein schwarzer Porsche stand direkt vor der Tür - aber nein, er wollte nicht. Wenn er ehrlich zu sich selbst war, hatte er sich mehr Unterstützung von seinem Freund erhofft. So ganz überzeugt war er allerdings selbst von seinem Plan mit der Reise nicht, das musste sich Patrick eingestehen.

Er schlug den Kragen seiner Jacke hoch und lief los. Er wollte auf direktem Weg nach Hause.

„Vielleicht sollte ich doch das Testament anfechten", schoss es ihm durch den Kopf. Den letzten Willen seiner Eltern so zu missachten kam ihm aber wie Verrat vor. Lieber wollte er nach Indien reisen und mit seiner Tante reden. Mehr als „Nein"-sagen konnte sie ja auch nicht. Dann würde er sich die nächsten Schritte überlegen und notfalls vor Gericht gehen.

Patricks Handy, das in der Brusttasche steckte, vibrierte kurz. Er öffnete die Jacke und holte das Smartphone heraus. Charly hatte ihm eine Nachricht geschickt: *„Ich muss ein paar Tage aufs Land. Hat sich eben ergeben. Sag mir bis morgen, wie viel Geld du brauchst, dann bring ich es dir.“*

„Klar, ein paar Tage aufs Land.“ Patrick lachte bitter. Als er den Club verließ, hatte er Jonathan Daily an der Bar gesehen. Er war ein paar Jahre älter als Patrick und Charly. Sie kannten sich aber alle aus dem Internat. Schon damals hatte Jonathan ein Faible für Kartenspiele. Wen wunderte es da, dass seine Hauptbeschäftigung darin bestand regelmäßig Poker-Wochenenden zu organisieren. Kleine, exklusive Runden mit zahlungskräftigen jungen Männern und schönen Frauen. Patrick war schon bei ein paar dieser Partien dabei gewesen. An so einem Wochenende wechselten unter Umständen Hunderttausende den Besitzer. Je nach Teilnehmern betrug schon das Startgeld mehrere tausend Pfund.

„Ein gutes Wochenende und ich wäre meine Geldsorgen los“, überlegte er sich. Sollte er Charly eine Nachricht schicken? Bestimmt würde er im

Safe seiner Eltern noch Wertsachen finden, die er einsetzen könnte. Nur wenn das Wochenende nicht gut lief, würde er noch mehr in der Klemme sitzen. „Lieber nicht!“ Er tippte Charly eine kurze Antwort, dass er sich melden würde.

Wieder in der Wohnung ging Patrick direkt zur Bar. Sein Vater hatte immer dafür gesorgt, dass genügend Vorräte da waren und Besucher eine große Auswahl verschiedenster Sorten Alkohol hatten. Patrick war es egal, ob er einen alten Bourbon trank oder einen wertvollen Single Malt. Er griff sich einfach die größte Flasche und machte sich dabei nicht einmal die Mühe ein Glas zu nehmen. Er setzte die Flasche einfach an und schüttete den Alkohol herunter.

„Mmh, Wodka,“ murmelte er.

Patrick nahm noch einen großen Schluck und ging dann auf Wanderschaft durch durch die leeren Räume. Er betrachtete die Möbel und überlegte, was von den Sachen noch ihm gehörte und was er davon zu Geld machen könnte. Vom Personal war weit und breit keiner zu sehen.

„Wo verschwinden die nur immer hin?“ Patrick zuckte mit den Schultern und setzte wieder die Flasche an. Er hatte sich in einen großen Lehnstuhl neben dem Kamin gesetzt und grübelte. Er versuchte alle Möglichkeiten gegeneinander abzuwägen. Plötzlich bäumte sich in ihm Widerstand auf. Sollte er wirklich Charlys Hilfe annehmen? Sein Verhalten ärgerte ihn, er fühlte sich verraten.

„So was nennt sich Freund. Ha, der kann mir gestohlen bleiben."

Vom Wohnzimmer aus war Patrick erst in die Bibliothek und dann in das Arbeitszimmer gegangen. Doris hatte aufgeräumt. Von dem Treffen mit den Anwälten war keine Spur mehr zu sehen. Patrick ließ sich in den Schreibtischstuhl fallen und während er noch einen tiefen Schluck aus der Flasche nahm, drehte er sich einmal im Kreis. Seine Runde endete vor der rückwärtigen Wand. Ein großes Bild seiner Eltern hing da. Es stammte aus der Zeit, als sein Vater die ersten Erfolge eingefahren hatte und zu Geld kam. Sie wirkten so glücklich damals. Aus dem Nichts hatten sie ein Imperium erschaffen.

„Ich kann das auch schaffen, auch wenn ihr mir das nicht zugetraut habt", flüsterte Patrick.

Er stand auf und ging zu dem Bild, hinter dem sich der Haussafe befand. Die Kombination kannte er - es war der Hochzeitstag seiner Eltern.

Der viele Alkohol, den er an diesem Vormittag schon in sich hineingeschüttet hatte, machte sich langsam bemerkbar. Das Öffnen der Stahltür wurde zu einer echten Herausforderung. Doch irgendwann und nach mehreren Versuchen, war es geschafft. Patrick griff sich den Stapel Papiere, die auf der unteren Ebene lagen und warf alles auf den Schreibtisch. Dabei traf er auch die Wodka-Falsche. Sie kam ins Schwanken und kippte schließlich um. Der letzte Rest des Inhalts lief aus. „Shit", flüsterte er, machte aber keine Anstalten die Flasche wieder aufzustellen und den Boden zu säubern. Der größte Teil des Wodkas war innerhalb weniger Minuten ohnehin in den Teppich eingedrungen.

Patrick sank wieder in den Stuhl seines Vaters und tastete nach dem Knopf der Schreibtischlampe. Nach einer gefühlten Ewigkeit war es geschafft. Das Licht brannte und hüllte den Raum in ein honigfarbenes Licht. Patrick begann die Papiere zu sortieren. Irgendwas müsste doch zu finden sein, was sich zu Geld machen ließ. Doch größtenteils waren es nur Vertragsentwürfe für Immobilien, Ausweise und die Eigentumsurkunden für das Landhaus und die Wohnung.

Es wäre der einfachste Weg die Immobilien zu verkaufen, aber es wäre auch Betrug. „Bei mir würden sie als erstes suchen." Patrick drehte sich wieder mit dem Stuhl in Richtung Safe. Warum war hier kein Schmuck? Gab es irgendwo noch einen weiteren Tresor, von dem er nichts wusste? Vielleicht im Schlafzimmer seiner Eltern? Patrick schlich sich aus dem Büro, wo der Safe noch immer offen stand und die Papiere auf dem Tisch lagen. Er fühlte sich wieder wie ein kleiner Junge, der heimlich an die Marmeladengläser gegangen war und genascht hatte. Im Türrahmen blieb er stehen und schaute sich um, ob ihn jemand sah. In den Zimmerfluchten herrschte Totenstille.

Leise schlich Patrick zur Treppe und hinauf in das obere Stockwerk. Im Boden des Korridors gab es einige Stellen, die laut knackten, wenn man darauf trat. Ein Baufehler, wie sein Vater immer sagte. Er hatte sich schon vor Jahren vorgenommen das reparieren zu lassen, aber Katja hatte ihn davon abgehalten. Es würde der Wohnung Charakter verleihen, hatte sie immer gesagt.

Mit der Eleganz einer Katze, sofern man bei dem Alkoholkonsum noch von Eleganz sprechen konnte, stolzierte Patrick den Flur entlang und schaffte es dabei tatsächlich, sich um alle kritischen Stellen herum zu manövrieren. Er hatte ja auch genügend Übung von den durchzechten Nächten, an denen er versuchte sich leise in sein Zimmer zu schleichen.

Die Schlafzimmertür stand einen Spalt weit offen. Patrick drückte sie noch ein Stück weiter auf und schlüpfte in das Zimmer. Er drückte die Tür ins

Schloss und stellte sich dann dicht an den Rahmen. Er brauchte erstmal eine kleine Pause. Sein Herz pochte ihm bis zum Hals und die Kopfschmerzen waren auch zurück. Patrick schloss die Augen. Er musste sich erstmal beruhigen. Als er die Augen wieder öffnete, fiel ihm auf, dass es in dem Zimmer so aussah, als seien seine Eltern höchstens eine Stunde weg. Es roch sogar noch nach ihnen. Patrick bekam einen Kloss im Hals. Was machte er eigentlich hier? Er wollte seine Eltern bestehlen. Aber hatte er das nicht eigentlich schon sein Leben lang getan? Patrick atmete tief durch. Er schloß wieder die Augen und versuchte sich zu erinnern, wo die Wertsachen waren.

Bilder aus seiner Kindheit tauchten vor seinem inneren Auge auf. Er hockte im Schneidersitz auf dem Bett, um sich herum ein halbes Dutzend Spielzeugautos. Seine Mutter saß an ihrem Schminktisch vor dem Spiegel. Sie trug ein langes Seidenkleid. Es war smaragdgrün, ihre Lieblingsfarbe und passte wunderbar zu ihren rötlichen Haaren. Sie hatte Ohrringe in der Hand. Lange Hänger, die verschwenderisch mit Diamanten und Smaragden besetzt waren. Es gab auch noch eine Kette, aber die war nirgends zu sehen. Sein Vater hatte seiner Mutter den Schmuck geschenkt. Auch daran konnte sich Patrick erinnern. Es war Weihnachten gewesen und die ganze Familie hatte sich im Wohnzimmer versammelt. Sie feierten nach englischem Brauch, obwohl die eine Hälfte der Familie orthodox und die andere Hinduistisch war. Patricks Gedanken wanderten zu dem Abend zurück, an dem seine Mutter das grüne Kleid und den Smaragdschmuck trug. Seine Eltern hatten an dem Tag irgendwas vor gehabt. Sein Vater war auch da. Im Smoking und mit Fliege. Er roch nach seiner Pfeife, die er wahrscheinlich erst kurz zuvor geraucht hatte. Bestimmt wollten sie damals ins Theater oder zum Konzert. Patrick kletterte vom Bett und gab beiden einen Kuss. Dann ging er aus dem Zimmer. Es war Schlafenszeit. Als er seine Mutter umarmte, konnte er ihr Parfüm riechen, ein süßlicher schwerer Duft nach Blumen und Gewürzen. Es war auch der Duft, der jetzt noch, so viele Wochen nach ihrem Tod in der Luft lag.

Patrick öffnete die Auen und kam in die Realität zurück. Ihm waren Tränen über die Wangen gelaufen, die er sich nun wegwischte, wie die Erinnerungen. Er begann zu suchen. Irgendwo musste sich der Schmuck verstecken. Im Schminktisch seiner Mutter wurde er tatsächlich fündig. In einer kleinen Schmuckkassette lagen verschiedene Ohrstecker mit Perlen und kleinen Glitzersteinen und ein paar einfache Ketten. Auch die Manschettenknöpfe seines Vaters waren da. Er steckte sie ein. Den Ohrringen wies Patrick nicht so viel Bedeutung zu. Die würden höchstens ein paar hundert Pfund bringen und nicht mal einen Bruchteil der Reisekosten nach Indien decken.

An dem Schminktisch schien es keine weiteren Fächer und Schubladen zu geben. Patrick öffnete die Türen des großen Wandschrankes. Da hingen die Anzüge seines Vaters in Reih und Glied. Im nächsten Fach waren die Hemden und in den Schubladen lagen Socken, Krawatten und alles andere, was ein Geschäftsmann brauchte. Die unterste Schublade klemmte und Patrick wollte schon aufgeben.

„Bestimmt sind da Einstecktücher oder sowas drin", murmelte er. Er zog ein letztes Mal und plötzlich gab die Lade nach. „Bingo", entfuhr es ihm. Er hatte die Uhren seines Vaters gefunden. Ihm blitzten mehrere Rolex entgegen und auch einige Stücke von Cartier, die seiner Mutter gehört hatten. Ein Fach war leer, das mit der Lieblingsuhr, die sein Vater praktisch immer trug. Er nahm eine der Rolex raus und band sie sich um das Handgelenk, die übrigen wollte er einstecken. Doch dann stockte er:

„Vielleicht wird das etwas auffällig, alle zu versetzen."

Patrick schaute sich die Uhren an. Wie viel würde er für eine bekommen? In einer Pfandleihe, wo keiner Fragen stellte, vielleicht 1000. Beim Fachhändler 2000 bis 3000. Aber der könnte die Seriennummern überprüfen. Patrick suchte in seinen Hosentaschen nach seinem Smartphone. Er wollte schnell googeln, doch er fand das Handy nirgends. Er erinnerte sich, dass er es bei seiner Rückkehr aus dem Club wieder auf das Bett geworfen hatte. Charly hatte noch einige Nachrichten geschickt, aber Patrick wollte nichts von ihm hören oder sehen. Er entschloss sich drei Uhren mitzunehmen. Er steckte sie ein und legte die übrigen zurück.

Ob es noch mehr solche Fächer gab? Er öffnete die restlichen Schranktüren. Die Kleider seiner Mutter tauchten vor ihm auf: elegante Abendroben, Kostüme, Sportsachen, Pelze.

„Die Pelze könnten was wert sein!" Er fuhr über das weiche Fell. Ein Teil der Mäntel und Jacken war noch recht neu. Einige stammten aber noch von seiner Großmutter. Sie hatte sie aus Russland mitgebracht. Patrick schaute die einzelnen Sachen durch. Irgendwas war anders an dem Schrank. Er wirkte weniger tief wie der seines Vaters. Vorsichtig schob Patrick die Mäntel zur Seite und tastete bis zur Rückwand. Er fuhr an dem Holz entlang. Plötzlich spürte er einen Knauf. Patrick nahm einige Pelze aus dem Schrank und legte sie über den Stuhl vor dem Schminktisch. Jetzt, wo er freie Sicht in den

Schrank hatte, sah er, dass sich in der Rückwand eine geheime Tür abzeichnete. Er zog, rüttelte und drückte an dem Knauf, aber nichts bewegte sich.

„Verdammt, das darf doch wohl nicht wahr sein.“

So nah am Ziel wollte Patrick nicht aufgeben. Mit den Fingern zeichnete er die Konturen der Tür nach. Es war ein kleines Quadrat.

„Warum ist da ein Knauf dran, wenn man die Tür damit gar nicht öffnen kann?. Wer macht denn sowas?“ Da er praktisch schon alles versucht hatte, fing er an den Knauf zu drehen. Erst nach rechts, dann nach links. Nichts passierte. Er drehte den Knauf nochmals.

„Bestimmt kaputt“, zischte er durch die Zähne und schlug vor Wut gegen die Tür, die fast gleichzeitig aufsprang. Erschrocken wich Patrick zurück.

„Das war ja einfach.“

In dem Schränkchen befanden sich mehrere Schubladen und wie er erhofft hatte, der Schmuck seiner Mutter. Einige Stücke schienen zu fehlen. Ein paar der ganz wertvollen Sachen hatte sein Vater bei der Bank eingeschlossen. Aber das war Patrick egal. Was hier war würde alle seine Probleme lösen.

Er griff sich eine Abendtasche und entleerte die Fächer. Ringe, Armbänder, Ketten und Ohrringe fielen durcheinander, alles hoffnungslos verheddert. Dann schob er alles wieder zu, drückte die Tür heran und drehte den Knauf, so dass der Schrank verschlossen war. Dann kam ihm eine Idee. Er drehte den Knauf einfach weiter, bis er ihn in der Hand hielt. Dann hing er die Pelze wieder zurück und schob sie an Ort und Stelle. Wer den Schrank nicht kannte, würde keinen Unterschied bemerken. Patrick schloß die Türen. So schnell würde keiner auf das geheime Fach stoßen und wenn, dann war er schon weit weg, da war er sich sicher.

Patrick schlich sich aus dem Raum und schlenderte selbstzufrieden in sein eigenes Zimmer. Er ahnte nicht, dass seine ganze Aktion beobachtet wurde. John hatte in dem großen Schlafzimmer Sachen sortiert und wollte nur eine Kiste holen, als Patrick in den Raum kam und mit seiner Suche begann. Nur wenige Minuten später war John zurück und wunderte sich, dass die Tür plötzlich geschlossen war.

Er öffnete sie einen Spalt und spähte in das Zimmer. Patrick hatte gerade die Schubladen des Schminktischs geschlossen und begann den Schrank zu durchsuchen.

John seufzte leise. Ihm tat der Junge leid. Der Tod seiner Eltern war mehr als ein Schicksalsschlag für ihn gewesen, das bewiesen die fast täglichen Abstürze und nun hatte er alles verloren. John ahnte was Patrick vorhatte und er konnte es ihm nicht verübeln. Leise schloß er die Tür wieder und zog sich diskret zurück. Wenn irgendjemand mal Fragen stellen sollte, musste er nicht lügen. Er ging in die Küche zu Doris.

„Er plündert den Schmuck“, flüsterte er ihr zu.

„Bestimmt wieder für Drogen, wir müssen ihm da raushelfen.“

„Ich bin mir nicht sicher. Ich glaube da geht es um mehr. Um ein neues Leben vielleicht.“

„Hoffentlich.“

Als Patrick in seinem Zimmer war, überlegte er, was er als nächstes tun sollte. Er schaute seine Papiere durch. Der Pass war noch gültig. Auf seinem Schreibtisch fand er einen Zettel: „Pete anrufen“. Daran hatte er schon gar nicht mehr gedacht. Die Nachricht hatte er erst vor wenigen Stunden geschrieben, aber es fühlte sich an wie Jahre. Er knüllte den Zettel zusammen, warf ihn weg und klappte dann sein MacBook auf. Er wollte wissen, wann der nächste Flieger nach Jaipur ging.

4

Es war mitten in der Nacht, aber in der Kanzlei von Pembrock, Pembrock und Söhne brannte noch Licht. Die Anwälte saßen seit Stunden zusammen, um das Erbe des Ehepaars Arun aufzulisten, Vermögenswerte zu schätzen und Immobilien zu katalogisieren.

Der alte Pembrock schob einen Stapel Papiere zur Seite und setzte seine Brille ab. Ihm schmerzte der Kopf. Er fuhr sich über die Augen und seufzte: „Wir haben noch keine Übersicht über die Sachen in den Häusern und der Wohnung. So wie ich das heute gesehen habe, sind schon allein die Möbel einiges Wert. Dazu kommen noch Porzellan, Gemälde und natürlich der Schmuck von Katja Arun. Sie hatte einige sehr schöne Stücke besessen, wenn ich mich recht erinnere."

Ward, der noch immer der Meinung war, dass sie anders auf Patrick Arun hätten eingehen sollen, verdrehte genervt die Augen:

„Wollen sie gleich morgen wieder hin und dem

Jungen noch einen Schreck einjagen oder zeigen wir Anstand, warten ein paar Tage und melden uns dann ordentlich telefonisch an, so wie es sich gehört?"

Pembrocks Kopfschmerzen wurden stärker. Das dauerte alles schon viel zu lange. Genervt erwiderte er:

„Lieber Kollege, umso eher wir das erledigen, desto eher bekommen wir die Provision und die ist bei einem so großen Vermögen nicht gerade gering, wie sie wissen dürften."

„Natürlich weiß ich das, aber noch haben wir nicht einmal Ashwara Sharma erreicht und sie über das Erbe informiert. Sie kann es auch noch ablehnen und was dann? Greift dann das erste Testament wieder?"

„Sicher nicht, Ward. Das wäre nicht im Sinne von Katja und Rangar Arun, sie haben sich bewusst entschieden ihren Sohn zu enterben. Wenn Ashwara Sharma ablehnt, bekommt der Staat das Geld."

„Ich kann mir nicht vorstellen, dass es im Sinne von Eltern ist, ihr einziges Kind ohne einen Penny oder eine Bleibe zurückzulassen", Ward war inzwischen ebenso genervt wie sein Chef. Er lehnte sich bockig im Stuhl zurück und verschränkte die Arme vor der Brust. Bevor er weiter die Vermögenswerte katalogisieren würde, wollte er das erst geklärt haben. Doch bei Pembrock stieß er damit auf Granit.

Pembrock Senior fixierte Stanley Ward mit den Augen, die inzwischen nur noch schmale Schlitze waren. In scharfen Ton, der eigentlich keinen Widerspruch zuließ, sagte er:

„Der Junge hatte alle Möglichkeiten, er war auf den besten Schulen und Universitäten und hat nichts daraus gemacht. Soweit ich weiß, hat er es nicht einmal bis zu einem Abschluss gebracht. Da habe ich wirklich kein Mitleid."

Doch Ward gab nicht so schnell auf. Was Patrick Arun in der Vergangenheit gemach oder nicht gemacht hatte, interessierte ihn nicht. Ihm ging es um es um das Hier und Jetzt. „Ihm ging es nicht gut, haben sie das nicht gesehen?"

„Wie schon gesagt, seine eigene Schuld." Damit war für Pembrock das Thema beendet. Er setzte seine Brille wieder auf und nahm sich den nächsten Aktenordner vor. Ward und die anderen Anwälte, die bei der Runde dabei waren, schauten sich ratlos an. Nach einer kurzen Pause ging schließlich wieder jeder an seine Arbeit. Aber als der letzte Ordner gesichtet war und sich einige der Männer auf eine Zigarette im Raucherraum trafen, ging Ward noch einmal zu Pembrock.

„Wir sollten uns wirklich Gedanken darüber machen, wie es mit Patrick Arun weiter gehen soll. Ich gebe ihnen ja recht, dass die Eltern sich nicht ohne Grund für diesen letzten Willen entschieden haben. Aber sehen sie das nicht auch eher als einen Denkzettel an, der dem Jungen die derzeitige Situation vor Augen führen und die Chance auf eine Besserung geben sollte?“

„Was sich Rangar und Katja dabei gedacht haben und welche Absicht sie damit langfristig verfolgt haben, wissen wir nicht. Darum nehmen wir uns einfach die Fakten, wie wir sie sehen und setzen sie um. Eine Bewertung und etwas anders zu interpretieren steht uns nicht zu. Menschen wie Patrick Arun landen doch am Ende immer wieder auf den Füßen. Er hat reiche Freunde, die ihm helfen werden. Bis es soweit ist, wird er ein bisschen Realität schon vertragen können.“

Stanley Ward wollte etwas erwidern, aber Pembrock drehte sich um und lief davon. Auf diesem Weg würde er zu keinem Ergebnis kommen, das war dem Anwalt klar. Außerdem hatte er den bösen Verdacht, dass die Pembrocks am nächsten Tag doch schon vor dem Penthouse stehen würden, mit einem Gutachter im Schlepptau und die ganze Wohnung auf den Kopf stellen. Deshalb beschloss der Testamentsvollstrecker am Morgen selbst so zeitig wie möglich zu der Wohnung zu fahren und Patrick Arun vorzuwarnen. Tief in seinem Inneren wusste der Anwalt zwar, dass der alte Pembrock irgendwie Recht hatte und der junge Mann nicht schuldlos an seiner Situation war, trotzdem fand er den Umgang nicht in Ordnung und wollte für etwas Chancengleichheit sorgen.

Patrick konnte das ganze Vorhaben der Anwälte erst einmal egal sein. Er war schon seit ein paar Stunden nicht mehr im Penthouse. Nachdem er den Schmuck gefunden hatte, hatte sich Patrick auf die Suche nach einem Koffer begeben und dann alles, von dem er der Meinung war, er könne es brauche, hineingeworfen. Als er damit fertig war, hatte er angefangen den Schmuck durchzusehen. Er kippte den Inhalt des Abendtäschchens auf sein Bett und begann zu sortieren. Zu fast jedem Stück, was er in die Hände nahm, fiel ihm eine Geschichte ein. Bilder, wann seine Mutter das getragen hatte, tauchten vor seinem inneren Auge auf. Erinnerungen an gesellige Abende, Opernbesuche und sogar ein Dinner im Buckingham Palace kamen wieder. Fast tat es ihm leid die wertvollen Stücke wegzugeben. Aber es half nichts. Ohne das Geld, konnte er seine ganzen Pläne vergessen. Nur das Smaragdcollier mit den passenden Ohrringen und dem Armband, das seiner Mutter besonders lieb war, wollte er behalten.

„Das wird mein Notgroschen“, murmelte er. Er suchte ein Taschentuch und wickelte die Sachen ein. Er steckte das kleine Päckchen zwischen die Kleidung im Koffer und setzte sich dann an seinen Mac.

John und Doris hatten sich diskret im Hintergrund gehalten, so wie sie es immer taten, aber dabei jeden Schritt von Patrick beobachtet.

John hatte zuerst einmal das Chaos im Arbeitszimmer beseitigt und alle Papiere wieder in den Safe gelegt. Auch die Überreste vom verschütteten Wodka hatte er aufgewischt. Doris kümmerte sich derweil um den Teppich. Fast hätten die beiden nicht bemerkt, wie sich Patrick am späten Nachmittag mit seinen Koffern aus der Wohnung schlich.

„Nicht einmal eine Nachricht hat er zurückgelassen“, stellte John nach einem Blick in Patricks Zimmer fest.

„Was hat er alles mitgenommen?“

„So wie ich das gesehen habe, hauptsächlich dünne Sachen, Poloshirts und Shorts.“

„Hat er sich heute Vormittag nicht mit Charles St. Claire getroffen? Vielleicht unternehmen sie etwas zusammen. Es wäre ja nicht das erste Mal.“

„Ja, ich glaube sie waren im Club. Aber in dem

Zustand, in dem Master Patrick war, scheint das Treffen nicht so gut verlaufen zu sein. Er hat eine ganze Flasche Wodka leer gemacht."

„Er hat ja noch mehr Freunde, wer weiß was sie planen."

„Ich weiß nicht, ich habe kein gutes Gefühl."

John hatte auch mal einen Blick in die Geheimfächer im Master-Bedroom geworfen. Rangar Arun hatte sie vor Jahren für Notfälle einbauen lassen und dort, neben dem Schmuck auch Geld deponiert. John wusste darüber bescheid, weil es in der Vergangenheit mehr als einmal vorkam, dass er dort ein paar tausend Pfund holen sollte. Manche Geschäfte von Arun liefen nicht über die offiziellen Firmenkonten, sondern hinter vorgehaltener Hand und an der Steuer vorbei. Rangar Arun stand auch ganz offen dazu, dass er auf ehrliche Weise nie so viel Geld verdient hätte.

Zu eben so einem Geschäftsabschluss war das Paar unterwegs, als der tödliche Unfall passierte. Um was genau es dabei ging, hatte John nie erfahren. Rangar Arun hielt es geheim: „Das ist besser so, dann müssen sie nicht lügen", hatte er noch kurz vor der Abfahrt zu John gesagt. Er wollte noch etwas ergänzen, doch in dem Moment war die Wohnungstür aufgegangen und Patrick war in einem erbarmungswürdigen Zustand herein gewankt. John hatte sich dann um ihn gekümmert und ihn ins Bett gebracht und das Ehepaar war abgefahren.

Rangar Arun hatte nicht nur in der Wohnung solche Gelddepots angelegt, sondern auch im Landhaus. Außerdem gab es noch zwei Bankschließfächer, für die John sogar Vollmacht hatte und wovon die Anwälte sicher nichts wussten. Als der Butler Patricks Abreise entdeckte, machte er sich Vorwürfe, dass er nicht gleich ehrlich zum ihm gewesen war und von dem Geld erzählt hatte. Das hätte dem Jungen sicher viel Kummer erspart. Doch nun war Patrick weg und weder Doris noch John wussten, wo sie ihn suchen sollten.

Der Himmel über London war wolkenverhangen, als Stanley Ward am Morgen in Richtung des Penthouses fuhr. Das Taxi hielt zwei Eingänge vor dem Haus. Der Trubel vor dem Gebäude war riesig und der Fahrer kam nicht näher heran. Beim Aussteigen sah Ward schon das Unglück: Vor dem Haus stand jede Menge Polizei.

„Oh Gott, der Junge wird sich doch nichts angetan haben? Wir wären schuld daran!“

Ward eilte zum Eingang. Er drängelte sich durch ein Gruppe Schaulustiger und stand dann plötzlich vor einem breitschultrigen Polizisten.

„Ich muss hier durch. Ich bin der Anwalt der Familie.“

„Noch ein Anwalt, wie viele brauchen die denn noch?“

„Wieso noch einer?“

„Na da sind schon zwei oben, die haben uns verständigt.“

„Pembrock?“

„Kann sein.“

„Dann sind sie nicht wegen Patrick Arun hier?“

„Wie man’s nimmt. Die Kollegen oben können ihnen mehr sagen.“

Der Polizist machte den Weg frei und Ward betrat das Treppenhaus. Er nahm den Aufzug zum Penthouse. Dort herrschte ein ebensolches Chaos wie auf der Straße. Überall war Polizei, ein paar Nachbarn standen auf den Stufen und reckten die Hälse und dazwischen waren Pembrock Senior und sein Sohn.

„Was ist denn hier los?“ fragte Ward die Anwälte.

„Wir wurden bestohlen.“

„Wir?“

„Nun ja, die Aruns natürlich.“

„Hat Patrick Arun den Diebstahl angezeigt? Wo ist er eigentlich?“

„Nein, er hat nichts angezeigt. Aber wir würden auch gern mit ihm sprechen.“ Der junge Pembrock hatte neben einem der Polizisten gestanden und offenbar Anweisungen gegeben. Nun mischte er sich in das Gespräch ein.

„So wie es aussieht, hat ‚Master Patrick' das Land verlassen. Sein Reisepass wurde am Flughafen registriert."

Pembrock Senior schaute erstaunt auf: „Wo ist er hin?"

„Scheinbar nach Indien. Er hat einen Direktflug gebucht."

„Aber das ist verständlich. Er will zu seiner Tante. Sie ist seine einzige Verwandte", fiel Ward den Pembrocks ins Wort.

Der Senior atmete tief ein. Dieser Morgen hatte seine Nerven schon zu stark strapaziert. Er und sein Sohn waren zusammen mit einem Gutachter noch vor acht Uhr am Penthouse eingetroffen. John hatte geöffnet, so als wäre alles ganz normal. Pembrock hatte mit dem Widerstand von Patrick gerechnet und dann erfahren, dass dieser gar nicht anwesend war. Er hatte die Wohnung am Vorabend verlassen. Pembrock wunderte sich darüber, dachte dann aber nicht weiter darüber nach. Ein Hindernis weniger bei seiner Arbeit.

Der Gutachter begann die verschiedenen Kunstwerke zu schätzen und Pembrock wies die Angestellten an, alles von Wert aus dem Obergeschoss ins Wohnzimmer zu bringen. Nur kurze Zeit später stapelten sich Vasen, Bilder und antike Möbel in dem Raum. Doch etwas fehlte: Der Schmuck.

Pembrock nahm John ins Kreuzverhör. Wenn einer wusste, wo alles war, dann der alte Butler: „Wo sind die Wertsachen?"

„Wir haben fast alles hier, Sir. Doris holt gerade die letzten Stücke von dem Meißner."

„Das meine ich nicht."

„Nun, in den Bankschließfächern wird noch einiges sein."

„Die kontrollieren wir als nächstes. Aber hier gibt es doch sicher auch einen Safe?"

„Ja, im Arbeitszimmer, Sir."

„Kennen sie die Kombination?"

„Natürlich nicht Sir!" John versuchte so viel Empörung wie möglich in seine Worte zu legen, dabei kannte er zu fast allen Safes und Geheimfächern die Codes. Über die Jahre hatten Rangar Arun und er ein sehr enges Vertrauensverhältnis aufgebaut, das weit über die Beziehung zwischen Herr und Diener hinausging. Auf Pembrocks Gesicht konnte man die Unzufriedenheit ablesen.

„Ich könnte mir aber vorstellen, dass er irgendwo in seinem Schreibtisch eine Notfall-Kombination versteckt hat. Ich werde gleich nachsehen."

„Machen sie sich keine Mühe, ich gehe selbst. Holen sie die anderen Sachen herzu."

Pembrock ging ins Arbeitszimmer. John wartete auf der Treppe. Er wusste, dass es nicht lange dauern und der Anwalt sich wieder melden würde.

Keine zehn Minuten später tönte es durch die Wohnung: „JOHN!"

Innerhalb von Sekunden war der Butler an der Tür: „Sie haben gerufen, Sir?"

„Natürlich. Wussten sie, dass in diesem Safe nichts drin ist, außer Papieren."

„Verzeihung Sir, aber ich habe ja keine Ahnung, was sie suchen."

„Jedes mal, wenn ich Arun gesehen habe, trug er eine andere Luxusuhr. Ich habe ein Auge für so etwas, denn ich bin selber ein großer Liebhaber schöner Armbanduhren. Hier ist nichts davon und kommen sie mir nicht mit den Bankschließfächern. Dort wird der Schmuck sein, den man nicht täglich braucht, einverstanden, aber die Uhren waren stets in Benutzung."

„Wieso legten sich diese Anwälte so ins Zeug. Was hatten sie davon", überlegte John. Laut sagte er mit zusammengepressten Zähnen: „Im Schlafzimmer gibt es noch ein Fach im Schrank."

John wollte Patrick so lange wie möglich schützen, aber er merkte, dass er gegen Pembrock kaum eine Chance hatte. Den ahnungslosen Diener zu spielen, nahm ihm der Anwalt nicht ab. Sie gingen gemeinsam ins Schlafzimmer und der Butler zeigte die Schublade mit den Uhren. Zum Glück hatte Patrick sie nicht komplett geplündert, nicht so wie den Schmuck. Pembrock bekam Schnappatmung, als er sah, wie wenige Uhren nur noch im Fach lagen.

„Rufen sie die Polizei, wir wurden beraubt."

„Wer weiß wo die Uhren sind, bestimmt liegen sie nur in einem anderen Fach. Sehen sie wie viele Kästen es hier gibt." John öffnete die übrigen Schranktüren und zeigte auf die ganzen Schubladen.

„Sie sind doch ein gute Butler und ihrem Dienstherren auch nach seinem Tod noch treu ergeben."

„Es ist meine Aufgabe, solange bis ich von der Familie davon entbunden werde."

„Dann haben sie diesen Schrank doch sicher im letzten halben Jahr aufgeräumt und gereinigt, so als ob die Aruns noch da wären."

„Sicher, aber …"

„Und dabei sind ihnen diese Uhren nie aufgefallen? Ich meine das hier welche fehlen oder sie in einem anderen Kasten liegen?"

„Also..:"

„Das glaube ich nicht. Entweder sie haben sie selbst genommen, oder sie waren bisher da. Nun, ich höre. Sind sie ein Dieb?"

„Das bin ich nicht, Sir."

„Sehr gut, dann kommen wir der Sache schon näher. Wir wurden also bestohlen und da alarmiert man die Polizei."

John ahnte was Pembrock durch den Kopf ging und er konnte es nicht verhindern. Es war wie ein Unfall, den man in Zeitlupe sah und bei dem man nicht eingreifen konnte. Schweren Herzens griff John zu dem Telefon auf einem der Nachttische und wählte den Notruf. Seitdem tobte in der Wohnung das Chaos. Die Polizisten tüteten die übrigen Armbanduhren ein und begannen den Schrank zu durchsuchen. John hatte die Beamten davon überzeugen können, dass die verschwundenen Uhren wirklich nur in einem anderen Fach sein konnten. Das hielt die Polizei etwas auf, aber nicht ewig und dabei bestand dazu noch die Gefahr, dass sie das Geheimfach in der Rückwand entdeckten.

John zog sich unauffällig aus dem Schlafzimmer zurück und ging zu Doris in die Küche. Die Haushälterin saß am Tisch. Sie hatte den Kopf in die Hände gestützt und schluchzte leise. John setzte sich neben sie und legte den Arm um ihre Schulter.

„Das ist alles so furchtbar. Was können wir tun?"

„Nur abwarten, Doris und beten."

„Wie schlimm wird es werden?"

„Das kann ich im Moment nicht sagen, aber ich glaube dieser Pembrock will Blut sehen."

Hinter ihnen war die Tür wieder aufgegangen und Stanley Ward war eingetreten.

„Sie haben ganz recht“, sagte der Anwalt, der die Worte des Butlers gehört hatte. „Wenn es nach Pembrock geht, dann wird die ganze Sache sehr unschön.“

„Und was wollen sie dann hier? Sollten sie ihrem Chef nicht helfen und mit nach Beweisen suchen.“

„Das ist nicht meine Aufgabe. Ich bin in ihrem Fall nur der Testamentsvollstrecker. Ich könnte aber zum Anwalt von Herrn Patrick Arun werden, man müsste mich nur engagieren.“

„Ich verstehe nicht …“ John sah verwirrt zwischen Doris und Ward hin und her.

„Ich arbeite nur auf Honorarbasis bei Pembrock und wenn sie mich fragen, ich finde auch, dass hier etwas nicht stimmt.“

Die beiden Angestellten atmeten innerlich auf. Ward hatte sich einen Stuhl genommen und zu ihnen gesetzt. „Sie müssen jetzt ehrlich zu mir sein, wird es hier noch irgendwelche Überraschungen geben?“

„Nun also …“

„John, richtig?“ John nickte. „Ok, John, was ist los?“

Der Butler berichtete Ward, was er am Vortag gesehen hatte und wie er das leere Schrankfach gefunden hatte.

„Patrick Arun ist zweifelsfrei abgereist?“

„So wie Pembrock gesagt hat, ja. Wir haben ihn nur mit einem Koffer gesehen, aber wir wissen nicht, wo er hin ist.“

„Dann kann er uns nicht helfen den Schmuck wiederzufinden. Das ist schlecht. Sie verstehen doch wie wichtig das jetzt ist.“

„Ja, natürlich.“

„Gibt es Freunde von Herrn Arun, die uns ein paar Anhaltspunkte geben könnten.“

„Herr St. Claire, die beiden haben sich doch gestern noch gesehen“, meldete sich Doris zu Wort. Sie hatte den Männer bislang schweigend zugehört.

„St. Claire, wie die Bank?“

„Ja, das ist die Familie. Master Patrick ist mit Master Charly in die Schule gegangen. Ich rufe ihn an.“

„Sehr gut, John. Machen sie das sofort. Ich sorge dafür, dass sie nicht gestört werden.“

John griff sich das Telefon und suchte im Adressspeicher die Nummer der St. Claires.

5

Die Sonne brannte unbarmherzig vom wolkenlosen Himmel, als Patrick den Jaipur International Flughafen verließ. Er kniff die Augen zusammen, um seine Umgebung studieren zu können. Er hatte das Gefühl aus einem Albtraum zu erwachen und endlich einmal tief durchatmen zu können, sofern das bei über 30 Grad im Schatten überhaupt möglich war. Bei seiner Abreise aus London hatte es wieder geregnet. Ein typischer nasskalter Herbsttag.

Er hatte sich am späten Nachmittag an John und Doris vorbeigeschlichen und war ohne Gruß aus der Wohnung verschwunden. Patrick wollte die beiden nicht unnötig in die ganze Sache mit hineinziehen. Wenn am Ende einer Ärger bekam, dann sollte das nur er sein. Auf dem Weg zum Flughafen hatte Patrick einen Zwischenstop bei einem dubiosen Pfandleiher in Kingston eingelegt. Er kannte den Mann nicht, hatte aber den Namen mal von Pete gehört. Es hatte Patrick nicht viel Mühe gekostet mit Hilfe von Google die Adresse herauszufinden. Der Verkauf des Schmucks lief dort unproblematischer als gedacht und er hatte sogar mehr Geld bekommen als erhofft. Das Geld ließ er auf sein Konto überweisen und nur wenig später war er stolzer Besitzer eines Flugtickets nach Jaipur. Vorerst nur One Way, das hätte er sich auch nie träumen lassen.

Bei aller Euphorie über den glücklichen Verkauf, hatte Patrick ein wenig Angst, dass man am Flughafen das Smaragdset finden könnte. Zum Glück ging der Koffer ohne Probleme durch die Kontrolle. Entweder kannte sich die Beamten nicht damit aus oder sie interessierten sich nicht dafür. Jetzt, gut zwölf Stunden später war Patrick fast am Ziel. Auch hier hatte er den Zoll problemlos passiert.

Nun musste er nur noch seine Tante finden, ihr alles erklären, etwas auf die Tränendrüse drücken und dann einen Rückflug buchen. Zwei, maximal drei Wochen hatte er dafür Zeit. Für einen längeren Aufenthalt reichte das Geld nicht oder er kam nie wieder nach Hause. Die Alternative wäre sich einen Job zu suchen. Allerdings waren Patricks Talente begrenzt und er wusste schon in London nicht, was er machen sollte.

Patrick winkte ein Taxi heran und ließ sich zur Altstadt fahren. Er hatte sich noch in London am Flughafen in einem kleinen Hotel am Rand der „Pink City“ ein Zimmer gebucht. Erstmal für drei Nächte.

Die Fahrt vom Flughafen in die Stadt zog sich endlos in die Länge. Das Taxi stand mehr im Stau als das es vorwärts kam. Obwohl Patrick todmüde war, beobachtete er fasziniert seine Umgebung. Was er sah war in keinster Weise mit London zu vergleichen. Eine triste Häuserfassade folgte auf die nächste. An manchen Stellen, wo die Straße breiter war, saßen Frauen auf dem Weg und boten Obst und Gemüse an, manchmal sah man auch Gewürze. Zwischen den Häusern lag Müll auf der Straße: Plastik, Essen, alles durcheinander. Hier und da stand oder lag eine Kuh. Ein Tier durchwühlte den Müll nach Essbarem. Aber so dünn wie die Kuh aussah, schien sie nicht viel Erfolg dabei zu haben.

Die Fahrt dauerte schon fast eine Stunde und der Fahrer redete die ganze Zeit. Erst war sich Patrick nicht sicher, ob er ihn meinte, aber dann entdeckte er ein kleines Headset im linken Ohr. Dabei gestikulierte der Mann mit beiden Händen und wahrscheinlich auch mit den Füßen. Er hatte die Hände mehr in der Luft als am Lenkrad. Patrick war sich ziemlich sicher das er Hindi sprach. Sein Vater hatte versucht ihm seine Muttersprache beizubringen. Dieser Versuch scheiterte ebenso wie der seiner

Mutter ihm Russisch zu lernen. Von beiden Sprachen waren nur ein paar Brocken hängen geblieben, aber nicht genug, um sich zu verständigen. Bei dem langen Monolog des Fahrers glaubte Patrick an einer Stelle zu verstehen, dass sich der Mann über ein anderes Auto aufregte oder den Fahrer eines der vielen Motorroller, die zwischen den Autos hin und her fuhren und die Straßen in einen praktisch tödlichen Ort für jeden mit oder ohne Fahrzeug verwandelten.

Nach einer gefühlten Ewigkeit war das Hotel endlich erreicht. In der Stadt war es noch wärmer als am Flughafen. Patrick stand noch keine zwei Minuten auf dem Fußweg und begann schon zu schwitzen. Der Fahrer lud gerade umständlich das Gepäck aus. Patrick nutzte die Zeit, um sich etwas umzusehen. Das Hotel sah nicht mal entfernt so aus wie auf den Fotos im Internet: Die Sandsteinfassade bröckelte, die Fensterläden hatten kaum noch Farbe und das Schild hing auch ganz schief. Doch innen folgte eine Überraschung. Als Patrick endlich seinen Koffer hatte und der Fahrer laut hupend wieder abfuhr, ging er so schnell wie möglich zum Eingang. Er musste dringend in den Schatten. Der lange Flug machte sich langsam bemerkbar. Patrick war müde, er hatte Hunger und Durst und durch die Hitze wurde ihm schwindelig. Schon in der Drehtür merkte Patrick einen kühlen Lufthauch. Er atmete tief ein. Im Vergleich zu den Außentemperaturen wirkte das Hotel wie eine andere Temperaturzone. Der Lärm und die Hektik der Millionenstadt waren von einer Minute auf die andere verschwunden. An der Rezeption schaute er sich überrascht um. Der Bereich schien vor nicht allzu langer Zeit renoviert worden zu sein. Ein junger Mann in einer blütenweißen Kurta stand hinter dem Tresen aus dunklem Holz. Die Wand dahinter war dunkel getäfelt und indirekt in zarten Rosa- und Lilatönen beleuchtet, die sich in den Sesseln in der Lounge wiederfanden und einen schönen Kontrast zu dem weißen Marmorboden bildeten. Es wirkte alles gemütlich und stimmig. Da war ein wirklicher Profi am Werk.

Das dunkle Holz und die Marmorböden zogen sich bis zu seinem Zimmer fort. Er war im zweiten Stock untergebracht, mit Blick auf einen kleinen Innenhof. Dieser war baumlos, aber trotzdem schattig. In der Mitte befand sich ein kleiner Brunnen, um den mehrere Sessel, die Patrick an die Lounge erinnerten, standen.

Patrick ließ sich erschöpft auf das breite Bett fallen. Es quietschte und schwankte verdächtig. Wäre er nicht so müde gewesen, wäre er wohl wieder herausgesprungen, in Sorge das ganze Gestell könnte unter seinem Gewicht zusammenbrechen. Doch danach stand ihm gerade nicht der Sinn. Er schaffte es noch die Schuhe abzustreifen, dann drehte er sich um und schlief ein.

„Es ist nicht das Ritz, aber es hätte schlimmer kommen können", schoß es ihm noch durch den Kopf, bevor er in einen tiefen, traumlosen Schlaf fiel.

Als Patrick wieder wach wurde, war es dunkel um ihn herum. Er stieß die Fensterläden auf und ließ die kühle Nachtluft ins Zimmer. Die Sessel im Hof waren verschwunden und weit und breit war keine Menschenseele zu sehen. Aus der Ferne konnte Patrick den Lärm von der Straße hören.

„Diese Stadt wird wohl nie zur Ruhe kommen", stellte er seufzend fest.

Er schaute auf seine Rolex, oder besser gesagt auf die Rolex seines Vaters. Es war kurz vor zwei Uhr in der Nacht. Er musste rund sieben Stunden geschlafen haben. In London war es noch Abend. Ob er mal zu Hause anrufen sollte? John und Doris machten sich bestimmt Sorgen. Aber es war besser, wenn keiner seinen Aufenthaltsort kannte. Außerdem waren sie doch nur Angestellte, warum sollten sie sich um ihn Sorgen machen, den gefallenen Sohn ihres Chefs.

Patrick nahm sich seinen Koffer, den er achtlos

neben der Tür abgestellt hatte und fing an, das Nötigste auszupacken. Vor allem ein leichtes Shirt und kurze Hosen würde er brauchen. Er schnappte sich seinen Pyjama und ging ins Bad, um zu duschen. Als er das Wasser aufdrehte, sprang irgendwo im Haus eine Pumpe an, die das Wasser scheinbar erst eine Runde durch alle Rohre beförderte und das äußerst geräuschvoll. Patrick hielt den Atem an. Das Rattern musste im ganzen Haus zu hören gewesen sein. Sicher würde sich gleich jemand über den Lärm beschweren.

Nach einer kalten Dusche fühlte er sich gleich besser. Er wischte den Spiegel ab und betrachtete den Mann, der ihm da entgegenblickte.

„Wer bist du und was willst du eigentlich?" fragte er sich, als er sein Spiegelbild betrachtete. Trotz seines etwas dunkleren Teints, den er von seinem Vater geerbt hatte, wirkte er bleich. Seine Haut sah fahl aus, er hatte Augenringe und ihm stand schon wieder der Schweiß auf der Stirn, obwohl er gar nichts gemacht hatte.

„Bestimmt der Jetlag", redete er sich ein.

Doch dann erinnerte er sich, dass er seit einigen Tagen keine Drogen mehr genommen hatte. Und seit seiner Suchaktion in der Wohnung hatte er keinen Alkohol mehr angerührt. Eigentlich hätte er stolz darauf sein sollen, aber in dem Moment , in dem er daran dachte, wuchs das Verlangen ins

Unermessliche. Wenn er wenigstens eine Zigarette zur Hand gehabt hätte. Aber selbst daran mangelte es ihm. „Na toll, kalter Entzug."

Er hatte das schon einmal erlebt, während des Studiums, oder besser gesagt, dem Studienversuch. Weil er mehr Parties als Vorlesungen besucht hatte, hatten ihm seine Eltern das Geld abgedreht. Charly half ihm damals aus der Patsche und versorgte ihn mit dem Nötigsten, bis sich die Situation wieder beruhigt hatte. Diesmal musste er da alleine durch und da sein Budget größere Abstürze nicht zuließ, hätte er wohl endlich die Chance einen gesunden Lebensstil einzuschlagen.

Als Patrick aus dem Bad kam, ging es auf drei Uhr zu. Er war nicht mehr müde, aber wirklich ausgeruht fühlte er sich auch nicht.

„Ich könnte schauen, ob ich meine Tante über das Internet finde", überlegte er sich.

Er griff sich den Mac, den er auf das kleine Tischchen neben dem Bett gelegt hatte. Wonach sollte er suchen? Sharma war ein häufiger Name in Indien und selbst in Jaipur würde es noch hunderte Frauen mit dem Namen geben. Bei der Testamentsverlesung war von irgendeiner Hilfsorganisation die Rede gewesen. Wenn er nur besser zugehört hätte ... Er begann zu googlen. Es war irgendwas mit Kindern gewesen. Kinderhilfswerk oder so.

Irgendwann während der Recherche schlief Patrick wieder ein.

Ein durchdringendes Piepen weckte ihn. Der Akku seines Computers war leer. „Mist!“ Er quälte sich aus dem Bett. Seine Gelenke fühlten sich steif an, weil er im Sitzen geschlafen hatte. In dem kleinen Raum herrschte eine brütende Hitze. Durch die offenen Fensterläden schien die Sonne und die Luft hatte sich ins unerträgliche aufgeheizt. Sein Pyjama klebte an seinem Körper.

Nachdem er den Mac angesteckt und das Fenster geschlossen hatte, stellte er sich wieder unter die Dusche.

Erfrischt und in sauberen Sachen machte sich Patrick auf den Weg zum Frühstück. Er hatte einen Bärenhunger. Zuletzt hatte er im Flugzeug etwas gegessen und das war schon Stunden her. Das Angebot im Frühstücksraum war überraschend groß. Patrick lud sich den Teller voll mit Rührei, Speck, Würstchen und Toast. Dazu zwei Tassen Kaffee und Orangensaft.

Patrick hatte sich von der Rezeption eine Zeitung mitgenommen und während er aß, blätterte er sie durch. Die Artikel interessierten ihn nicht, er schaute nur die Bilder an und tat so, als wäre er stark beschäftigt. In dem Raum saßen noch zwei einzelne Herren und kurz nach ihm war ein dritter eingetreten. Die Männer sahen teilweise auch wie Europäer aus. Sicher waren es Geschäftsleute, die sich auf Dienstreise in Jaipur befanden. Patrick hatte keine Lust darauf mit einem von ihnen in Kontakt zu kommen.

Nach dem Essen ging er nochmal in sein Zimmer und suchte seinen Pass und alle wichtigen Unterlagen zusammen, um sie im Zimmersafe einzuschließen. Auch einen Teil des Bargeldes und den Smaragdschmuck schloss er ein.

An der Rezeption hatte an diesem Morgen eine junge Frau Dienst. Sie war so auf den Computerbildschirm konzentriert, dass sie ihn zunächst gar nicht bemerkte.

Patrick räusperte sich. „Hallo, guten Morgen."

Sie schaute kurz auf, drückte eine Taste und schaute Patrick dann lächelnd an.

„Wie kann ich ihnen helfen, Sir?"

„Patrick Arun, Zimmer 211. Ich bin gestern Abend hier angekommen."

„Herzlich willkommen, Sir", ihre Stimme war leise, aber sehr selbstsicher.

„Danke. Sagen sie, hätten sie einen Stadtplan oder so?"

„Aber natürlich."

Die junge Frau verschwand kurz hinter dem Tresen und kam dann mit einem Faltblatt wieder.

„Hier sind die wichtigsten Sehenswürdigkeiten eingezeichnet. Die Festung von Amber, der Palast der Winde, der Maota und der Man Sagar See."

Mit einem Kugelschreiber zeigte sie in Windeseile auf die verschiedenen Plätze in der Stadt.

„Wir befinden uns hier, direkt beim Ajmeri Tor. Von da aus kommen sie in die Pink City", sie malte ein Kreuz in die Karte und zeigte dann auf einen Punkt, der sich direkt hinter dem Hotel zu befinden schien.

„Das ist großartig, vielen Dank. Ich bin aber eigentlich nicht an den Touristenattraktionen interessiert." Bei seinen Worten schaute die Frau Patrick verwundert an. „Was mich eigentlich interessieren würde, wo sich hier verschiedene Hilfsprojekte befinden. Speziell für Kinder", erklärte Patrick weiter.

Die Frau, die nicht viel älter als er selbst war, sah ihn verständnislos an.

„Ich suche meine Tante, sie arbeitet bei so einem Projekt. Ich weiß nur nicht genau wo", fügte Patrick noch hinzu, als er den Gesichtsausdruck sah.

Die Frau lächelte ihn erleichtert an. Sie hatte kurzzeitig am Verstand des jungen Mannes gezweifelt. Doch dann wurde ihr Gesichtsausdruck ernst, als sie sagte:

„Oh, das wird nicht einfach werden. Hier sind viele verschiedene Organisationen tätig. Wie heißt ihre Tante, vielleicht ist sie über das Internet zu finden."

„Das hatte ich schon versucht, nur leider ohne Erfolg. Ihr Name ist Sharma. Ashwara Sharma."

Sie tippte wild auf die Tastatur und starrte auf den Bildschirm.

„Mmh, der Name ist recht häufig."

„Ich weiß."

„Aber ich hätte hier etwas."

Sie drehte den Bildschirm um, so das Patrick ihn sehen konnte. Ein verpixeltes Foto leuchtete über die ganze Breite des Monitors auf.

„Das ist in der Mission am Man Sagar See. Dort werden Mädchen aufgenommen, die ihre Eltern verloren haben oder deren Eltern sich nicht mehr um sie kümmern können."

„Eine Art Waisenhaus."

„Wenn man so will."

„Das müsste Ashwara Sharma sein." Sie zeigte mit dem Kugelschreiber, den sie noch immer in der Hand hielt, auf eine Frau. Patrick kannte seine Tante nur von Fotos und ein aktuelles Bild hatte er länger nicht gesehen.

Er zuckte mit den Schultern. „Ich kann es nicht sagen. Das Foto ist ja auch nicht besonders gut."

„Ja, das stimmt leider. Aber fragen sie doch dort einfach mal nach. Vielleicht kann man ihnen in der Mission weiterhelfen."

„Das wäre eine Möglichkeit. Danke für ihre Hilfe."

„Kein Problem. Sie können eine Fahrradrikscha stoppen, die bringen sie überall hin."

„Ja, mal sehen."

Patrick winkte der Rezeptionistin kurz zu und verließ dann das Hotel. Die Sonne schien schon wieder heiß vom wolkenlosen Himmel und Patrick schätzte, dass es wieder um die 30 Grad sein mussten. Auf der Straße tobte das pure Chaos. Ein Laster hatte seine Ladung verloren, die nun über alle Fahrbahnen verstreut lag. Es waren hauptsächlich Mangos und anderes Obst. Einige Leute hatten sich schon an den Früchten bedient und der Fahrer stand mitten auf der Straße und schimpfte auf jeden ein, der ihm zu nahe kam. Dazwischen fuhren Autos, Rikschas, Tuktuks und ab und zu kam ein Gespann, vor das ein Ochse oder ein Dromedar gespannt war. „Von der Straße halte ich mich lieber fern. Ich laufe zu dem See, das kann doch nicht so weit sein."

Mit der Karte in der Hand, lief Patrick in die Richtung, in der er das Stadttor vermutet. Doch entgegen der Aussage der Rezeptionistin, dass sich das Tor gleich hinter dem Hotel befände, musste er noch einige Male abbiegen, bevor er die Türmchen und die Bögen des reich verzierten Bauwerkes entdeckte. Auch hier quälte sich der Verkehr durch und vor dem Tor bildete sich Stau. Patrick atmete tief ein und machte sich dann im Slalom zwischen Autos, Bussen, Lastern und zahlreichen anderen Gefährten auf den Weg in die Altstadt.

Patrick lief auf geradem Weg in Richtung Stadtpalast. Hin und wieder gab es Hinweisschilder, die ihm den Weg zeigte, aber bei dem Gewusel um ihn herum, achtete er nicht sehr darauf. Unterwegs kam er an einem kleinen Markt vorbei. Der Duft von exotischen Gewürzen lag in der Luft. Es roch nach Curry-Mischungen, Knoblauch und Ingwer. Auf der anderen Seite waren einige Garküchen. Die Verkäufer waren eingehüllt in dicke Dampfwolken. Vor ihnen blubberten in Pfannen und Töpfen die merkwürdigsten Gerichte. Patrick warf einen kurzen Blick darauf, konnte aber nicht identifizieren, was das alles sein sollte. Ab und zu gaben die „Köche“ irgendein Gewürz oder Fleisch dazu und rührten dann wie wild darin herum. Obwohl es noch recht früh am Vormittag war, standen schon lange Schlangen an den Imbissständen.

Patrick überquerte den Markt, bog einmal ab und lief die nächste Parallelstraße zurück, um wieder auf den rechten Weg zum Palast zu kommen. Der Markt zog sich durch die nächsten Straßen. Hier waren Stoffhändler, die Waren in allen Farben des Regenbogens im Angebot hatten. Patrick riss sich von dem farbenfrohen Anblick los und marschierte weiter.

Die Straße schien endlos zu sein und fast glaubte er, dass er sich verlaufen habe. Ein Blick auf den Stadtplan, den er aus dem Hotel hatte,, sagte ihm, dass er noch auf dem richtigen Weg war. Auf der Karte sah Patrick auch, dass der Palast der Winde, mit seiner markanten Fassade nicht mehr weit war. Nur ein kleiner Umweg und er könnte einen Abstecher dorthin machen. Sein Vater hatte ihm von dem Palast erzählt. In der Hauptfassade, die wie alle Gebäude der Altstadt in Rot- und Rosatönen erstrahlte, waren unzählige große und kleine Fenster. Von da aus konnten die Damen des Hauses das Leben auf der Straße beobachten.

„Nein! Ich bin kein Tourist. Ich habe eine Aufgabe, für Sightseeing ist später vielleicht noch Zeit."

Patrick marschierte weiter und nach einer schier endlosen Zeit entdeckte er die Zinnen am Hauptportal des Stadtpalastes. Er lief an dem riesigen Gebäude vorbei, überquerte einen kleinen Platz und nahm dann den Weg entlang des Parks in Richtung

Wasserbassin und einem weiteren Park. Hier spendeten ein paar Bäume wohltuenden Schatten. Es ging auf Mittag zu und kein Lüftchen regte sich. Patrick stand der Schweiß auf seiner Stirn, aber daran war nicht nur die Hitze schuld. Patrick entschloss sich von seinem knappen Budget bei einem Straßenhändler ein Basecap mit der Aufschrift: „I love India" und eine Flasche Wasser zu kaufen.

Am Bassin Tal Katora Talab setzte er sich hin, machte eine kleine Pause und genoß die Frische, die von der Wasseroberfläche aufstieg. Wie weit mochte es noch bis zu der Mission sein? Seine Füße schmerzten, sie waren einfach nicht an solche Strapazen gewöhnt. In London winkte man sich einfach eine Taxe heran. Früher hatte er auch mal einen Ferrari besessen, aber den hatte er letztes Jahr zu Schrott gefahren. Überhaupt fand er die Wege in London viel kürzer. Das lag aber nicht daran, dass London so viel kleiner war, sondern er hielt sich nur in einem sehr begrenzten Umfeld auf.

Patrick atmete tief ein. Er vermisste London, seine klimatisierte Wohnung und das Herbstwetter. Er hätte nie gedacht, dass das möglich war, aber nun war er wirklich an dem Punkt angekommen. Eine Gruppe Koreaner steuerte auf das Wasserbecken zu, um Fotos zu machen. Sie umringten die Bank und Patrick fühlte sich plötzlich wie im dichtesten Londoner Einkaufstrubel, kurz vor Weihnachten. Er stand auf und setzte seinen Weg fort.

Die Sonne stand hoch am Himmel, als Patrick endlich den See erblickte. In der Hoffnung auf eine Abkürzung war er zweimal falsch abgebogen und hatte sich dann hoffnungslos verlaufen. Ein Obsthändler, der mit einem Karren und einem Dromedar seinen Weg kreuzte, wies ihm die richtige Straße und nun stand er am Man Sagar See und wusste schon wieder nicht weiter.

Gar nicht so weit entfernt konnte er im See den schwimmenden Palast sehen. Es war das einzige Gebäude in Jaipur, das er wirklich kannte und das auch nur dank eines Bond-Films. „James, du hattest nie solche Probleme wie ich", murmelte Patrick, während er sich umsah.

Patrick drehte sich einmal um die eigene Achse. Nirgends war ein Hinweis auf die Mission zu finden. Auf der linken Seite war ein großer Parkplatz, auf dem unzählige Reisebusse standen. Die Fahrer warteten auf die Reisegruppen, die gerade das Amberfort besuchten. Auf der rechten Seite erstreckten sich Wiesen, doch statt grün sahen sie gelb und verbrannt aus. Vor ihm lag der See. Neben dem Palast gab es noch kleinere Gebäude im Wasser und Inselchen. Der See war von Bergen umgeben. Links führte eine Straße vorbei, in Richtung Festung, die jenseits des Sees auf einem Berg lag. Nach rechts schien ein Wander- oder Radweg zu gehen und Patrick konnte auf der anderen Seite Gebäude und eine Art Staudamm erkennen.

„Super und wie nun weiter? In der Hitze kann ich doch nicht um den ganzen See laufen“, stöhnte er. Auf der Karte wirkte alles viel kleiner.

Einer der Busfahrer hatte beobachtet, wie Patrick am Ufer stand und unschlüssig über das Wasser starrte. Der Mann gab seinen schattigen Platz unter einer Palme auf und schlenderte auf Patrick zu. In dem jungen Briten stieg Panik auf. Der Fremde, der da auf ihn zukam, sah nicht sehr vertrauenerweckend aus. Das Hemd war schmutzig und hatte Löcher, die Haare wirkten verfilzt und er hatte kaum noch einen Zahn im Mund. Patrick wich ein paar Schritte zurück, als der Mann immer näher kam und dann auch noch seinen Arm ausstreckte.

„Wollen sie eine?“ fragte er plötzlich ganz freundlich auf englisch. Erst da entdeckte Patrick die Packung Zigaretten in der Hand. Er nahm dankbar an und nach einem tiefen Zug fühlte er sich gleich besser, lebendiger. Wie jemand der kurz vorm Verdursten noch Wasser findet.

„Wo soll es hingehen?“ fragte der Fremde weiter.

„Ich bin auf der Suche nach der Mission, die für Kinder, hier am See.“

„Ah ja", sagte der Mann, ohne eine weitere Antwort zu geben.

„Ist das hier irgendwo?"

„Ja."

„Wo?"

„Dort", mit dem Zigarettenstummel wies der Fremde auf die rechte Uferseite, zu den Häusern, die unterhalb des Berghangs standen.

„Oh", stieß Patrick enttäuscht aus.

„Was wollen sie denn da?"

„Ich suche meine Tante, sie soll dort arbeiten."

„Aha."

„Wie weit ist das von hier?"

„Ein Stück."

„Ja..." mit der Antwort konnte Patrick so gar nichts anfangen.

„Ich kann sie mitnehmen. Im Bus."

Patrick schaute überrascht auf. Endlich ein Lichtblick. Vielleicht war das ein Zeichen, dass doch noch alles gut würde.

„Gerne", Patrick stockte, „aber ich kann ihnen nichts dafür zahlen."

Als er das verdutzte Gesicht des Mannes sah, schämte er sich. Was sollte dieser freundliche Fremde nur von ihm denken. Immerhin trug er Designerklamotten und eine teure Uhr.

„Das ist nicht schlimm. Die Touristen geben

gutes Trinkgeld und die Reiseagentur bezahlt mich ja auch.“

„Ich danke ihnen, sie sind so freundlich. Ich bin übrigens Patrick.“

„Kemal.“

Kemal hatte noch etwas Zeit, bis er seine Gruppe abholen musste. Sie setzten sich in den Schatten der Palme und Kemal teilte sein Mittagessen mit Patrick. Es war zwar nur Brot und Soße, aber es schmeckte gut und machte satt.

Eine Stunde später bestiegen sie den klapprigen Bus. Die Türautomatik funktionierte nicht mehr und Kemal gab Patrick Anweisungen, wie er die Tür manuell schließen konnte.

„Du machst das sehr gut. Wenn du mal einen Job suchst, melde dich bei mir. Ich bin die meiste Zeit hier.“

„Danke, das ist gut zu wissen.“

Die Fahrt wurde genauso unkomfortabel, wie Patrick befürchtet hatte. Trotz allem war er aber froh, dass er die Strecke nicht laufen musste.

Kemal brachte ihn bis vor die Pforte der Mission.

6

An der Mission angekommen, waren es nur noch ein paar Schritte, die Patrick vom Bus bis zum Tor zurücklegen musste. Dahinter war keine Menschenseele zu sehen. Aus der Ferne hörte er Kinderstimmen und -lachen. Wahrscheinlich waren sie am See. Patrick blieb in dem Tor stehen. Er ließ seinen Blick über die Anlage schweifen. Vor ihm lag eine Wiese, die von einigen Sträuchern und Bäumen eingerahmt wurde. Dahinter konnte Patrick den See erkennen. Auf der anderen Seite waren ein paar Gebäude. Während er noch auf die Häuser starrte, war ein Mädchen zwischen den Sträuchern hervor gekommen. Sie schaute den Fremden mit großen Augen an. Da er sie nicht zu bemerken schien, sagte sie „Hallo".

Als Patrick das dünne Stimmchen neben sich hörte, drehte er sich erschrocken um. Neben ihm stand ein Mädchen. Er schätzte, dass die Kleine etwa zehn Jahre alt war. Sie war bleich wie Naturjoghurt und ebenso mager.

„Hey, wo sind denn alle?“, fragte er.

Sie zuckte mit den Schultern. „Hier und da.“

„Wer passt auf euch auf?“

„Die Nonnen.“

„Und wo sind die?“ Patrick platzte bald der Geduldsfaden. Er war heute schon zu lange unterwegs und hatte zu viel durchgemacht, um bei so eine Spiel mitzumachen.

„Mina! Was machst du da?“ Eine junge Frau war in einem Fenster im Gebäude hinter dem dünnen Mädchen erschienen. Mina drehte sich erschrocken um und rannte in einer Geschwindigkeit davon, die Patrick ihr gar nicht zugetraut hätte. Die Frau war inzwischen von dem Fenster verschwunden, tauchte aber nach wenigen Sekunden in einer Tür wieder auf und ging auf Patrick zu. Von ihrem ganzen Auftreten her merkte er, dass sie genau wusste war sie wollte und keinen Widerspruch zuließ.

„Und wer sind sie?“ fragte sie in strengem Ton.

„Ich bin auf der Suche nach Ashwara Sharma, sie ist meine Tante. Ich heiße Patrick Arun.“

„Shari Raji, ich bin …“ sie stockte kurz, „Ashwaras Assistentin.“ Während sie sprach, reichte sie ihm die Hand.

Patrick entschied sich auf Höflichkeiten und Smalltalk zu verzichten und fragte direkt: „Wäre es möglich meine Tante zu sprechen?“

Er sah Shari erwartungsvoll an, doch sie schaute an ihm vorbei, so als ob sie ihm gar nicht zugehört hätte. Er drehte sich um und schaute ebenfalls in die Richtung. Hinter einem Baum lugte Mina hervor und beobachtete die beiden.

„Mina, du sollst doch zu den anderen gehen. Die Schwestern suchen dich bestimmt schon", rief Shari.

Sie lief in Minas Richtung, die auf dem Absatz kehrt machte und wegrannte. Shari ging dem Mädchen hinterher und Patrick verlor sie kurz aus den Augen. Doch dann entdeckte er den leuchtend blauen Sari den die junge Frau trug zwischen den Bäumen.

Shari hob kapitulierend den Arm: „Auf Mina aufzupassen ist wie einen Sack Flöhe zu hüten. Aber jetzt sollten wir etwas Ruhe haben. Wollen wir ins Haus gehen? Da ist es kühler."

Shari zeigte auf das flache Gebäude, aus dem sie vor wenigen Minuten gekommen war. Patrick folgte ihr und hatte dabei die Gelegenheit das kunstvoll gewickelte Kleid genauer zu betrachten. Die junge Frau schien seinen Blick zu spüren, denn plötzlich drehte sie sich um. Mit einem bezaubernden Lächeln im Gesicht fragte sie: „Möchten sie etwas trinken? Einen Tee?"

„Danke, vielleicht später", eigentlich war ihm

gerade mehr nach einem Whisky um seine Nervosität zu bekämpfen, doch in einer Mission würde das Angebot da wahrscheinlich etwas begrenzt sein, „ich würde erst einmal gern mit meiner Tante reden."

Sie waren in einem kleinen Büro angekommen. Es gab einen Schreibtisch, ein Regal und ein paar Stühle.

„Setzen sie sich doch. Es ist alles sehr einfach, aber wir sind froh über das, was wir hier haben." Shari schloss das Fenster, so dass der warme Luftzug abrupt abbrach. Patrick nutzte den Moment, um sich schnell etwas umzusehen. Auf dem Schreibtisch stand ein Foto, das Shari, eine ältere Frau und eine Gruppe Kinder zeigte. Er erkannte das Bild. Es war das gleiche Foto, das er am Morgen im Hotelcomputer gesehen hatte, nur in besserer Qualität. Patrick nahm sich das Bild und schaute sich die ältere Frau an. Er war sich sicher, das musste seine Tante sein. Die Frau hatte die gleichen strengen Gesichtszüge wie sein Vater und die markante Nase.

Patrick sah auf und bemerkte Shari, die ihn anlächelte. „Das war vergangenes Jahr, als wir einen Spendenscheck bekommen haben."

„Schön", Patrick stellte das Bild ab, „Wo ist nun meine Tante?"

„Ich muss ihnen leider sagen, dass Ashwara zur Zeit nicht hier ist. Sie ist wegen einer Erbschaft unterwegs."

Bei ihren Worten blieb für Patrick die Zeit stehen. „Es ist alles zu spät", schoss es ihm durch den Kopf. Dann wurde ihm schwarz vor Augen und seinen Sinne schwanden.

Entsetzt sah Shari, wie ihr Besucher immer bleicher wurde, die Augen schloss und vom Stuhl kippte. Sie schrie auf und stürzte zu Patrick. Dieser lag wie tot am Boden und weder Luft zufächeln noch leichtes Klopfen gegen die Wange half.

Shari rannte aus dem Zimmer. Irgendwo musste doch jemand sein, der ihr helfen konnte. Im Gebäude und auf den Fluren war keiner zu sehen und auch der Hof war menschenleer.

„Wo ist nur Mina wenn man sie mal braucht?", zischte Shari gehetzt durch ihre geschlossenen Lippen.

Das Mädchen, das sich sonst immer in ihrer Nähe aufhielt, war wie von Zauberhand verschwunden. Shari wollte schon zum See laufen, wo die Schwestern mit den Kindern waren, als ein Auto auf den Hof gefahren kam. Es war ein schwarzer Sportwagen, der eine große Staubwolke hinter sich herzog. Shari blieb stehen und betrachtete den Wagen. Dann verdrehte sie die Augen und murmelte:

„Nein, nicht auch noch Satif."

Satif Madan stammte aus einer sehr wohlhabenden Familie in Jaipur, die die Mission schon lange unterstützte. „Wir haben ihnen viel zu verdanken, deshalb sind die Madans immer willkommen", hatte Ashwara einmal gesagt, als Shari bemerkte, dass Satifs Auftreten kein gutes Vorbild für die Kinder sei. „Er weckt falsche Hoffnungen bei ihnen."

Auch an diesem Tag machte Satif mit seinem Auftreten keine Ausnahme. Er trug einen maßgeschneiderten hellen Sommeranzug, die Haare zurückgegelt, in einem Ohr blinkte ein Ohrring und an der rechten Hand trug er eine Art Siegelring. Wie immer telefonierte er. Als er Shari sah, ließ er das Handy im Jacket verschwinden und breitete die Arme aus.

„Welch ein Anblick! Shari, vor dir verblassen sogar die Sterne."

Shari quälte sich ein Lächeln ab. „Satif, welch eine unerwartete Freude dich hier zu sehen."

Die beiden kannten sich lange genug, um auf Förmlichkeiten zu verzichten.

„Ich musste doch mal wieder sehen, wie es meinem Lieblingsprojekt geht. Wo sind denn die lieben Kinderchen?"

„Lügner", dachte Shari, laut sagte sie: „Sie spielen

am Wasser. Dort ist es zur Zeit am angenehmsten."

„Ja natürlich. Dann hättest du ja heute Nachmittag Zeit."

„Bedaure, wir haben einen Gast. Ashwaras Neffe ist da."

„Oh, die alte Schreckschraube hat einen Neffen? Welch eine Überraschung." Satif wirkte wirklich überrascht. Shari bemerkte das nicht. Sie war zu empört.

„SATIF!" rief Shari entrüstet. Sie ließ ihn links liegen und stapfte zurück in Richtung Haus. Ashwara war charakterlich nicht der einfachste Mensch, aber sie war immer wie eine Mutter für Shari gewesen, hatte sie ausgebildet und immer unterstützt. Aus diesem Grund ließ Shari nichts auf Ashwara kommen. Sie hatte ihr praktisch alles zu verdanken. Ohne Ashwaras Hilfe wäre sie sicher nicht mehr am Leben.

Während ihres stürmischen Abgangs war sich Shari nicht sicher, ob Satif ihr folgen würde, aber sie hoffte nicht. An der Tür drehte sie sich leicht um und schaute kurz über die Schulter. Satif stand noch im Hof, unschlüssig, was er tun sollte.

Shari eilte zurück ins Büro. Patrick war wieder zu sich gekommen und rieb sich leicht benommen den Kopf. Auf einem Regal neben der Tür stand ein Krug mit frischem Wasser. Shari füllte ein Glas und reichte es Patrick.

„Geht es ihnen besser?“

„Ich denke schon, die Hitze war wohl etwas zu viel heute.“

„Wenn man nicht daran gewöhnt ist, kann einem unser Klima ganz schön zu schaffen machen. Von wo kommen sie?“

„London.“

„Aber natürlich. Ashwaras Bruder lebt ja da.“

Patrick sah sie verdutzt an. „Mein Vater ist tot“, stammelte er.

„Oh! Das tut mir schrecklich leid, bitte verzeihen sie. Ich hatte ja keine Ahnung.“

Shari hatte den Stuhl, von dem Patrick vorhin gefallen war, wieder aufgestellt und half ihm vom Boden auf.

„Aber sie sagten doch vorhin, dass meine Tante wegen einer Erbschaft ...“ Patrick rieb sich wieder den Kopf.

„Ja, eine frühere Bewohnerin hat sie um Hilfe gebeten. Das Mädchen hat uns vergangenes Jahr verlassen und nun kam heraus, dass sie doch noch Verwandte in Delhi hat und von denen etwas erbt. Es ist nicht viel, aber sie kann sich damit ein eigenes Leben aufbauen. Ashwara hilft ihr bei den bürokratischen Sachen.“

Patrick fiel ein Stein vom Herzen Es war noch

nichts verloren.

„Wissen sie schon, wann meine Tante zurück sein wird?“

„Ich erwarte sie morgen oder spätestens übermorgen wieder hier. Geht es ihnen wirklich gut? Sie sehen fürchterlich blass aus.“

„Nur etwas Kopfweh, das geht vorbei.“ Patrick rieb sich wieder die Schläfen und nahm noch einen Schluck Wasser. Dann stand er auf.

„Sie haben sicher viel zu tun, da will ich nicht weiter stören.“

„Sie stören überhaupt nicht!“ Ganz im Gegenteil, Shari war froh, dass Patrick da war, denn so konnte sie Satif aus dem Weg gehen.

„Ich muss mich wirklich auf den Rückweg machen. Wäre es in Ordnung, wenn ich ihnen die Nummer vom Hotel hier lasse? Dann könnten sie mich vielleicht anrufen, sobald meine Tante wieder zurück ist.“

„Aber natürlich.“ Shari reichte ihm einen Zettel.

„Wie kommen sie denn zurück in die Stadt? Soll ich ihnen ein Taxi oder einen Uber rufen?“

„Das geht schon, ein Spaziergang um den See wird mir guttun.“

Shari sah ihn skeptisch an. Der junge Mann verwirrte sie irgendwie. Äußerlich erinnerte er sie mit seinen schicken Klamotten an Satif. Aber seine Art war anders. Er hatte so eine Traurigkeit in sich.

Im Hof stand noch immer Satifs Autos. Von ihm selbst war zwar nirgends was zu sehen, aber weit konnte er nicht sein.

„Warten sie, mir kommt eine Idee. Einen Moment bitte“, sagte Shari und ohne eine Antwort von Patrick abzuwarten, lief sie davon und verschwand hinter den Sträuchern. Patrick schlenderte zu dem Auto und warf einen Blick darauf. Es war ein Porsche, ein ähnliches Modell wie das, das Charly fuhr. Er sah nur neuer aus und noch mehr aufgemotzt.

„Ein schönes Teil, nicht wahr“, ein junger Inder tauchte plötzlich neben dem Auto auf.

Patrick lächelte gedankenverloren.

„Hier steckst du ...“ Sharis aufgebrachte Stimme ertönte hinter den beiden.

„Wo sonst, ich hab auf dich gewartet“, und zu Patrick gewandt sagte Satif: „Ich nehme an, dass sie der Neffe sind.“

„Ja, Patrick Arun.“

„Satif Madan.“ Der Inder streckte Patrick die Hand entgegen.

Nach der Vorstellung trat eine unangenehme Stille ein. Patrick räusperte sich, entschlossen die Ruhe zu durchbrechen. „Ist das der neue Hybrid?“

„Ja, werksneu. Ich hab ihn gestern erst bekommen."

„Sehr schön. Ein Freund in London fährt den Vorgänger."

„Den hatte ich auch. Aber sie wissen ja, die Erderwärmung und Luftverschmutzung und so. Ich hatte kein gutes Gewissen dabei und dachte ich tue der Umwelt und mir etwas Gutes und kaufe einen Hybrid."

„Das ist wirklich ehrenhaft."

Patrick kannte viele arrogante Millionäre in London. Es liefen wesentlich mehr von ihnen herum, als man von außen glauben wollte und wenn Patrick ehrlich zu sich selbst war, gehörte er auch dazu oder er hatte es zumindest mal. Aber dieser Satif Madan schlug sie alle.

Shari war wieder bei den beiden Männern angekommen. Sie hatte Mina an der Hand, die sich, kaum das sie das Auto sah, losriss und auf den Wagen zu rannte.

„Satif, gut das du noch da bist. Du hast Herrn Arun kennengelernt?"

„Wir haben uns eben vorgestellt."

„Könntest du ihn wieder mit in die Stadt nehmen, wenn du jetzt zurückfährst?"

Satif sah verwundert zwischen Shari und Patrick hin und her. So schnell wollte er eigentlich nicht zurück, aber Shari schien keinen Widerspruch zu dulden.

„Wie sind sie denn hier hergekommen?“, fragte er Patrick.

„Mit dem Bus.“

„Was?“

Patrick zuckte mit der Schulter. „Es hat sich so ergeben.“

Auch wenn die Vorstellung mit diesem Auto zu fahren sehr verlockend war, fühlte sich Patrick in Satifs Anwesenheit unbehaglich. Zum Glück richtete dieser gerade seine ganze Aufmerksamkeit auf Mina.

„He du kleine Kröte. Lass deine dreckigen Finger von meinem Auto. Der Lack ist frisch.“

Das Mädchen drehte sich erschrocken um. Ihre Unterlippe zuckte. Shari nahm sie in die Arme und die Kleine vergrub ihr Gesicht in dem Kleid.

„Ok, das ist dann wohl mein Zeichen zu gehen. Ich wollte eigentlich noch etwas Zeit hier verbringen, aber ich sehe, ich bin unerwünscht“, zischte Satif und funkelte Mina böse an. Er öffnete die Autotür. „Arun, wenn sie mitfahren wollen, dann springen sie rein.“

Patrick winkte Shari kurz zu und sie sagte: „Ich melde mich bei ihnen sobald ich von Ashwara höre.“

Das erste Stück der Fahrt, um die Nordseite des

Sees, verbrachten die beiden Männer schweigend. Der Porsche zischte leise über die Straße, als würde er auf Schienen fahren.

„Wo müssen sie hin?"

„In Richtung Ajmeri Tor. Setzen sie mich einfach dort ab, oder am Stadtpalast, wenn das für sie besser ist."

„Ach, das ist egal, ich habe heute nichts mehr vor. Wir können auch dreimal um die Stadt fahren, das würde keinen Unterschied machen."

„Arroganter Pinsel", dachte Patrick. Wenn er ehrlich zu selbst war, war Charly genau so. Besonders wenn er ein neues Spielzeug, wie ein Auto hatte. Dann lud er Freunde ein und fuhr stundenlang durch die Gegend.

Sie fuhren schweigend weiter, bis Satif wieder die Stille durchbrach.

„Wieso will sich Shari melden?" Er versuchte so belanglos wie möglich zu klingen, aber es gelang ihm nicht.

„Er ist eifersüchtig", schoss es Patrick durch den Kopf. Laut sagte er: „Nur wegen meiner Tante Ashwara. Ich muss dringend mit ihr sprechen und sie ist zur Zeit nicht in der Stadt."

„Ah ja, Shari erwähnte das. Ist ein ziemlich weiter Weg von London, wenn sie nur mit ihr reden wollen. Sie hätten doch auch anrufen können."

„Nun ja, ich hatte sehr lange keinen Kontakt zu ihr. Da fand ich es besser, herzukommen, statt mich nur aus der Ferne zu melden."

„Eine Familienzusammenführung. Wie rührend", entgegnete Satif sarkastisch.

„Wenn sie es so nennen wollen. Meine Eltern sind vor kurzem gestorben und meine Tante weiß es noch nicht."

Bei Patricks Worten änderte sich Satifs Gesichtsausdruck und er war schlagartig still. Erst nach einer Weile sagte er: „Tut mir echt leid. Das ist wirklich beschissen. Ich hab sie falsch eingeschätzt, sorry."

„Kein Ding."

„Wenn sie mal jemandem zum Reden brauchen…"

„Ich glaube nicht, zumindest im Moment …"

„Oh, das kam vielleicht falsch an. Ich weiß was sie durchmachen. Ich habe auch meinen Vater verloren."

„Verstehe." Patrick musterte Satif von der Seite. Sie waren sich ähnlicher als gedacht.

„Also ich hab heute Abend nichts vor und ich kenne ein paar echt coole Clubs in der Stadt… genauer gesagt, sie gehören mir!"

Die Erinnerung an sein altes Leben zuckte in Patrick auf und er konnte nicht widerstehen: „Ich wollte zwar zeitig schlafen gehen, der Jetlag, aber bei so einem Angebot muss ich ja sagen." Ein Abend Alkohol für lau, das würde Patrick über die nächsten Tage retten.

„Abgemacht, passt acht Uhr?"

„Perfekt."

„Und ich bin einfach nur Satif, ja?"

„Klar."

Sie waren am Ajmeri Tor angekommen und Patrick zeigte auf eine Ecke, wo er aussteigen konnte.

„Ich hol dich ab Kumpel."

Patrick winkte Satif kurz zu, dann verschwand der Porsche im Chaos der Großstadt.

Wieder im Hotel fühlte sich Patrick vollkommen erschlagen. Er war fast den ganzen Tag auf den Beinen gewesen und hatte kaum etwas gegessen. Von seinem Fenster aus sah er, dass im Innenhof wieder Tische und Sessel standen. In einer Ecke war so etwas wie eine Art Tea-Time aufgebaut. Das Angebot sah verlockend aus. Patricks ursprünglicher Plan war es gewesen eine Ruhepause einzulegen, Duschen und ein bisschen auf dem Bett dösen. Er überlegte: Wenn er sich jetzt schlafen legen würde, gab es vielleicht später nichts mehr. Auch wenn Patrick sich kaum noch auf den Beinen halten konnte, warf er sein Basecap aufs Bett und zog nur ein neues Shirt an. An die Rezeption musste er auch noch einmal. Solange seine Tante nicht da war, musste er wohl oder übel seinen Aufenthalt verlängern. Doch erstmal wollte er einen Tee.

Der Innenhof war schattig und das Wasser im Brunnen verströmte eine angenehme Frische. Der leichte Lufthauch wirkte, als wäre der Brunnen parfümiert. Patrick lud sich den Teller voll mit Biskuittörtchen und Sandwichecken. Dazu eine Tasse Tee und ein Glas Wasser, aus einem Spender, neben der Tür. Dann suchte er sich einen Platz am Brunnen und genoss die Ruhe und die frische Luft. Er kuschelte sich in die Polster des Sessels und trank langsam den Tee. Er schmeckte überraschend gut, fast wie zu Hause. Patricks Gedanken wanderten zurück nach London. Inzwischen durften alle bemerkt haben, dass er weg war. Ob sie sich um ihn Sorgen machen würden? Die Angestellten dachten sicher er wäre bei Charly. Würden sie nach ihm suchen, wenn er nach drei, vier Tagen nicht zurück war? Charly könnte sich auch in der Wohnung gemeldet haben. Seit seiner Abreise war Patricks Handy ausgeschaltet, weil er im Kino mal gesehen hatte, wie vermisste Personen über das Funksignal geortet wurden. Das Risiko wollte er nicht eingehen. Aber Charly hatte noch auf eine Antwort wegen des Geldes gewartet.

„Hoffentlich hat er nicht alles verraten." Patrick sah schon vor seinem inneren Auge, wie der alte Pembrock und sein Sohn die Koffer packten und nach Indien reisten, um ihn zurückzuschleppen.

Ein Kellner schenkte Patrick noch einmal Tee nach und brachte ihn damit ins Hier und Jetzt zurück. Patrick schüttete die Tasse gierig herunter. Das letzte Bisquittörtchen auf seinem Teller war ihm eigentlich zu viel, aber er stopfte es sich trotzdem noch rein. Wer weiß wann er das nächste Mal etwas zu essen bekam.

Patrick streckte die Beine aus und starrte noch eine Weile auf die kleine Fontäne des Brunnens. Vor seinem inneren Auge ließ er noch einmal den Tag Revue passieren. Insgesamt war er zufrieden. Die Suche nach seiner Tante hatte besser geklappt als gedacht. Nun müsste sie nur noch schnell zurückkommen. Dann würde er das mit der Erbschaftssache klären und könnte schon in ein paar Tagen wieder nach Hause reisen. Der Oktober konnte wunderschön sein in England und auch der November hatte seinen Reiz. Vor allem musste er aus dieser Hitze von Jaipur heraus.

Patrick quälte sich schwerfällig aus dem bequemen Sessel hoch. Er hätte auf der Stelle einschlafen können. Aber was hätte das für einen Eindruck gemacht, so in der Öffentlichkeit. Langsam machte er sich auf den Weg zur Rezeption. Unterwegs füllte er sein Wasserglas noch einmal an dem Spender auf. Das wollte er mit ins Zimmer nehmen.

Die junge Frau, die ihn am Morgen geholfen hatte, war noch immer im Dienst. Sie lächelte, als sie Patrick sah: „Hatten sie Glück bei ihrer Suche?“, fragte sie lächelnd.

„Fast, es ist die richtige Einrichtung, nur meine Tante ist zurzeit nicht da. Nochmals vielen Dank für ihre Hilfe.“

„Gern und was kann ich jetzt für sie tun?“

Patrick erklärte der Frau sein Problem und nach einigen wenigen Klicks auf dem Computer hatte sie seine Buchung verlängert. Sie druckte die Bestätigung aus und reichte sie Patrick zusammen mit einem Stift. Er sollte nur unterschreiben, doch das gestaltete sich schwieriger als gedacht. Patricks Hand zitterte. War das nur durch die Anstrengung vom Tag, oder gab es dafür noch anderen Ursachen? Er drehte den Stift ein paar mal, um das Problem zu überspielen. Dabei lächelte er die junge Frau an, so als ob alles normal wäre. Er warf er einen vorsichtigen Blick auf seine linke Hand. Da war das Zittern weniger. Aber das nützte ihm nichts, er war Rechtshänder. Mit Mühe kritzelte er seine Unterschrift.

Die Rezeptionistin hatte geduldig gewartet, bis sie den Zettel zurück bekam. Sie tat so, als ob sie Patricks Problem nicht bemerkt hätte. Doch ihr Blick war so mitleidig, dass Patrick klar war, dass sie alles bemerkt hatte. Außerdem hielt sie ihm auch noch eine Schale mit Bonbons unter die Nase.

„Nehmen sie ruhig ein paar davon.“

Patrick wollte nicht, aber dann griff er doch zu. So schnell er konnte, machte er sich auf den Weg in sein Zimmer. Er ignorierte den Fahrstuhl, vor dem schon einige Gäste warteten und rannte die Treppe hinauf in den zweiten Stock. Im Zimmer angekommen, riss er sich die Klamotten vom Leib und stellte sich dann unter die eiskalte Dusche. Langsam beruhigte er sich und das Zittern hörte auf. Nur in Boxershorts legte er sich aufs Bett und schlief sofort ein.

Das Klingeln des Zimmertelefons weckte Patrick wieder auf. Benommen schaute er auf die Uhr. Es war schon nach sieben, um acht Uhr wollte Satif ihn abholen. Patrick tastete nach dem Hörer.

„Hallo?“ fragte er schläfrig.

„Patrick?“

„Ja.“

„Hier ist Shari ... Shari Raji aus der Mission.“

„Oh ja“, langsam kam Patrick zu sich.

„Ashwara hat angerufen. Sie kommt morgen Abend an und würde sich freuen, wenn sie zusammen essen könnten.“

„Natürlich. In der Mission?“

„Nein, in ihrem Haus in der Stadt.“

„Das klingt gut. Können sie mir die Adresse geben.“

„Nun, Ashwara hat mich gebeten, mich um sie zu kümmern. Ich würde sie dann auch zu ihr bringen.“

„Tatsächlich? Das ist wirklich nett von meiner Tante.“ Beim Gedanken an Shari in dem blauen Kleid und den langen schwarzen Haaren, die ihr wie Wasser über den Rücken flossen, musste er lächeln.“

„Ich dachte wir könnten einen Ausflug machen. Aufs Fort oder in den Nationalpark.“

„Das klingt beides gut. Entscheiden sie, sie kennen sich hier besser aus.“

„Gut, dann lassen sie sich überraschen. Ich würde sie gegen neun Uhr abholen.“

„Einverstanden.“

Patrick legte auf. Er fühlte sich großartig. Ihm war plötzlich ganz leicht ums Herz und er fühlte sich zum ersten Mal seit Tagen glücklich. Doch nun musste er sich beeilen.

In vorausschauender Weitsicht hatte Patrick einen Anzug eingepackt, falls er mit seiner Tante zu einem Anwalt oder Notar müsste. Er kramte in seinem Koffer: Den Anzug hatte er schnell entdeckt, auch das Hemd fand er. Es war vollkommen zerknittert. Nur die Krawatte blieb verschwunden.

„Ich hätte Doris packen lassen sollen“, murmelte Patrick, während er ins Bad ging.

„Es wird auch ohne Schlips gehen.“ Satif sprach ja von seinen Clubs, dann würde er das sicher regeln. Patrick zog sich um und stopfte das Hemd straff in die Hose. Dadurch verschwanden die schlimmsten Falten. Er fuhr in das Jackett und betrachtete sich zufrieden im Spiegel. Er war noch nicht ganz wieder auf der Höhe, aber er fühlte sich besser und das sah man auch. Den obersten Hemdenknopf ließ Patrick lässig offen und machte sich dann auf den Weg in die Lobby. Diesmal rannte er nicht durch das Treppenhaus, sondern nahm den Aufzug. Auch dort hing ein Spiegel, in dem sich Patrick noch einmal zufrieden betrachtete.

„Wie in der guten alten Zeit“, dachte er. Egal was heute noch passierte, die Nacht würde ihm gehören.

7

John hatte sich an der Themse auf eine Bank gesetzt. Nach tagelangem Nieselregen schien endlich mal wieder die Sonne. Der alte Diener genoss die Wärme und die Ruhe am Fluss, während er auf Charly St. Claire wartete.

An diesem Morgen hatte der letzte Polizist endlich die Wohnung der Aruns verlassen. John, Doris und die andere waren in den vergangenen Tagen ihren Aufgaben so normal wie möglich nachgegangen. Jetzt, wo sie die Wohnung wieder für sich hatten, stand erst einmal Aufräumen auf dem Plan.

Die Polizisten hatten wirklich alles auf den Kopf gestellt und schließlich auch das versteckte Fach im Schlafzimmerschrank gefunden. Als man John das leere Schränkchen zeigte, spielte dieser den Verwunderten, der das Fach noch nie gesehen hatte - es war ja auch schließlich ein Geheimfach. Was darin war, konnte er beim besten Willen nicht sagen und auch wie lang der Knauf schon verschwunden war, blieb vorerst ein Rätsel. Als es keinem gelang die Tür zu öffnen, hatten die Pembrocks die Polizei angewiesen die Tür mit einem Hammer einzuschlagen. Nachdem man die Umrisse in dem Schrank gesehen und durch Dagegenklopfen den Hohlraum bemerkt hatten, war wirklich alles versucht worden, das Fach aufzubekommen. Am Ende half nur rohe Gewalt. Anhand der Schubladen schlossen Vater und Sohn Pembrocks darauf, dass sich dort der Schmuck befunden haben musste. Wo der geblieben war, blieb aber ein Mysterium, denn die Juwelen tauchten auch trotz der größten Bemühungen nicht auf. Die beiden Anwälte entwickelten eine ungeahnte Kreativität bei der Suche. Sogar der Hausmeister musste mit den Bauplänen des Appartements kommen, weil Timothy Pembrock noch weitere Geheimräume vermutete. An zwei Stellen waren die Pläne nicht ganz eindeutig, dort wurden einfach die Wände eingeschlagen. Alle Proteste halfen nichts. Heute sollte noch ein Maurer kommen und sich das Malheur ansehen. Obwohl sich die Polizei wirklich Mühe gab wieder Ordnung zu schaffen, würden Doris und John Wochen brauchen um alles wieder an Ort und Stelle zu räumen.

Während John in Gedanken alles durchging, was er heute noch machen musste, bemerkte er wie plötzlich ein Schatten auf sein Gesicht fiel. Er öffnete die Augen und sah in das Gesicht von Charly St. Claire. Der junge Mann stand direkt vor ihm, in einem maßgeschneiderten Anzug und einem Wollmantel über dem Arm. Er wirkte wie einer der unzähligen Geschäftsmänner, die in der City arbeiteten. Unter dem linken Arm hatte er einen Ordner geklemmt, aus dem einige Papiere herausschauten, in der anderen hielt er sein Handy. Er hatte offenbar gerade noch telefoniert, denn das Display leuchtete und John konnte den schwarzen Porsche auf dem Foto erkennen.

„Der Tag läuft gut bei ihnen?“, fragte Charly, als er sich neben John setzte.

„Wie man es so nimmt, Sir. Ich hoffe es wird jetzt besser.“

„Na mal sehen, ob ich meinen Beitrag dazu leisten kann.“ Charly nahm den Ordner, schlug ihn auf und blätterte in den Papieren. Seit Johns Anruf hatte er kaum eine Minute Pause gehabt. Er war noch bei Jonathan Daily und wollte eigentlich Poker spielen, doch dann musste er Hals über Kopf abfahren. Es ging zurück nach London. Im Haus seiner Eltern angekommen, hängte sich Charly ans Telefon und klingelte alle gemeinsamen Freunde von Patrick und ihm an. Keiner hatte etwas gehört. Auch bei ihm selbst hatte sich Patrick nicht gemeldet. So wie John sagte, hatte sein Freund das Land verlassen und dafür eine ganz schöne Dummheit angestellt.

„Ich war in drei Pfandleihhäusern, leider ohne Erfolg…“

„Oh…“

„Aber, im Vierten gab es einen Volltreffer. Ein guter Freud von mir hatte mir den Tipp gegeben und eine Mitarbeiterin in der dritten Pfandleihe bestätigte den Verdacht. Wissen sie, es gibt nicht viele Händler, die solchen Juwelen und Edelsteine entgegen nehmen, ohne Fragen nach der Herkunft zu stellen.“

Charly holte ein paar Fotos aus der Mappe und breitete sie fächerförmig vor John aus. Auf den Bildern waren funkelnde Ketten und Ringe zu sehen. John erkannte einige der Stücke wieder, sie gehörten mit Sicherheit den Aruns.

„Die gute Nachricht ist, wir dürften die meisten Sachen ohne Probleme wiederbekommen. Ich glaube, die sind sogar froh, wenn sie den Schmuck wieder los sind. Ich hab jedenfalls alles zurücklegen lassen. Allerdings dürfte es schwierig werden unsere Spuren zu verwischen. Ab einer bestimmten Summe, werden die Geschäfte in den Pfandleihen registriert.“

„Das klingt nicht gut.“

„Keine Angst, es gibt für alles eine Lösung. Ein Freund von mir, von dem ich den Tipp hatte, kann das Geld über eine Firma schleusen und so unsere Spuren verwischen."

John schaute Charly verwundert an und Charly fügte zur Erklärung hinzu: „Er ist ein Geschäftspartner von mir. Ich bin ein sehr guter Kunde und Patrick im übrigen auch."

„Ich nehme an, es handelt sich dabei um Herrn Pete."

„Oh, sie kennen ihn, das wundert mich aber."

„Ich habe den Namen mal gehört." John konnte sich erinnern, dass Patrick am Telefon mal einen Pete erwähnt hatte und an dem Tag, an dem die Testamentseröffnung war, lag ein Zettel auf Patricks Nachttisch, wo auch ein Pete erwähnt wurde.

„Gut, es ist besser, wenn sie nicht so viel darüber wissen. Ich habe jedenfalls die Hoffnung, das wir die Bürokratie umgehen können, wenn wir noch ein kleines Sümmchen drauflegen."

„Schmiergeld?"

„Wenn sie es so nennen wollen. Ich bezeichne es lieber als Trinkgeld. Aber wenn sie Skrupel haben, John ..."

Die hatte John, aber er sah keine andere Lösung für ihr Problem: „Nein, nein, wenn es nicht anders geht, dann machen wir das so. Wenn sie Bargeld brauchen, kann ich ihnen auch helfen."

„Was? Wie denn das?", fragte Charly verwundert.

So wie Patrick gesagt hatte, war er nun arm wie eine Kirchenmaus. Wo hatte dann der Diener plötzlich Geld her?

John schien Charlys Gedanken zu erraten. „Nun, ich habe für Rangar, Verzeihung, Herrn Arun, immer mal Geld zurück legen müssen. Es gibt da ein paar Stellen, wo eine Art Notgroschen lagert", erklärte er.

„Wer hätte das gedacht", sagte Charly schmunzelnd. „Patricks Eltern machten immer so einen moralischen Eindruck und nun das. Ich bin echt sprachlos." Charly lehnte sich zurück und schaute auf den Fluss. Das musste er erstmal verarbeiten. „Ob Patrick davon weiß?", überlegte Charly. „Wohl eher nicht. Dann hätte er nicht so einen Blödsinn anstellen müssen."

Nach einer Weile sagte er: „Also John ... nun gut, dann sind wir quitt. Wie geht es jetzt weiter?"

„Ich hole das Geld und dann gehen wir einkaufen."

„Das würde ich lieber mit meinem Freund übernehmen. Es ist besser, wenn sie nicht in der Nähe der Pfandleihe gesehen werden. Vielleicht lassen die Anwälte sie überwachen."

„Denken sie? Ich bin doch nur ein Angestellter."

„Sie haben jahrelang für die Familie gearbeitet. Ich glaube kaum, dass es noch jemanden in London gibt, der die Aruns besser kennt als sie."

„Da haben sie recht."

„Die Pembrocks wissen das sicher auch. Pete und ich holen den Schmuck und dann deponiere ich alles in der Bank meines Vaters. Ich kenne dort eine Sekretärin, die mir die Papiere so zurecht macht, dass man glauben könnte, der Schmuck habe die Bank nie verlassen."

„Sie sind ein wirklich guter Freund für Master Patrick. Ich bin ganz gerührt."

„Das ist nicht der Rede wert. Er hat viel durchgemacht in diesem Jahr, da ist es das Mindestes, was ich tun kann. Ich hätte ihm schon viel früher helfen müssen. Im Übrigen: Haben sie etwas von ihm gehört?"

„Nein, gar nichts. Seit zwei Tagen gibt es keine einzige Nachricht von ihm."

„Ich kann ihn auch nicht erreichen. Das Handy ist aus und auf meine Nachrichten reagiert er nicht."

„Wir können nur hoffen, dass es ihm gutgeht und er gesund zu uns zurückkommt." Charly nickte gedankenverloren.

Die beiden Männer verabschiedeten sich. John blieb noch ein paar Minuten auf der Bank sitzen und Charly stieg in seinen Porsche, der unweit in der nächsten Seitenstraße geparkt war. Er wollte zu einem alten Schulfreund, Anthony Fitzhenry. Sie hatten zusammen ein kleines Investment aufgebaut und von dort wollte er jetzt das Geld holen, um die Arunschen Juwelen wieder auszulösen.

Als John den Porsche aufheulen und wegfahren hörte, griff er in seiner Tasche nach dem Handy. Er hatte Stanley Ward versprochen sich so schnell wie möglich bei ihm zu melden. Obwohl John es lange klingeln ließ, meldete sich am anderen Ende nur die Mailbox.

„Herr Ward, ich konnte alles klären. Es sieht gut aus. Bitte melden sie sich."

Als er wieder aufgelegt hatte, ließ er das Smartphone in die Tasche zurück rutschen, dann stand er auf und machte sich langsam auf den Heimweg. Er war noch keine zehn Meter gekommen, da bemerkte der Butler, dass das Handy in seiner Tasche vibrierte. Er kramte es wieder schwerfällig heraus und schaute auf das Display. Der Name Stanley Ward leuchtete auf.

„Das ging aber schnell."

„Meine Besprechung war gerade zu Ende. Ich habe gute und schlechte Nachrichten."

„Ach du je", John ließ sich auf die nächste Bank sinken, „Erzählen sie es bitte schnell, so wie wenn man ein Pflaster abreißt."

„Nun gut: Der alte Pembrock hat mich gefeuert

oder besser gesagt, er hat mir den Fall entzogen. Er meinte ich wäre befangen. Naja, irgendwie stimmt das ja auch."

„Sie gehen nicht so einseitig an die Sache heran, wie Vater und Sohn Pembrock und das ehrt sie. Dadurch sind sie ein viel besserer Anwalt, als die beiden zusammen."

„Danke, dass sie das so sehen. Nur leider hilft es uns nicht. Ich habe keine Akteneinsicht mehr und kann nicht mehr beobachten, welche Schritte die Kanzlei unternimmt. Dafür stehe ich ihnen nun voll und ganz zur Verfügung."

„Dann sollte sie sich schnell mit Herrn St. Claire in Verbindung setzen. Er hat einen Plan und der könnte sogar funktionieren."

„Das werde ich tun. Aber nun zu der noch schlechteren Nachricht."

„Moment, bedeutet das, dass das eben die gute Nachricht war?"

„Ich muss gestehen, ja. Ich wollte sie nicht so direkt schocken."

„Was gibt es denn nun noch?"

„Pembrock hat in einer Stunde einen Termin bei der Bank. Er hat per Gericht die Öffnung der Schließfächer durchgesetzt."

„Das sind wirklich schlimme Nachrichten. Dann muss sich Charles St. Claire wirklich beeilen, damit sein Plan noch aufgeht."

In ein paar knappen Sätzen berichtete John dem Anwalt, was er vor wenigen Minuten von Charly erfahren hatte. Ward atmete tief ein. Man merkte, dass ihm die ganzen Sachen, die hart am Rand der Legalität waren, nicht schmeckten. Aber er sah ein, dass es ohne die Maßnahmen böse für Patrick Arun ausgehen würde. Er hatte versucht ein paar Informationen über den Aufenthaltsort des jungen Mannes zu bekommen. Nur er selber hatte keine Kontakte nach Indien. Ward hatte mitbekommen wie der junge Pembrock mit einem Freund in Neu Delhi telefoniert hatte. Den Ausgang des Telefonats hatte er dann aber leider nicht mehr gehört, weil die Sekretärin seines Chefs plötzlich in der Tür stand.

Als Stanley Ward das Gespräch mit John beendet hatte, wählte er die Nummer von Charly. Er wollte nochmal alle Einzelheiten hören. Am Ende verabredeten sie sich abends in der Bank. „Im Dunkeln, wie Verschwörer“, schoss es Ward durch den Kopf.

8

Kaum war Patrick vor das Hotel getreten, sah er schon den schwarzen Porsche von Satif Madan um die Ecke sausen. Er stoppte mit quietschenden Reifen vor dem Eingang. Patrick saß noch nicht richtig in dem Auto, da gab Satif schon wieder Gas.

„Was ist das für eine Bruchbude? Die Zimmer sind doch bestimmt die reinsten Abstellkammern!"

„Es ist nicht das Ritz, aber innen sieht es wesentlich besser aus als außen. Ich glaube die haben erst vor kurzem renoviert." Patrick versuchte bei seiner Erklärung so belanglos wie möglich zu klingen. „Außerdem ist es schön billig", setzte er in Gedanken dazu.

„Ist denen das Geld ausgegangen oder wieso haben die nicht weitergebaut?"

„Möglich. Aber ich war froh, dass ich vor meinem Abflug noch schnell ein Zimmer gefunden habe. Es war recht kurzfristig und ist ja nur für ein paar Nächte."

„Naja, wenn du da raus willst, sag bescheid, ich organisier dir im Handumdrehen eine Suite."

Patrick nickte leicht. Das Angebot hätte Satif ihm eher machen können, bevor er seine Buchung verlängert hatte. Doch nun war es zu spät. Patrick musterte seinen neuen Freund aus den Augenwinkeln. Mit Erleichterung stellte er fest, dass Satif wesentlich legerer gekleidet war als am Nachmittag. Der Maßanzug saß trotzdem tadellos.

Sie waren erst ein paar Minuten gefahren, als Satif vor einem einzeln stehenden Haus, irgendwo in der Altstadt von Jaipur hielt. Patrick hatte die Orientierung verloren, als Satif am Stadtpalast abbog. Ein Straßenzug ähnelte dem nächsten und im Dunkeln sah ohnehin alles gleich aus. Die rosa Fassade des Gebäudes wurde in leuchtendem Lila angestrahlt. Es wirkte wie aus in einem Bollywood-Film. Etwa zu kitschig für Patricks Geschmack.

Aus dem Haus war wummernde Musik zu hören und vor dem Eingang stand eine lange Schlange.

Satif parkte den Wagen mitten auf der Straße, ohne auf die Wartenden Rücksicht zu nehmen, die teilweise erschrocken zur Seite sprangen. Kaum öffnete Satif die Autotür, kam auch schon ein junger Kerl auf sie zu gerannt, dem Satif den Schlüssel in die Hand drückte und mit mahnender Stimme sagte er:

„Keinen Kratzer reinmachen!"

„Niemals!"

„Und du bleibst die ganze Zeit beim Wagen, verstanden?" Satif hob den Zeigefinger, um seinen Worten noch mehr Nachdruck zu verleihen.

„Natürlich, wie immer."

Patrick beobachtete die Szene, als würde sie gerade vor ihm im Fernsehen ablaufen. Er fühlte sich, als wäre er plötzlich in einer anderen Welt. So etwas hatte er noch nicht einmal bei seinen versnobten Freunden erlebt.

„Geht das gut?" fragte er Satif, als der Junge mit dem Porsche abfuhr.

„Ich wünsch es ihm."

Die beiden Männer betraten den Nachtclub ohne sich in die Warteschlange einreihen zu müssen. Satif winkte einem Türsteher kurz zu, der sofort eine Gruppe junger Leute beiseite drängte und so den Weg zur Tür freimachte. Die Jugendlichen zeterten erst etwas, aber als sie Satif sahen, war Ruhe. Ein paar zückten sogar ihr Handy und machten Fotos.

„Du bist ja hier eine richtige Berühmtheit", stellte Patrick fest. Er hatte Mühe seinen sarkastischen Unterton zu unterdrücken.

„Ich bin ein Madan und das wissen die.“ Satif drehte sich noch einmal kurz zu der wartenden Menge um und winkte den Leuten. Die Jugendlichen kreischten vor Vergnügen und unzählige Handy-Blitzlichter leuchteten auf.

Patrick nahm die Ereignisse schweigend hin. Lange konnte er ohnehin nicht darüber nachdenken. Satif stürmte an ihm vorbei in den Club. Patrick folgte ihm mit einigem Abstand.

Kaum waren sie durch die Tür, bekamen sie auch schon ein Glas Champagner in die Hand gedrückt. Eine junge Frau, die ein verboten knappes silberfarbenes Glitzerkleid trug, schleuste sie quer durch den großen Raum. Sie führte sie zu einem Bereich mit plüschigen Sofas und Sesseln, der durch halbhohe Wände vom Rest des Saals abgetrennt war. Der DJ war schräg vor ihm, wodurch es in der Ecke wesentlich ruhiger, aber keineswegs leiser war. Als Krönung des ganzen, hatte der Bereich auch noch eine eigene Bar.

„Bestell was du willst, geht alles auf mich“, brüllte Satif Patrick ins Ohr. Der hatte noch das Champagnerglas in der Hand und bevor er zu dem Sofa ging, auf das Satif gerade zusteuerte, trank er es auf Ex aus. Satif begrüßte einige junge Leute, die in ihrem Alter waren und schon auf den weichen Polstern lümmelten. Die Männer sahen aus wie

Klone von Satif. Sie unterschieden sich nur in der Bartlänge. Während Satif ordentlich glatt rasiert war, trugen die anderen alle Variationen von drei- und fünf-Tage-Bärten. Die Mädels, die ihnen Gesellschaft leisteten, waren mit ebenso kurzen Kleidern bekleidet, wie die junge Frau vom Empfang. Patrick überlegte, ob sie im Club angestellt waren und was ihre genaue Aufgabe hier war.

Satif stellte Patrick vor und nannte auch die Namen der anderen. Patrick verstand nur ein paar Wortfetzen. Er nickte und lächelte nur. Eine Strategie die in so gut wie jedem Nachtclub auf der Welt funktionierte.

Nach zwei weiteren Gläsern Schampus wurde Patrick langsam lockerer. Eigentlich war es nicht anders als die Partyabende mit seinen Freunden in London. Warum fühlte er sich dabei nur so unwohl? Lag es an seiner Situation. Er wollte ja kein falsches Wort sagen und sich keine Blöße geben. Für die wollte er der reiche Erbe aus London sein. In ein paar Tagen flog er ab und sah die alle nie wieder.

Patrick hatte das Zeitgefühl verloren, er trank, quatschte und tanzte mit den Mädchen. Ja, er flirtete sogar ein bisschen.

Irgendwann packte einer der Jungs einen Joint aus und brannte ihn an. Der Joint ging reihum.

Patrick nahm zwei tiefe Züge. Das tat gut. Dieses Gefühl hatte er seit Tagen vermisst. Er sank in die Kissen zurück und ließ das Gras wirken. Später wurden auch noch härtere Sachen ausgepackt. Patricks Verlangen stieg ins Unermessliche. Zu gern hätte er probiert. Doch mit dem Alkohol und dem Joint lief er ohnehin schon Gefahr zu weit zu gehen.

Die anderen vertrugen dagegen einiges und es war schon weit nach Mitternacht, als Satif Patrick ein Zeichen gab und sie den Club verließen. Satif machte noch einen recht klaren Eindruck und hätte Patrick besser aufgepasst, hätte er bemerkt, dass sein neuer Freund nach dem zweiten Wodka nichts mehr angerührt und auch um die Drogen einen Bogen gemacht hatte. Er wollte die Kontrolle behalten über sich und seine Freunde.

An Abenden wie diesen konnte Satif Unmengen von Informationen sammeln. Im Suff oder Drogenrausch erzählten manche ihre intimsten Geheimnisse und Satif wollte alles wissen. Kaum war er am Nachmittag zu Hause gewesen, hatte er Patrick Arun gegoogelt. Es gab Unmengen von Fotos von ihm auf Parties in London oder Paris, bei Pferderennen in Ascot und irgendwo im Urlaub am Meer. Dieser Arun führte ein Traumleben und nun, nach dem Tod seiner Eltern lag ihm die Welt zu Füßen. Trotzdem hatte er nichts besseres zu tun, als nach Indien zu fliegen, um eine Tante zu besuchen, die er praktisch nicht kannte. Ok, sie war seine einzige Verwandte, soweit ging Satif noch mit. Doch warum wohnte er in einem schäbigen Hotel, hatte kein Auto und wollte sich scheinbar nicht mal ein Taxi leisten. Was stimmte nicht mit ihm? Irgendwas lief hier falsch, das spürte Satif und er wollte dahinter kommen, was es war.

Zu seinem großen Bedauern hatte sich Patrick besser im Griff als gedacht. Er schien seine Grenzen zu kennen. Patrick quasselte zwar wie ein Wasserfall, aber nur belangloses Zeug. Auf der Rückfahrt von der Mission war Satif Patricks Zustand aufgefallen, er hatte das Zittern bemerkt und seinen Gesamtzustand und die Symptome erkannt. Dieser Fremde war auf Entzug. Das war der Punkt, an dem er ansetzten konnte, da war sich Satif sicher. Er wollte hinter alle Geheimnisse von Patrick Arun kommen und daraus Kapital schlagen.

Doch nun war Satif an einen Punkt gekommen, wo es ihm reichte. Er kam hier einfach nicht vorwärts und wollte gehen. Satif packte Patrick, der langsam benommen wirkte, am Arm und zerrte ihn quer durch den Club bis vor die Tür. Die Schlange vorm Eingang war noch immer sehr lang. Als sich die Tür öffnete, streckten einige der Wartenden die Hälse, in der Hoffnung, dass sie nun auf die Party könnten.

„Warum hast du es so eilig, die Stimmung war doch super und deine Freunde sind echt nett“, sagte Patrick lallend.

„Ich kenne da noch was anderes, das wird dir gefallen. Dort geht es viel ruhiger zu und entspannter.“

Satif zwinkerte Patrick kurz zu. Dann lenkte er seine Aufmerksamkeit auf den Parkplatz. Wo hatte der Junge sein Auto hingebracht? Wie ein Adler auf der Suche nach Beute spähte er über die Fahrzeuge. Seine dunklen Augen hatten sich verengt, was ihn gefährlich aussehen ließ. Endlich hatte er den Porsche entdeckt. Satif steuerte die zweite Autoreihe an, Patrick folgte ihm.

An dem Porsche angekommen, klopfte er an die Scheibe und der Junge schreckte aus dem Schlaf hoch.

„Du sollst aufpassen und nicht schlafen“, blaffte Satif ihn an.

„Verzeihung“, stammelte der Junge.

Eilig kletterte er aus dem Wagen und überreichte Satif die Schlüssel. Er hielt seine Hand auf, in der Hoffnung auf einen kleinen Lohn. Doch Satif stieg ein ohne darauf zu achten. Patrick sah den Burschen, der höchstens 17 Jahre alt war, mitleidig an. Leider konnte er ihm nicht helfen.

Sie fuhren wieder quer durch die Altstadt. Patrick sah den Stadtpalast und die berühmte Fasste des Palast der Winde, die im dunkeln angestrahlt wurde. In einer ruhigen Seitenstraße hielt Satif. Er war unzufrieden. Patrick hatte kein Wort gesprochen seit sie losgefahren waren. Der Grund war einfach: Er war plötzlich müde. Erst als sie ausstiegen, fragte er: „Was wollen wir hier?“

„Uns verwöhnen lassen.“ Satif hoffte auf die Dienste von Madame Padshma und ihrer Mädchen.

„Das ist doch nicht etwa ein Bordell?“

„Wenn du es so nennen willst.“

„Nein!“

„Nein was?“

„Nein, das will ich nicht.“

„Ich hör wohl nicht recht.“

„In Ruhe noch einen Absacker trinken, in Ordnung, aber nicht sowas.“

„Jetzt sag bloß, du warst noch nie in einem Freudenhaus.“

„Nein, das war ich nicht und ich werde es nie.“ Das war eine Lüge. Im Internat, kurz vorm Abschluss hatten Patrick und seine Freunde ihr Taschengeld zusammengekratzt und waren ins „Love Paradise“ im Nachbarort gegangen. Es war erniedrigend. Sowas wollte Patrick nicht noch einmal erleben.

„Was soll das jetzt? Patrick hab dich nicht so. Los, komm mit rein.“ Satif machte eine einladende Handbewegung.

„Ich sagte nein“, Patrick drehte sich um und wollte in Richtung der großen Straße laufen, von der sie gerade abgebogen waren.

„Ist das dein Ernst? Du findest doch nie zurück“, rief ihm Satif hinterher. Patrick ignorierte Satif und ging weiter.

„Wenn ich die Paläste finde, finde ich auch den Weg zum Hotel“, war sich Patrick sicher.

Satif war wütend, er dachte gar nicht daran Patrick zu helfen, sondern ging in das Bordell. In einem Punkt hatte er jedoch recht, der Rückweg wurde nicht einfach. Im Dunkeln sah alles so anders aus. Der Alkohol und die Drogen taten ihr übriges.

„Ich leg mich auf die nächste Bank, die ich finde. Diese Stadt macht mich fertig“, murmelte Patrick.

Mit Mühe und Not schaffte er es bis zum Stadtpalast. Von hier aus musste er nur geradeaus gehen. Es war erst wenige Stunden her, dass er den Weg in die andere Richtung gelaufen war, aber es kam ihm vor, als wären seitdem Jahre vergangen.

Patrick hatte jegliches Gefühl für die Zeit vollständig verloren. Er hätte schwören können, dass er schon Stunden unterwegs war, als er endlich am

Stadttor ankam. Aber es waren nur 30 Minuten. Gar nicht so viel später war er am Hotel. Von außen war alles dunkel und die Tür war geschlossen. Vorsichtig schlich er sich an und drückte die Klinke herunter. Die Tür war nicht abgeschlossen und ohne Probleme kam er ins Hotel. Die Lichter waren gedämmt und an der Rezeption war keiner zu sehen. Ein Glas Wasser wäre schön gewesen, doch der Durchgang zum Innenhof, wo der Wasserspender stand, war verschlossen.

Patrick tastete sich an der Wand entlang zum Aufzug, fuhr in sein Zimmer und fiel todmüde aufs Bett.

Es war nach 2 Uhr und in wenigen Stunden würde er sich mit Shari treffen. Beim Gedanken an die jungen Frau musste Patrick wieder lächeln. So schlief er ein.

9

Pünktlich um 9 Uhr war Patrick fertig angezogen und wartete in der Lobby auf Shari. Wirklich ausgeschlafen hatte Patrick nicht. Doch dafür, dass er die halbe Nacht mit Satif verbracht hatte, fühlte er sich regelrecht blendend.

Patrick war nach dem Frühstück gleich in der Lobby geblieben. Er hatte es sich in einem Sessel bequem gemacht und angefangen eine drei Tage alte London Times zu lesen, als es plötzlich um ihn herum hektisch wurde. Von draußen war ein riesiger Radau zu hören: Erst hatte es einen gewaltigen Knall gegeben, Bremsen quietschten und dann redeten unzählige aufgebrachte Stimmen wild durcheinander. Alle, die sich gerade in der Nähe des Hoteleingangs befanden, stürmten zur Tür.

Auf der Straße war ein großes Chaos. Ein umgekippter Karren lag quer über zwei Fahrbahnen, dazwischen stand ein Dromedar. Aufgebrachte Leute liefen herum, sammelten Obst ein, das aus den Kisten gefallen war und von den Seitengassen näherten sich Kühe, die wohl ein Festmahl witterten. Mitten in dem Tumult stand Shari und diskutierte mit einem Mann.

Patrick ging die Stufen zum Fußweg hinunter. Er schaute sich um, war aber unsicher, was er jetzt tun sollte. Shari machte nicht unbedingt den Eindruck, als ob sie Hilfe bräuchte.

„Hallo", sagte da plötzlich eine piepsige Stimme neben ihm. Patrick schaute an sich herunter und sah Mina.

„Was will die denn?" fragte er sich. Dann quälte er sich ein Lächeln ab und sagte zu ihr: „Na du, was ist denn hier passiert?"

„Ach nix weiter. Shari hat nur beim Abbiegen den Karren übersehen. Der wollte auch gerade auf unsere Spur."

„Das klingt ja gar nicht gut. Ist Shari was passiert?"

„Nein und mir auch nicht."

„Aha", Patrick starrte noch immer Shari an, die seinen Blick zu spüren schien und sich umdrehte. Sie winkte und zeigte mit den Fingern eine zwei. Scheinbar dachte sie, dass das Chaos in zwei Minuten beseitigt sei.

„Wohnst du hier?" meldete sich Mina wieder zu Wort. Sie hatte inzwischen Patricks Hand ergriffen und zog ihn zu den Stufen vor dem Eingang. Ihm blieb nichts anderes übrig, als sich zu ihr zu setzen.

„Also?"

„Was?"

„Wohnst du hier?"

„Ja."

„Ist es ein schönes Hotel?"

„Geht so."

„Ich war noch nie in einem Hotel."

„Mmh."

„Wie ist es denn nun?"

„Was?"

„Das Hotel."

Patrick verdrehte die Augen. Dieses Kind raubte ihm den letzten Nerv. Warum war sie hier?

„Es ist ein Haus mit Zimmern und in denen stehen Betten."

„Das klingt ja langweilig."

„Aber so ist es. Wieso bist du überhaupt hier? Hast du keine Schule?"

„Nö. Hier lerne ich doch viiiiiiel mehr und ich war noch nie auf einem Ausflug, deshalb hat mich Shari mitgenommen."

„Toll."

„Freust du dich gar nicht."

„Natürlich, das tu ich. Siehst du das nicht."

„Nein, du wirkst ganz und gar nicht so. Lach

doch mal."

„Ich bin Brite ..."

„Hä...?"

Shari erlöste Patrick von dem Gespräch. Freudestrahlend kam sie auf die Beiden zu.

„Habt ihr euch schon angefreundet?"

„Klar", rief Mina und sprang auf.

„Fahren wir jetzt endlich?"

„Gleich. Der nette Mann muss nur noch seinen Wagen wegbringen."

Shari setzte sich neben Patrick und zog Mina zu sich auf den Schoß. Heute hatte sie auf einen Sari verzichtet und trug eine khakifarbene Stoffhose und eine leichte weiße Bluse. Die Haare hatte sie zu einem Zopf zusammengebunden und sie verströmte einen Geruch von exotischen Gewürzen. Patrick beobachtete sie aus den Augenwinkeln.

„Hatten Sie einen schönen Abend mit Satif?" fragte Shari.

„Ja, es war ganz nett. Woher wissen sie davon?"

„Satif rief heute morgen an und erwähnte es."

„Er ist wohl sehr engagiert in der Mission."

„Er kommt ab und zu vorbei. Hauptsächlich ist es seine Mutter, die uns immer mal was zukommen lässt."

„Ich mag Satif nicht. Er ist immer schlecht drauf und brüllt nur", mischte sich Mina ins Gespräch ein und zog dabei eine Schnute.

„Mina, das sagt man nicht."

„Du hast das auch schon gesagt. Direkt zu ihm."

„Das ist etwas anderes."

„Wieso?"

„Ihr bleibt nichts verborgen, oder?", warf Patrick ein.

„Nicht viel", flüsterte Shari und etwas lauter sagte sie dann: „Ich glaube wir können dann."

Der Händler hatte mit Hilfe der anderen Leute den Karren wieder aufgerichtet , das Dromedar davor gespannt und die Kisten wieder darauf gestellt. Die letzte Kuh wurde auch gerade von der Straße geführt.

Shari ging zu einem alten Transporter. Mina sprang vergnügt neben ihr her. Patrick blieb ein Stück hinter ihnen und betrachtete das Fahrzeug skeptisch. Es wurde nur noch vom Rost zusammengehalten und an der Ladefläche fehlte ein Teil der Begrenzung. Aber am schlimmsten war: Es gab nur eine Sitzbank. Shari nahm den Platz hinter dem Steuer ein und Patrick saß auf der Beifahrerseite, Mina quetschte zwischen ihnen.

Als sie losfuhren fragte Patrick: „Wo geht es denn nun hin?"

„Wollen wir es ihm verraten, Mina?" Ohne auf eine Antwort zu warten, setzte Shari fort: „Es war

Minas Wunsch mal auf die Festung zu gehen. Der Eintritt passt gerade in unser Budget.“ Shari knuffte Mina in die Seite und die Kleine kicherte.

„Nein, nein, da spielt sich gar nichts ab.“

Shari sah Patrick bei seinen Worten verwundert an.

„Ich übernehme natürlich den Eintritt. Das ist ja wohl das Mindeste.“ Patrick wusste zwar nicht, ob das wiederum in seinem Budget drin war, aber er musste ja irgendwie den Schein wahren.

Shari war so überrascht, dass sie nicht mehr auf den Verkehr achtete und an einer Ampel, die inzwischen Grün zeigte, stehen blieb. Um sie herum begann ein Hupkonzert. Shari machte Anstalten sich zu Patrick zu beugen, als ob sie ihn umarmen wollte. Doch Mina saß im Weg und rührte sich keinen Millimeter zur Seite. Darum flüsterte Shari nur: „Danke, danke, danke.“ Ihre Stimme klang erstickt, so als ob sie mit den Tränen zu kämpfen hätte.

Schweigend fuhren sie weiter. Der Man Sagar See tauchte vor ihnen auf. Mina reckte den Hals, um den schwimmenden Palast zu sehen. Sie kletterte halb über Patrick.

„Mina, setz dich wieder hin.“ Shari versuchte das Mädchen an ihrem geblümten Kleid festzuhalten und auf den Sitz zurück zu ziehen.

„Wenn du aus dem Fenster sehen willst, rutsch ich rüber“, bot Patrick an, der eine Chance sah, Shari näher zu kommen.

„Nö, geht schon“, gab Mina zurück und plumpste wieder auf ihren Platz.

„Saboteurin“, dachte Patrick, als er den triumphierenden Ausdruck auf dem Gesicht der Kleinen sah.

Nachdem sie am Man Sagar See vorbei waren, ging die Fahrt weiter durch ein langgezogenes Tal. Die Häuser wurden langsam weniger und es dauerte nicht lange, bis wieder ein See auftauchte.

„Das ist der Maota See, da drüben ist die Festung. Seht ihr die Spiegelung auf dem Wasser?“ Shari zeigte auf die Wasseroberfläche, wo man schemenhaft etwas erkennen konnte. „Ist das nicht schön?“

Nur wenig später parkte Shari den Transporter auf einem Parkplatz direkt am Aufstieg zur Festung.

„Wir können laufen oder wir nehmen einen Elefanten“, erklärte Shari und zeigte auf eine Gruppe Elefantentreiber, die im Schatten der Mauer warteten.

„Elefanten? Ich bin noch nie auf einem geritten“, rief Mina begeistert.

„Ich auch nicht“, sagte Patrick.

Shari musste lachen, als sie die beiden ansah. Sie hätte nicht gedacht, dass sie so schnell bei einem

Thema einer Meinung sein könnten: „Ok, dann ist es entschieden."

Patrick ging zur Kasse, um die Tickets zu holen (zum Glück wurde seine Kreditkarte akzeptiert) und Shari und Mina liefen zu den Dickhäutern.

Dort stand schon eine Traube von Menschen, die alle zu einer Reisegruppe gehörten, die kurz vor ihnen angekommen war. Da die Elefanten, die gerade auf den Aufstieg warteten, ohnehin nicht für alle reichen würden, konnte Shari einen der Mahuts, einen Elefantenführer, überzeugen, sie vor zu lassen. Ohne Wartezeit saßen die Drei wenig später auf einem der Kolosse.

Als Patrick vor dem Elefant stand, ging sein Puls doch ein bisschen nach Oben. Er kannte Elefanten bisher nur aus dem Tierpark. Sie so aus der Nähe zu sehen, war dann doch etwas ganz anderes. Da sollte er wirklich hochklettern? Shari schien sich keinerlei Gedanken darüber zu machen. Sie kletterte ohne Scheu, auf die Plattform auf dem Rücken des Elefanten. Mina folgte ihr. Patrick nahm seinen Mut zusammen und bestieg ebenfalls den Elefanten. Zu seinem eigenen Erstaunen war es auf dem Rücken recht bequem. Da Mina im Schneidersitz zwischen ihnen saß, konnten Patrick und Shari ihre Füße an der Seite baumeln lassen.

Die Festung lag etwa hundert Meter über ihnen.

Ein enger Weg führte nach oben. In gemütlich Tempo setzte sich der Elefant in Bewegung und schaukelte langsam nach oben. Je höher sie kamen, umso mehr öffnete sich der Blick in die Umgebung. Auf den umliegenden Bergen waren weitere Wehr-Anlagen und Befestigungsmauern tauchten auf. Auch auf den See und Teile der Stadt konnte man blicken.

„Wie klein das alles aussieht von hier oben“, jauchzte Mina. Sie hatte sich auf Patricks Schulter abgestützt, um besser sehen zu können.

„Ja, wie Spielzeug. Patrick, wie finden Sie es?“

„Sehr schön, wirklich traumhaft.“

Patrick reckte genauso den Hals wie Mina und Shari, um möglichst viel von der Landschaft sehen zu können.

„Von oben wird der Ausblick noch besser.“

Nach einer knappen halben Stunde hatten sie das Eingangstor zum großen Innenhof des Amber-Palastes erreicht. Vorsichtig stiegen sie von dem Elefanten ab. Nach dem Geschaukel von dem Elefanten, hatten sie etwas Mühe sich sicher fortzubewegen. Wackelig setzten sie einen Fuß vor den anderen. Shari bekam plötzlich einen Lachanfall. Mina und Patrick fielen ein.

„Du lachst ja“, sagte Mina plötzlich zu Patrick.

„Ja klar.

„Warum sollte er nicht?“ Shari sah die beiden verwundert an.

„Weil er Brite ist“, sagte Mina und äffte dabei Patricks Tonfall vom Morgen nach.

Shari schüttelte den Kopf. Sie war immer wieder verwundert, was sich dieses Kind ausdachte.

Langsam schlenderten die Drei von einem Hof zum anderen, die über Treppen miteinander verbunden waren und langsam anstiegen. Immer wieder ergaben sich neue Aussichtspunkte, von wo aus sie auf die Stadt, die Berge und die anderen Festungen blicken konnten. Ab und zu tauchte auch mal ein schöner Garten auf. Auch die Festung selber wirkte wie aus dem Märchen: Die Steine waren verziert, die Fenster filigran gestaltet und einige Innenräume waren mit unzähligen Spiegeln geschmückt.

In einem der hinteren Höfe gab es ein kleines Kaffee. Es ging auf Mittag zu und es war schon wieder unerträglich heiß geworden. Von daher war der Zeitpunkt für eine Pause perfekt. Patrick und Shari saßen sich gegenüber. Sie hatten Tee bestellt. Mina bekam, nach langem Betteln, ein Eis.

„Wenn du heute Abend Bauchschmerzen bekommst, wird Ashwara schimpfen.“

„Ich bekomm schon kein Bauchweh.“ So eine Leckerei gab es nicht jeden Tag und sie löffelte das Eis in Minutenschnelle rein. Auf der Festungsmauer saßen Vögel, die Minas Aufmerksamkeit erregt hatten. Kaum hatte sie den letzten Rest von dem Eis gegessen, sprang sie auch schon auf und lief zur Mauer.

„Bleib aber in der Nähe!“ warnte Shari.

„Sie wird es im Bauch bekommen…“, warf Patrick trocken ein, als Mina außer Hörweite war.

„Natürlich und Ashwara wird sauer sein.“

Patrick näherte sich Shari. Er hatte beschlossen ihr die ganze Wahrheit über seine Situation zu sagen und zwar vor dem Abendessen mit seiner Tante.

„Shari, kann ich ihnen etwas anvertrauen?“

„Sicher, aber wollen wir uns nicht duzen? Ich finde dieses Sie so schrecklich.“

Patrick lächelte und nickte.

„Also, was wolltest du sagen?“

„Ich hatte doch von meinen Eltern erzählt.“

„Ja, es muss sehr traurig für dich sein, dass sie nicht mehr da sind.“

„Das war es. Doch inzwischen ist viel passiert. Es ist so, ich bin weitestgehend pleite.“

„Was, aber wie …?“

„Wie ich hier hergekommen bin?“

„Ja.“

„Von meinem letzten Geld. Jetzt brauche ich Hilfe, Deine Hilfe.“

„Ich bin verwirrt. Ich bin doch nur ein armes Mädchen, das in der Mission arbeitet. Was kann ich denn tun?"

„Du kennst meine Tante viel besser als ich. Ich kenne sie ja genau genommen gar nicht. Du musst unbedingt ein gutes Wort für mich bei ihr einlegen."

„Natürlich. Sie wird dir sicher helfen, sofern es in ihrer Macht steht."

„Das wäre großartig. Weißt du, ich muss nur einen Draht zu ihr finden, damit wäre mir schon geholfen."

„Ihr werdet euch bestimmt großartig verstehen, da bin ich mir sicher. Ok, Ashwara kann schwierig sein. Aber wenn man sie besser kennt, ist sie der liebste Mensch auf der Welt." Shari stockte kurz: „Sie ist für mich wie eine Mutter."

„Bist du in der Mission aufgewachsen?"

Shari sah nach unten auf ihre Hände. Sie nickte leicht.

„Ich habe meine Eltern nie kennengelernt. Ich wurde am Tor abgelegt, als ich noch ein Baby war. Ashwara hat mich groß gezogen."

„Ich verstehe. Was ist mit Mina?"

„Ihr geht es ähnlich wie mir. Keine Ahnung, wer ihr Vater ist. Ihre Mutter war fast selbst noch ein Kind, als sie schwanger wurde. Sie starb bei Minas Geburt."

„Du erkennst dich in ihr wieder..."

„Irgendwie schon. Ashwara hat mir so geholfen und ich will Mina helfen, soweit ich es kann."

Das Mädchen kam zum Tisch zurück gelaufen. Sie war ganz außer Atem.

„Da war ein Katze. Sie wollte sich nicht streicheln lassen. Aber die Vögel waren ganz lieb. Sie fressen sogar aus der Hand."

„Wirklich? Was hast du ihnen denn gegeben?"

„Ich hatte noch einen alten Keks."

„Das ist gut. Der hat ihnen bestimmt geschmeckt."

„Weiß nicht. Aber er war ganz schnell weg."

„Wollen wir dann weiter?" fragte Patrick und die anderen waren einverstanden.

Sie standen auf und schauten noch einmal von dem Aussichtspunkt über die Stadt. In der Ferne schimmerte der Man Sagar See und etwas schemenhaft konnte man sogar den schwimmenden Palast erkennen.

Die drei schlenderten noch eine Weile durch die verschiedenen Innenhöfe und machten sich dann an den Abstieg. Ins Tal ging es zu Fuß. Sie kreuzten immer mal den Weg der Elefanten, die groß und majestätisch an ihnen vorbei schaukelten. Sogar der Elefant, mit dem sie nach oben geritten waren, kam vorbei und der Mahut winkte ihnen vergnügt zu.

Wieder am Transporter angekommen sagte

Shari: „Wir haben noch ein Picknick dabei. Wollen wir uns einen schattigen Platz am See suchen?"

„Klar, das klingt gut. Vielleicht könnten wir uns dort in den Garten setzen?" Patrick zeigte auf eine kleine Insel im Maota See, auf der mehrere Gärten angelegt waren.

„Ich glaube nicht das das geht. Die Anlage ist ein Ziergarten für Blumen und Gewürze. Aber schau mal, dort ist eine Bank, von der haben wir einen schönen Blick auf den See und sie ist im Schatten", schlug Shari vor und zeigte auf die Bank. Sie hatte festgestellt, dass Patrick sehr stark schwitzte. Das konnte nicht nur am Wetter liegen, da war sich Shari sicher. Sie befürchtete, dass er wieder umkippen könnte. Deswegen drückte sie ihm auch gleich eine Flasche Wasser in die Hand.

„Hier, das wird guttun. Es ist sogar noch ein bisschen kühl."

Den Picknickkorb hatte sie im Transporter unter der Sitzbank versteckt. Als sie an der Bank angekommen waren, packte sie ihn aus. Er war voll mit Sandwiches und Obst.

„Die Mangos haben wir heute früh erst im Missionsgarten eingesammelt, nicht wahr Mina."

„Ja, die sind in der Nacht alle von den Bäumen gefallen."

„Die sind wirklich gut. Sowas bekommt man in

London nicht."

Mina schaute Patrick mit großen Augen an. „Kennst du keine Mangos? Also hier wachsen die überall."

„Doch, ich kenne die schon. Nur bei uns sind sie anders."

„Weißt du Mina, London ist so weit weg und der Transport dauert lange. Da werden die Früchte oft zu zeitig geerntet und schmecken dann ganz anders als bei uns, wenn wir sie reif von den Bäumen abnehmen," erklärte Shari mit einer Engelsgeduld. Mina saß wieder auf ihrem Schoß und Shari hatte gedankenverloren angefangen den Zopf zu richten.

„Das ist blöd. Dann will ich da gar nicht hin."

„Seit du gestern in der Mission warst, will Mina alles über London wissen", erklärte Shari Patrick.

„Wirklich? Naja, wenn du schon von den Mangos enttäuscht bist, dann wird das Wetter ein echter Schock sein."

„Wieso?"

„Es regnet viel und es ist viel viel kälter."

„Gibt es Schnee? Ich will so gern mal Schnee sehen."

„Manchmal schneit es im Winter."

„Mmh", Mina schob sich noch ein Stück Obst in den Mund und dachte über Patricks Worte nach. Dann atmete sie pfeifend aus und hielt sich die Hände an den Bauch.

„Was hast du?“
„Nichts weiter.“

Shari sah Patrick an und verdrehte die Augen. Er musste sich ein Lachen verkneifen.
„Komm Mina, wir fahren zurück.“ Shari packte die Dosen und Tüten wieder in den Korb und Patrick trug ihn zum Auto.
„Willst du Mina nicht vielleicht erst zur Mission bringen? Es liegt doch am Weg“, schlug Patrick vor.
„Das ist eine gute Idee. Danach fahr ich dich in die Stadt.“

Sie fuhren schweigend zurück in Richtung Mission. Mina hatte ihren Kopf an Patricks Schulter gelehnt und war eingeschlafen und auch Patrick hatte das Gefühl gleich wegzunicken.

Es war kaum Verkehr. Wer nicht unterwegs sein musste, verbrachte die Nachmittagshitze im Schatten oder in gekühlten Räumen. Dadurch waren sie schon nach einer guten Viertelstunde wieder am Man Sagar See. Etwas später tauchte der Eingang der Mission auf. Patrick stieg aus und öffnete das Tor. Shari parkte den Transporter neben dem Gebäude, indem sie gestern waren. Mina schlief noch immer tief und fest.
„Ich bring sie schnell in ihr Zimmer.“
„Warte, ich trag sie. Zeig mir einfach den Weg.“

„Dankeschön, das ist sehr nett von dir."

Vorsichtig nahm Patrick das Mädchen auf den Arm. Sie war schwerer, als er gedacht hatte. Shari öffnete die Eingangstür. Auf der linken Seite ging es in ihr Büro, auf der anderen Seite war ein kleiner Raum und dahinter kam man in ein Treppenhaus. Sie stiegen in den ersten Stock (mehr Etagen hatte das Gebäude auch nicht) und liefen dann einen langen Flur entlang. Einige Türen standen offen und Patrick konnte einen Blick in die Zimmer werfen. Die Räume waren schmal und wirkten düster, was aber an den geschlossenen Fensterläden lag. In einigen standen Doppelstockbetten, in manchen Einzelbetten und ein Schreibtisch.

Nach einer Weile öffnete Shari eine Tür und hielt sie für Patrick auf. Es war einer der Räume mit einem Doppelstockbett, aber es schien nur eines davon belegt zu sein.

„Leg sie einfach auf das untere Bett", wies sie Patrick an. Nachdem er Mina abgelegt hatte, deckte Shari sie zu und leise verließen sie den Raum.

„Ich muss nur schnell einer der Schwestern sagen, dass Mina hier ist, damit sie ab und zu nach ihr sehen."

„Lass dir Zeit. Ich geh inzwischen zurück."

„Wenn du magst, kannst du auch mitkommen. Ich zeig dir die Anlage. Ashwara wird es freuen, wenn sie hört, dass du hier warst."

„Dann komm ich mit."

Sie liefen den Flur weiter zu einem anderen Treppenhaus, das zu einem Hinterausgang führte. Als sie ins Freie traten, standen sie mitten im Garten. Vom Hof aus hatte Patrick gar nicht sehen können, wie lang das Haus war. Im Garten standen noch mehrere kleinere Häuser, wie Bungalows.

„Hier wohnen die älteren Mädchen. Sie haben Wohngemeinschaften und können sich allein versorgen. Damit sollen sie lernen wie man einen Haushalt führt und sich um alles kümmert."

„Das ist eine gute Idee. Ich hab noch nie gehört, dass es so etwas gibt." Patrick musste sich allerdings auch eingestehen, dass er bisher weder in einem Waisenhaus noch in einer Mission war oder sich überhaupt irgendwie mit dem Thema befasst hatte.

„Ashwara hat die Häuser einrichten lassen. Wir haben hier nur Mädchen und sie will, dass alle lernen auf sich allein aufzupassen."

Sie liefen zwischen den Bungalows durch und kamen zu einem Obst- und Gemüsegarten. Shari erklärte Patrick, was sie alles anbauen und dann daraus machen. Patrick kannte die Hälfte der Pflanzen nicht. Aber er hörte interessiert zu und nickte hin und wieder. Auf einem der Beete arbeitete eine Nonne mit einer Gruppe Mädchen in Minas Alter.

Shari ging zu der Frau und sprach kurz mit ihr.

„Alles geklärt. Wir können dann los."

„Ist das denn hier schon alles oder gehört noch mehr zur Mission dazu."

„Es gibt noch einen kleinen Park, der bis zum See führt. Wollen wir da hin gehen."

„Gerne." Patrick hatte Spaß daran Zeit mit Shari zu verbringen. In ihrer Gegenwart fühlte er sich besser. Die vergangene Nacht hatte ihn doch mehr mitgenommen, als er sich eingestehen wollte. Er hätte die Finger von den Drogen lassen sollen und möglichst auch vom Alkohol. Die zwei Tage Abstinenz waren nicht leicht gewesen, aber er hätte sich wohl daran gewöhnen können. Doch seit sie im Fort den Tee getrunken hatten, ging es ihm immer wieder durch den Kopf, wieviel besser er mit einem Schuss Rum geschmeckt hätte.

Sie spazierten langsam zwischen den schattigen Bäumen. Man konnte schon leise das Wasser vom See her plätschern hören und als sie zwischen mehreren Büschen hervortraten, lag der Man Sagar See wie ein riesiger Spiegel vor ihnen. In der Ferne war wieder der Wasserpalast zu erkennen und ganz schemenhaft die andere Uferseite. Sie ließen sich Zeit mit dem Rückweg zum Auto und Patrick war versucht Sharis Hand zu nehmen. Aber sie kannten sich erst zwei Tage, da erschien es ihm dann doch unpassend.

Shari fuhr Patrick zurück zum Hotel und sie verabredeten sich für den Abend. Sie wollte ihn schon sechs Uhr abholen.

„Ashwara isst gern früh und wenn du noch dein Problem mit ihr besprechen willst, ist das zeitlich vielleicht besser."

„Guter Plan. Muss ich im Anzug erscheinen, oder geht es etwas lockerer zu?"

„Ein Hemd und eine gebügelte Hose sollten reichen. Wir sind ja in keinem vornehmen Herrenclub."

„Du scheinst dich auch etwas über London informiert zu haben."

„Ich muss doch wissen, mit wem ich so den Tag verbringe", sagte Shari und zwinkerte ihm zu. Dann begann sie zu lachen. Patrick konnte nicht anders und lachte mit.

Im Hotel angekommen sah Patrick auf seine Uhr. Es war noch nicht einmal um vier. Er ging in sein Zimmer und schaute sich den Zustand seines Anzugs an. Er war von der letzten Nacht etwas zerknautscht.

„Mir der gebügelten Hosen wird es schwierig." Er nahm das Zimmertelefon zur Hand und klingelte die Rezeption an.

„Ich wollte nur fragen, ob es hier einen Wäscheservice gibt."

„Ja natürlich. Wir waschen und reinigen so ziemlich alles", antwortete eine junge Frau am anderen Ende.

„Ich hätte nur etwas zum Aufbügeln."

„Das ist kein Problem. Wann brauchen sie die Sachen zurück."

„Spätestens halb sechs."

„Das schaffen wir. Ich schicke ihnen sofort jemand zum Zimmer."

Patrick hing die Hose über einen Bügel und das Hemd darüber. Kaum war er damit fertig, klopfte es auch schon an der Tür. Ein Junge in einer zu langen Kurta stand davor und nahm ihm die Sachen ab. Patrick drückte ihm ein paar Münzen in die Hand, sein letztes Kleingeld, und der Junge strahlte über das ganze Gesicht.

10

Der Ausflug von Patrick, Shari und Mina war nicht unbeobachtet geblieben, was aber keiner der Drei bemerkt hatte. Ein Mann war ihnen den ganzen Tag gefolgt und das war kein Zufall.

Satif schäumte vor Wut, als Patrick ihn einfach mitten in der Nacht vor dem Bordell stehen gelassen hatte. Er wartete noch kurz vor dem Haus, weil er sich sicher war, dass Patrick zurückkommen würde. Dieser Brite war fremd in der Stadt, er kannte sich nicht aus und würde sicher seine Hilfe brauchen.

„Der findet sich hier nie zurecht“, zischte Satif zwischen seinen zusammengepressten Lippen hindurch.

Er wartete fünf Minuten, doch von Patrick war nichts zu sehen. Als sich Satif sicher war, dass Patrick nicht zurückkommen würde, schlug er die Autotür zu und stürmte in das Freudenhaus. In dem Gebäude war es fast genauso dunkel wie auf der Straße. Im ganzen Haus herrschte eine gespenstische Stille. Es waren kaum Leute zu sehen. Nur an der Bar saß ein einsamer Mann, der zum Abschluss des Abends noch etwas trinken und dann in die Nacht verschwinden wollte. Am Treppenaufgang standen zwei Mädchen gelangweilt herum. Satif winkte sie zu sich und ging dann in sein Stammzimmer.

Auch wenn die beiden jungen Frauen sich redlich Mühe gaben, ihn in Stimmung zu bringen, konnte sich Satif nicht entspannen. Ihm spukte noch immer Patrick Arun durch den Kopf. Was stimmte mit dem Kerl nicht? Irgendwas war faul und er musste unbedingt herausfinden was es war. Die Wut kochte wieder in ihm hoch. Er stieß eine der Frauen weg, so dass sie sehr unsanft mit dem Hintern auf dem Boden landete.

„Au, was soll denn das?", schmipfte das Mädchen.

„Hör auf, du bist eine Stümperin."

Satif trat einen Schritt auf sie zu und verpasste ihr dann mit voller Wucht eine Ohrfeige. Das Mädchen blieb wie erstarrt auf dem Boden sitzen. Ihr standen Tränen in den Augen, aber sie wagte nicht zu schluchzen oder sich einen Millimeter zu rühren. Auch die andere Frau blieb regungslos auf dem Bett hocken. Es war nicht ungewöhnlich, dass ein Mann mal wütend wurde, da half nur abwarten. Irgendwann beruhigte sich jeder wieder. Doch heute wollte Satif sich nicht beruhigen. Er ging auf das Bett zu. Dabei zog er sich den Gürtel aus der Hose und legte ihn zu einer Schlaufe. Die beiden Frauen hielten die Luft an.

Madame Padshma, die Leiterin des Bordells war im Erdgeschoss an die Bar getreten. Sie wollte ihrem letzten Gast des Abends Gesellschaft leisten. Dass Satif ins Haus gekommen war, hatte sie gar nicht bemerkt. Während sie einen Whisky in ein Glas eingoß, schallten plötzlich durchdringende Schreie durch das Haus.

„Was zum Teufel ist da los?“ Sie stellte das Glas klirrend auf die Theke, so dass ein Teil des Braungebrannten heraus schwepperte.

Der Mann, der schon nicht mehr ganz bei sich war, sah erschrocken von seinem Glas auf und stammelte:

„Da ist vorhin einer gekommen und hat Brie und Ellie mitgenommen.“

Madame Padshma warf einen Blick aus dem Fenster und sah den schwarzen Porsche im Licht einer Straßenlaterne stehen.

„Madan…“, flüsterte sie. Das konnte nichts Gutes

verheißen, wenn er so spät in der Nacht noch auftauchte.

Sie nahm den Rock ihres Saris hoch, um schneller die Treppe hinauf steigen zu können. Gerade als sie am ersten Absatz angekommen war, hörte sie die Tür. Madame Padshma drehte sich um und entdeckte Vikash Kapoor im Eingang.

„Sie schickt der Himmel. Vikash, sie müssen unbedingt ihren Freund beruhigen“, rief sie ihm entgegen und eilte die Treppe wieder hinunter.

„Meinen Freund?“, antwortete Vikash lallend. Er schien stark angetrunken zu sein.

„Satif Madan, er ist oben. Hören sie denn die Mädchen nicht?“ Vikash lauschte kurz, dann hörte er eine Frau schreien.

Er stürmte an Padshma vorbei die Treppe hinauf, indem er gleich zwei Stufen auf einmal nahm. Ein Wunder, dass er das in seinem Zustand noch schaffte. Aber so war er in wenigen Sekunden vor Satifs Zimmer. Er riss die Tür auf. Satif stand in der Mitte des Raums. Sein Gesicht war dunkelrot vor Wut. Ein Mädchen kauerte weinend hinter dem Bett, das andere war nicht zu sehen. Überall lagen Kissen und Decken herum und Federn flogen durch die Luft.

„Satif, was machst du?“

„Das siehst du doch, Vikash...“

„Was auch immer los ist, Brie kann nichts dafür", sagte Madame Padshma. Sie war inzwischen an der Tür angekommen. Sie gab Brie ein Zeichen, dass sie verschwinden sollte. Als die junge Frau aufstand, tauchte auch das andere Mädchen, Ellie, auf. Sie hatte sich unter dem Bett versteckt. Vorsichtig und immer den Blick auf Satif gerichtet, schlichen sie nach draußen und rannten die Treppe hinunter. Die beiden sahen erbarmungswürdig aus. Rote Striemen zeichneten sich am ganzen Körper ab, die Haare waren zerzaust und die Augen von Tränen verquollen. Ellie blutet, weil sie mit dem Kopf gegen den Bettrahmen geschlagen war und auch auf Bries Wange zeichnete sich ein blauer Fleck von einem harten Schlag ab.

„Ich will endlich wissen was hier los ist? Satif, wenn sie es nicht sagen, dann brauchen sie hier nicht wieder aufzutauchen."

„Sie vergessen wohl wem dieses Haus gehört!", zischte Satif leise. In dieser Stimmung wirkte er noch bedrohlicher, als vor Wut schnaubend.

„Ich kann meine Schulden bei ihnen jederzeit abzahlen und dann bin ich wieder meine eigene Herrin."

„Das glauben sie…"

„RAUS", brülle die Frau und wies den beiden Männern den Weg zur Tür.

„He, ich habe doch gar nichts gemacht. Warum

muss ich gehen?“ moserte Vikash.

„Sie sorgen dafür das ihr Freund heil nach Hause kommt und wieder nüchtern wird!“

Padshma brachte die Männer zur Tür.

„Dann ist der Abend ja gelaufen. Dabei fing im Club alles so gut an. Dieser Patrick ist ein echt netter Kerl“, sagte Vikash, als sie vor dem Haus standen und zu Satifs Porsche gingen.

In Satif stieg die Wut wieder hoch: „Erwähne nie wieder diesen Namen.“

„Warum denn nicht? Ich dachte ihr wärt Freunde.“

Satif gab einen nicht definierbaren Laut von sich und setzte sich dann hinter das Steuer.

„Kannst du in deinem Zustand überhaupt fahren?“

Satif sah Vikash mit zusammengekniffen Augen an. Sein Gesicht war noch immer hochrot.

„Wenn du mitfahren willst, steig ein, aber halte deine Klappe!“

Ohne ein Widerwort setzte sich Vikash auf den Beifahrersitz. Schweigend fuhren sie bis zu Satifs Haus. Die große Stadtvilla stand mitten in der Altstadt. Vor dem Haus war eine imposante Auffahrt mit einem Brunnen und dahinter erstreckte sich ein großer Garten, eine Seltenheit in der eng bebauten

„Pink City".

Kaum hielt Satif vor dem Eingang kam auch schon ein Diener gerannt, der ihm die Wagentür aufhielt und den Porsche dann in die Garage fuhr. Satif stapfte stumm zum Eingang. Vikash folgte ihm. Er war so hinüber, dass er sich am liebsten in die Einfahrt gelegt hätte. Aber ein Sofa bei Satif würde es auch tun.

„Verrätst du mir nun was los ist?"

„Nein."

„Es muss was mit diesem Patrick sein", überlegte Vikash. „Du bist doch mit ihm weg. Wo ist er jetzt eigentlich?"

„Im Idealfall verrottet er in einer dunklen Gasse."

„Satif, was um Himmels Willen hast du getan?"

„Noch nichts. Aber wenn der Kerl weiter in der Stadt bleibt, kann es sein, dass noch etwas passiert."

„Nein, ewig wird er nicht bleiben."

„Woher weißt du das?"

„Er hat sowas angedeutet. Er trifft sich wohl morgen..., nein, heute Abend mit seiner Tante. Er muss was finanzielles regeln und dann fliegt er wieder nach London. Also in ein paar Tagen ist er wieder weg."

„Interessant..."

Satif fiel ein, dass er etwas über das Testament von Patricks Eltern gelesen hatte, das erst jetzt eröffnet würde. Wahrscheinlich war das schon geschehen und er war deswegen in Indien. Erbte Ashwara Sharma etwa was? Falls ja, würde das gar nicht in Satif Madans Pläne passen. Er wartete schon seit Monaten auf den Bankrott der Mission. Das Kinderheim überlebte nur wegen der Spenden seiner Familie und Satif hatte seinen ganzen Einfluss geltend gemacht, um diese Zuwendungen nach und nach zu kürzen und ihnen so den Geldhahn abzudrehen.

Das Grundstück am See war eine Goldgrube und sobald die Schwestern es finanziell nicht mehr halten konnten, wollte er einspringen, die Schulden aufkaufen und das ganze dann schließen. Ein Verkauf des Geländes würde ihm Millionen bringen. Dazu musste er noch nicht einmal was machen. Auch mit den verfallenen Häusern darauf würde man es ihm aus den Händen reißen.

„Hat Patrick noch mehr erzählt? Ich meine, was er genau bei seiner Tante will?“

„Nein, ich glaube nicht. Aber wir haben ja auch diesen Joint geraucht, also hat er vielleicht doch was erzählt und ich weiß es nicht mehr.“

„Vikash, du bist zu nichts zu gebrauchen“, blaffte Satif seinen Freund an.

Satif angelte sein Handy aus der Jacketttasche und wählte eine Nummer. Obwohl es mitten in der Nacht war, nahm sofort jemand ab.

„Ich brauche ihre Dienste, kommen sie morgen früh zu mir."

Satif ließ Vikash in der Eingangshalle stehen und ging in sein Zimmer. Im Anzug legte er sich aufs Bett und schlief ein. Es würde eine kurze Nacht werden, aber er hatte viel zu tun. Sein Plan war es Shari mit einzubeziehen und alles über Patrick Aruns Aufenthalt herauszufinden.

Kaum war er am Morgen wach, rief er in der Mission an. Shari war immer zeitig auf, dass wusste er. Es dauerte auch nicht lange, bis sich jemand am anderen Ende der Leitung meldete. Doch es war nicht Shari sondern Mina.

„Hier geht alles schief..." murmelte Satif. Dann säuselte er ins Telefon: „Mein liebes Kind, wärst du so gut Shari zu holen."

Shari schien schon neben dem Telefon gestanden zu haben, denn sie war sofort am Hörer.

Satif log ihr vor, dass er in die Mission kommen wollte, um sich mal wieder umzusehen.

„Oh, das tut mir leid. Ich bin heute den ganzen Tag unterwegs. Ich treffe mich gleich mit Patrick."

„Das ist schade. Vielleicht klappt es morgen. Grüß Patrick. Ich hoffe er ist gestern wieder gut ins Hotel gekommen."

„Habt ihr euch gesehen?"

„Wir waren noch was trinken, mit ein paar Freunden."

Satif legte auf. Er war bedient. Dieser Patrick durchkreuzte ihm alle Pläne. Von unten hörte er die Türglocke und kurz darauf kam ein Diener, der seinen Besuch ankündigte.

„Gaurung, danke dass sie es sich so schnell einrichten konnten."

„Satif, sie wissen doch, ihnen stehe ich immer zur Verfügung."

„Und sie werden auch gut dafür entlohnt."

Satif wies auf einen Sessel und die beiden Männer setzten sich. Satif hielt Gaurung sein Handy unter die Nase. Auf dem Bildschirm war ein Foto von Patrick zu sehen, das Satif heimlich in der vergangenen Nacht gemacht hatte.

„Das ist Patrick Arun. Er trifft sich in Kürze mit einer Freundin von mir und ich will wissen was sie machen."

„Eine Beschattung, das ist kein Problem."

„Nicht nur das. Ich brauche auch noch Hintergrundinformationen. Laut Google stammt sein Vater von hier. Seine Tante leitet die Kinderhilfs-Mission am Man Sagar See. Er selbst ist aus London. Die Familie ist sehr reich, aber irgendwas stimmt mit dem Kerl nicht."

„Verstehe. Das wird kein Problem sein. Ich

bekomme das schon raus."

„Seien sie vorsichtig. Reiche Leute wie er kennen viele Tricks, um ihr Leben privat zu halten und sich unauffällig zu benehmen."

„Diese Tricks sind keine britische Erfindung, die kennen wir hier auch."

Satif übertrug die Fotos auf Gaurungs Handy und gab ihm die Adresse vom Hotel. Als der Detektiv verschwunden war, ließ sich Satif einen Kaffee bringen.

„Das wäre geklärt, den Kerl mach ich fertig." Nun musste er nur noch die Sache bei Madame Padshma in Ordnung bringen. Mit einem großen Strauß roter Rosen fuhr er zum Bordell. Das Haus schien leer. Kein Wunder, die Hauptarbeitszeiten der Mädchen waren nachts. Zum Glück kannte sich Satif aus und wusste, wo er Padshma finden würde. Er klopfte an der Bürotür und ohne auf ein „herein" zu warten, trat er ein.

Wie er geahnt hatte, reichten die Blumen und Padshma war beruhigt. Satif verbrachte den ganzen Tag im Haus und langsam entspannte er sich. Die schöne Ruhe wurde nur am Mittag jäh unterbrochen, als sein Handy klingelte. Satif schaute aufs Display. Es war Gaurungs Nummer.

„Einen abschließenden Bericht habe ich noch nicht, aber ich habe eben etwas gehört, bei dem ich mir denke, dass es sie interessiert."

„Und was?"

„Also sie besuchen die Festung, das Mädchen ist dabei."

„Ja und?"

„Sie haben vorhin oben im Café einen Tee getrunken und sich dabei unterhalten."

„Nun sagen sie schon was los ist? Ich habe nicht den ganzen Tag Zeit!" brüllte Satifs ins Telefon.

„Er ist pleite. Er hat es eben Miss Shari erzählt. Er ist hier, weil er Hilfe von seiner Tante braucht."

„Pleite? Das ist ja großartig."

Gaurung redete noch, als Satif schon aufgelegt hatte. Er bekam ein diabolisches Grinsen im Gesicht. Das war es also, was ihm bei Patrick so merkwürdig vorkam. Er hatte kein Geld mehr und musste betteln und das ausgerechnet bei der strengen Missionschefin.

„Da wird er auf Granit beißen und dann kommt meine Stunde." Vor seinem inneren Auge formte sich ein Plan, wie er an Patrick Rache nehmen und dabei noch an das Grundstück kommen könnte und als Bonus gab es vielleicht sogar noch Shari obendrauf. Es war wie ein Sechser im Lotto.

„Niemand schlägt eine Einladung von mir aus und lässt mich stehen..."

11

Shari hatte Patrick am Abend pünktlich abgeholt. Mit dem rostigen Transporter ging es wieder quer durch die Altstadt, aber diesmal durch einen anderen Teil. Es waren lange Straßenzüge, bei denen ein Haus am anderen stand. Die Gebäude waren recht schmal, aber hoch, wahrscheinlich immer für eine Familie. Shari hielt vor einem dieser Häuser. Ein paar Stufen führten zum Eingang. In der Mitte der Tür war ein großer Löwenkopf mit einem Klopfer angebracht. Patrick schaute sich um, konnte aber keine Klingel finden. Die brauchte es auch nicht, denn Shari hatte einen Schlüssel.

Sie traten in einen kleinen Vorraum. Patrick konnte nicht viel erkennen, denn es gab keine Lampe. Der Duft von Curry und Früchten lag in der Luft und von irgendwoher kam Musik. Patrick erkannte die Melodie. Es war eine Arie, die Enrico Caruso einmal gesungen hatte. Er blieb stehen und lauschte. Shari drehte sich nach ihm um.

„Was ist?“

„Nichts weiter. Es ist nur ... das war das Liebling-slied meiner Mutter.“

„Das klingt sehr schön. Ich kann mich gar nicht erinnern, dass Ashwara das schon einmal gespielt hat. Wie heißt es?“

„Ich glaube ‚Je crois entendre encore‘.“

„Es hört sich traurig ein. Was bedeutet das Lied?“

„Ich weiß nicht, ich habe mich nie damit beschäftigt. Aber es ist aus einer Oper, die hier spielt. Also in Ceylon, glaub ich“, Patrick schämte sich ein wenig, dass er solche Wissenslücken hatten. Seine Mutter hatte ihn schon als Kind mit ins Theater und in die Oper genommen. Er war aber nur mitgegangen, weil es meistens davor oder danach in einem der schicken Cafés in der Innenstadt Heiße Schokolade und Waffeln mit Schlagsahne gab. Was dann vor ihm auf der Bühne passierte, war ihm egal. Oft war Patrick auch während der Vorstellungen eingeschlafen.

Shari reichte die Erklärung. Sie fragte nicht weiter nach, sondern, liefen an einer Treppe vorbei und durch einen unbeleuchteten Raum. Die Musik wurde lauter und Patrick konnte einen Lichtschein erkennen.

„Ashwara? Wir sind da?“

Eine Frau in einem silbergrauen Sari trat auf sie

zu. Sie hatte die Haare streng zurückgesteckt. Patrick musste an seine Französischlehrerin im Internat denken. Sie sah ähnlich streng aus. Zu Patricks Überraschung breitete die Frau ihre Arme aus und kam direkt auf ihn zu.

„Mein Junge, es ist so schön dich zu sehen." Sie nahm ihn in die Arme und drückte ihn fest an sich.

Patrick wusste nicht recht, wie er reagieren sollte. Er stand stocksteif da, nahm dann aber die Arme hoch und legte sie um Ashwaras Oberkörper.

Shari stand hinter ihnen und lächelte. Bisher lief alles recht gut, fand sie zumindest.

Endlich ließ Ashwara Patrick los. Sie hatte Tränen in den Augen.

„Wenn ich geahnt hätte, was passiert ist, der Unfall und," sie stockte, „das ganze Unglück. Ich wäre sofort zu dir gekommen."

„Ich hätte anrufen sollen", stammelte Patrick, der mit allem gerechnet hatte, nur nicht damit.

„Du hattest sicher viel zu tun. Nach so einem Unglück gibt es ja immer viel zu regeln."

„Nun ja, ich versteh das auch alles noch nicht." Patrick senkte den Kopf. Ihm kamen Zweifel, ob er seinen Plan wirklich durchziehen sollte. Ashwara deutete sein Verhalten dagegen ganz anders. Mitleidig legte sie ihm den Arm um die Schulter und führte Patrick in einen Wohnraum.

„Das kann ich mir vorstellen", sagte Ashwara mitfühlend. Sie drehte sich zu Shari um: „Mein liebes Mädchen, danke, dass du dich um meinen Neffen gekümmert hast."

„Ach, so viel hab ich doch gar nicht getan." Sie lief rot an und ihr Gesicht bekam fast die gleiche Farbe wie die Seide ihres Kleides.

„Oh nein, Shari untertreibt maßlos. Sie war wundervoll. Wir hatten einen schönen Tag, auf der Festung und in der Mission."

„Ihr ward in der Mission?"

„Ja, Shari hat mir alles gezeigt. Es ist beeindruckend was ihr dort aufgebaut habt."

„Das freut mich, dass es dir gefällt."

„Mit Satif hat sich Patrick auch schon angefreundet."

„Das geht ja alles wirklich sehr schnell", stellte Ashwara verwundert fest, „Nun lasst uns essen und dabei erzählt ihr mir alles, was ihr heute erlebt habt."

Nach dem Essen zog sich Shari leise zurück, um Patrick die Gelegenheit zu geben mit Ashwara zu reden, so wie sie es ausgemacht hatten. Patrick hatte ein flaues Gefühl im Magen. Wie sollte er bloß anfangen, ohne vollkommen verzweifelt zu klingen. Der strenge Gesichtsausdruck seiner Tante nahm ihm den letzten Mut. Er setzte sich und vergrub sein Gesicht in den Händen.

Ashwara setzte sich neben Patrick und nahm ihn in den Arm.

„Mein lieber Junge, was du alles durchgemacht hast."

Patrick schluchzte: „Es, es ist alles ist alles viel schlimmer."

„Deine Eltern sind tot, etwas schlimmeres kann es doch gar nicht geben."

„Natürlich."

„Was gibt es noch?" Die vielen Jahre, die Ashwara schon mit den Kindern verbrachte, hatten sie für alle großen und kleinen Probleme hellhörig werden lassen.

„Wann hast du zuletzt von Papa gehört?"

„Von Rangar? Das ist ewig her. Vielleicht Weihnachten. Wieso?"

„Und seine Anwälte?"

„Ich glaube in der Post war ein Brief aus London. Das könnte von einer Kanzlei gewesen sein. Es standen mehrere Namen darauf. Ich hab es aber noch nicht geöffnet. Soll ich jetzt nachsehen?"

„Nein, nicht nötig. Ich kann dir sagen was darin steht." Patrick schaute Ashwara direkt an. Sie merkte wie schwer ihm das alles fiel.

„Ich hatte einige schwierige Phasen während der Schulzeit und auch beim Studium."

„Davon habe ich gehört. Katja hat es mir geschrieben."

„Oh, ok. Jedenfalls haben sie kurz vor ihrem Unfall eine Maßnahme ergriffen, um mir eine Lektion zu erteilen. Sie haben ihr Testament außer Kraft gesetzt."

„Das tut mir sehr leid für dich. Ich weiß aber nicht, wie ich dir helfen kann."

„Sie haben dich als Erbin eingesetzt."

Ashwara nahm ihren Arm von Patricks Schulter und schaute ihn erstaunt an. Sie hatte wirklich keine Ahnung davon gehabt, das konnte er an ihren Augen ablesen.

„Ich will dir das Geld nicht nehmen oder das Testament anfechten. Ich habe gesehen, wie nötig ihr das hier habt und wieviel ihr damit bewirken könnt. Aber die Immobilien und die Möbel und so ... weißt du?"

„Ich bin etwas verwirrt." Ashwara war aufgestanden, eine Runde durch den Raum gelaufen und setzte sich nun aber wieder neben Patrick.

„Ich brauche nicht viel, wirklich", fügte er fast flehend hinzu.

Ashwara hatte sich wieder gefangen: „Patrick, ich kann dir jetzt keine Antwort geben. Lass mich erstmal sehen, was die Anwälte geschickt haben und dann muss ich mir auch erstmal den letzten Willen deiner Eltern durchlesen."

„Aber ich habe doch alles erzählt.“

„Ich muss mehr zum Hintergrund wissen. Was hat deine Eltern zu dieser Entscheidung bewogen.“

„Ich hatte eine schwere Phase, falsche Freunde und so.“

„Nach allem was mir Shari erzählt hat und dein Verhalten heute Abend, sagen mir, dass du auf einem guten Weg bist...“ Bei ihren Worten stand Ashwara wieder auf und lief vor Patrick auf und ab. Er fühlte sich wieder wie in der Schule, wenn er zum Direktor musste und das kam nicht gerade selten vor. Sie kniete sich vor ihn und legte eine Hand auf Patricks Arm. Patricks Mutter hatte das auch oft getan und sofort beruhigte er sich.

„Ich will dich nicht ärgern und dir auch nichts böses, aber versteh mich bitte.“

„Das tue ich, ganz sicher.“

Patrick stand auf und ging zum Fenster. Vor ihm erstrahlte die Stadt in hunderten Lichtern. Hin und wieder konnte er eine beleuchtete Fassade sehen, aber er kannte die Stadt zu wenig, um etwas wiederzukennen. Er drehte sich um. Ashwara saß auf dem Sofa und blickte ihn an. Unter den strengen Augen fühlte er sich gleich wieder unwohl.

„Du siehst deinem Vater sehr ähnlich, weißt du das? In deinem Alter war Rangar genau wie du.“

„Wirklich?“ Patrick konnte sich seinen Vater

beim besten Willen nicht so vorstellen. Auch Ashwara schien das aufgefallen zu sein. Sie lachte:

„Naja, vielleicht war er nicht ganz wie du. Aber er war voller Tatendrang und Ungeduld."

„Ja, das mag sein. Nur hat er mehr daraus gemacht." Patrick konnte jetzt einen Whiskey vertragen, um seine Nerven zu beruhigen. Doch in Ashwaras Wohnzimmer war weit und breit kein Alkohol zu sehen.

„Patrick du kannst das auch schaffen. Du kannst etwas aus deinem Leben machen. Was hast du für Interessen? Auf welchem Gebiet würdest du gern arbeiten?"

„Ich weiß nicht, ich habe nie darüber nachgedacht."

„Hast du denn nicht mal bei deinem Vater gearbeitet?"

„Oh nein, das hätte er nicht gewollt."

„Bist du dir da so sicher? Er wäre bestimmt stolz gewesen."

„Das glaube ich eher weniger. Er hätte bestimmt gedacht, dass ich ihn in wenigen Tagen ruiniere."

„Wir brauchen nicht mehr darüber reden. Die Situation hat sich verändert. Ich verspreche dir, dass ich über deine Worte nachdenken und mir die Unterlagen ansehen werde. Du bekommst meine Antwort bald."

„Danke. Mehr hatte ich mir gar nicht erhofft."

Patrick ergriff sein Jackett, „Es war ein anstrengender Tag und ich will nicht länger stören. Danke für das Essen." Er wollte sich nicht anmerken lassen, wie enttäuscht er war. Wenn er länger im Haus blieb, konnte es sein, dass er in wenigen Minuten heulend auf dem Sofa saß.

„Wenn du wirklich schon gehen willst, dann sage ich Shari bescheid."

„Ich möchte keine Umstände machen. Ich kann mir ein Taxi nehmen."

„Shari fährt ohnehin wieder zur Mission. Es ist nur ein kleiner Umweg für sie."

Sie waren in den Flur getreten. Ashwara rief nach Shari und kurz darauf kam sie die Treppe herunter.

„Wie geht es eigentlich Mina?" fragte Patrick, als sie wieder im Transporter saßen.

„Gut. Nach ein paar Tassen Tee hat sich ihr Bauch wieder beruhigt. Heute Abend hat sie schon wieder ganz normal mitgegessen."

„Das freut mich.

Im Hotel war weit und breit keiner zu sehen. Obwohl es noch nicht einmal Mitternacht war, wirkte das Haus wie ausgestorben. Patrick wollte sich leise durch die Lobby schleichen, aber seine Anwesenheit blieb nicht unbemerkt. Ein junger Mann tauchte plötzlich hinter der Rezeption aus.

„Herr Arun. Wir haben hier eine Nachricht für sie", rief er und seine Stimme hallte laut in der leeren Halle wider.

Patrick ging zu ihm zum Tresen. Der Mann reichte ihm einen Zettel: „Das wurde vor etwa einer Stunde für Sie abgegeben."

Patrick nahm den Zettel und warf einen Blick darauf. Es war eine Nachricht von Satif.

„Ich würde gern mit dir sprechen. Ich habe einen Vorschlag für ein Geschäft, das dich interessieren dürfte. Lass uns morgen um 10 Uhr am Planetarium treffen."

Auf dem Weg zu seinem Zimmer grübelte Patrick: „Was er wohl will und was soll das für ein Geschäft sein?"

12

Das Planetarium war nur einige Straßen weit vom Hotel entfernt, so dass Patrick gemütlich zu Fuß dahin gehen konnte. Patrick hatte sich mit Hilfe des Stadtplans den ihm die Rezepionistin am ersten Tag gegeben hatte, eine Route zurechtgelegt. Er ließ das Albert Hall Museum und den Zoo links liegen steuerte direkt auf den Stadtpark zu, an dem das Planetarium lag.

Schon von weitem konnte Patrick das langgezogene Gebäude, das von seiner Fassade her eher an ein Stadtschloss erinnerte, sehen. Am Brunnen davor wartete Satif. In seinem hellen Sommeranzug und dem rosafarbenen Hemd war er nicht zu übersehen. Er ließ sich die Sonne ins Gesicht scheinen und bekam links und rechts nichts mit, was um ihn herum passierte. Als Patrick näher kam, sah er, dass Satif telefonierte. Er schien wütend zu sein, denn er gestikulierte wild und brüllte in das Telefon. Patrick verstand aber nicht, worum es ging.

Als Patrick nur noch wenige Meter entfernt war, drehte sich Satif zu ihm um. Er beendete sofort das Telefonat und ließ das Handy in der Jackentasche verschwinden. Freudestrahlend lief er auf Patrick zu.

„Lieber Freund, ich hoffe du hast dich gut von unserer gemeinsamen Nacht erholt."

„Nun ja, so schlimm war es ja nicht. Das hab ich in London schon anderes erlebt."

„Ach, dann musst du mir unbedingt noch eine Chance geben, um einen guten Eindruck zu hinterlassen." Satif lachte lauthals los. Wenn Patrick aufmerksamer gewesen wäre, hätte er bemerkt, wie aufgesetzt und künstlich die Lache war.

Als Satif sich wieder beruhigt hatte, sagte er: „Wollen wir in das Museum gehen oder in den Park?"

Patrick war nach dem kurzen Spaziergang vom Hotel ganz außer Atem. Er hätte nie gedacht, dass er so schlecht in Form war. In London hatte er versucht regelmäßig Sport zu machen, doch schon bei seinem Marsch in Richtung See, war er an seine Grenzen gekommen. Die Hitze tat ihr Übriges. Die Sonne brannte unbarmherzig vom blauen Himmel und Patrick war schon nach wenigen Schritten verschwitzt gewesen. Die Aussicht ein kühles Museum zu besuchen, war wirklich verlockend. Die beiden

Männer betraten das Gebäude und Satif winkte dem Mann an der Kasse kurz zu.

„Müssen wir keine Tickets holen?"

„Nein, meine Familie unterstützt das Museum seit Jahren. Mein Vater hat viele der Objekte gestiftet. Wir dürfen das Museum jederzeit besuchen."

„War ja klar", zischte Patrick zwischen den zusammengepressten Lippen hindurch. Satif verstand ihn trotzdem und schaute Patrick kurz an. Der lächelte aber nur, so dass Satif über die Bemerkung hinwegging und ihr keine weitere Beachtung schenkte.

Die beiden schlenderten durch die Räume und schauten sich die verschiedensten Objekte, die alle irgendwie mit der Raumfahrt zu tun hatten, an.

Vor einem großen Poster des Sonnensystems blieben sie stehen.

Patrick ergriff die Gelegenheit und sagte: „In deiner Nachricht hattest du etwas von einem Geschäft geschrieben, über das du reden willst. Worum geht es denn da?"

„Nicht jetzt. Ich will den Museumsbesuch genießen. Wir haben doch noch den ganzen Tag Zeit."

„Den ganzen Tag? Hast du denn nichts anderes zu tun?"

„Heute nicht. Gestern hat Shari das Sightseeing

übernommen und heute mach ich das eben. Das bin ich dir doch schuldig."

Satif wollte Patrick zappeln lassen und er hatte mit seiner Taktik Erfolg.

Seit Gaurungs Anruf, als Satif erfahren hatte, dass Patrick pleite war, hatte er alle Hebel in Bewegung gesetzt um mehr über die Familie Arun herauszufinden. Er telefonierte mit seinen Anwälten, die aber keine Kontakte nach London hatten. Dann suchte er nach dem alten Anwalt seines Vaters. Dieser lebte nicht mehr und auch die Kanzlei war inzwischen aufgelöst. Unter der Telefonnummer meldete sich dafür ein Architekturbüro. Satif fluchte innerlich. Aufgeben lag nicht in seiner Mentalität und verlieren auch nicht. Wie es der Zufall aber wollte, war der Chef des Architektenbüros, Sandeep, der Sohn des verstorbenen Anwalts. Er war zwar einige Jahre älter als Satif, aber die beide kannten sich von von verschiedenen Veranstaltungen. Zudem waren sie im gleichen Poloklub.

„Ich habe in Cambridge studiert und noch viele Freunde in England. Du weißt wie es ist, der eine kennt einen anderen und der kennt wieder einen. Gib mir ein paar Stunden und ich sehe zu was ich in Erfahrung bekomme. Ich melde mich heute Abend."

Sandeep hielt Wort. Kurz vor acht Uhr klingelte

das Telefon.

„Na endlich“, blaffte Satif.

„Ich kann auch wieder auflegen“, Sandeep war ein gleichwertiger Gegner und das ließ er Satif spüren.

„Entschuldige. Aber ich konnte den ganzen Tag nichts tun als zu warten.“

„Du hast sicher etwas getan. Alles andere würde dir nicht ähnlich sehen.“

Satif hasste es, wenn man ihn durchschaute und sein Plan war noch nicht so weit ausgereift, als das er sich jetzt schon in die Karten blicken lassen wollte. „Hast du etwas herausgefunden?“

„Das hatte ich dir doch versprochen.“

„Und?“

Sandeep genoß es Satif zappeln zu lassen. Es kam selten vor, dass jemand in dieser Position war und er wusste nicht, wann er wieder eine solche Chance bekommen würde. Er nahm noch einen langen Zug von seiner Zigarette.

„Verrat mir erst noch etwas, Satif: Wieso hast du so ein Interesse an diesem Patrick Arun?“

Satif war auf hundertachtzig. Warum hielt Sandeep ihn so hin? Was hatte er davon?

„Ich bin an einem Geschäft mit ihm interessiert. Du bist zwar kein Geschäftsmann, aber du kannst dir sicherlich vorstellen, dass ein Abschluss einfacher ist, wenn man alles über die andere Seite weiß", versuchte Satif so belanglos wie möglich zu erklären. In Wirklichkeit war Satif ungewöhnlich nervös. Sein Herz klopfte bis zum Hals und er konnte sich kaum konzentrieren.

Doch Sandeep hatte kein Erbarmen: „Du meinst, umso verzweifelter er ist, desto leichter kann man ihn über den Tisch ziehen?"

„So würde ich das nicht ausdrücken. Aber ja, wenn der Geschäftspartner in einer schwierigen Lage ist, ist ein Abschluss manchmal einfacher."

„Dann würde ich sagen, hast du jetzt den Hauptgewinn bekommen. Nach allem was ich gehört habe, ist Patrick Arun sehr verzweifelt. Seine Eltern haben ihn enterbt und alles seiner Tante, Ashwara Sharma, vermacht. Seine Anwälte haben schon nach ihm suchen lassen. Es heißt, der gesamte Familienschmuck sei verschwunden."

Satif Gesicht verzog sich zu einem diabolisches Grinsen. Das klang alles besser als gedacht, auch wenn eine Erbschaft für Ashwara Sharma ganz und gar nicht in seine Vorstellungen passte. Zu Sandeep sagte er:

„Du hast etwas gut bei mir. Deine Informationen haben mir sehr geholfen."

Satif legte auf und nahm sich einen Cognac. „Er ist Pleite und ein Dieb." Das diabolische Grinsen kehrte in Satifs Gesicht zurück. Sein Plan begann Formen anzunehmen.

Patrick und Satif waren schon fast durch die Ausstellung durch und Satif hatte noch immer kein Wort zu dem Geschäft gesagt. Patrick wurde ungeduldig.

„Willst du nicht langsam mal sagen was los ist?“

„Warum so in Eile, Patrick? Hast du heute noch was vor?“

„Nein, aber ich dachte du …“

„Aber nein, ich habe mir den ganzen Tag für dich freigehalten, das habe ich doch schon gesagt.“

„Wieso? Wir kennen uns erst ein paar Tage, da macht man doch so etwas nicht.“

„Du bist ein Freund von Shari und damit auch mein Freund.“

Langsam machte Satif die Charade Spaß. Obwohl das Museum klimatisiert war, schwitzte Patrick aus allen Poren. Satif waren die Entzugserscheinungen schon einmal aufgefallen. Der Abend im Club schien die Lage verschlimmert zu haben.

„Lass uns in den Park gehen. Ich glaube du brauchst etwas frische Luft und dort ist ein nettes Café. Eine kleine Pause wird uns guttun.“

„Wenn du meinst.“

Patrick trottete resigniert hinter Satif her. Ihm

ging es nicht gut. Am Vortag war er so aufgeregt, weil Shari immer in seiner Nähe war und abends das Treffen mit Ashwara. Das Adrenalin hatte ihn am Laufen gehalten. Nun war die Luft raus. Er brauchte einen Ruhetag.

Kaum saßen die beiden Männer auf der schattigen Terrasse, hatte Satif auch schon Kaffee und zwei Gläser Champagner geordert. Satif leerte den Kelch in einem Zug. Patrick ließ es langsamer angehen. Ihm war schwindelig, übel und er hatte Kopfweh. Er nahm erstmal nur einen kleinen Schluck und wartete ab. Als er merkte, dass er sich etwas besser fühlte, trank er das Glas ebenfalls auf Ex aus. Seine Stimmung besserte sich und er hatte sogar so viel Appetit bekommen, dass er sich noch ein Törtchen bestellte.

Die beiden blieben noch eine Weile im Park sitzen und genossen die Ruhe unter den großen Bäumen. Patricks Zustand hatte sich zusehends verbessert. Er hatte aufgehört so stark zu Schwitzen und auch das schwindelige Gefühl war fast weg. Nachdem er von Satif noch eine Zigarette bekommen hatte, ließen die Übelkeit und der Schwindel ganz nach. Er atmete tief durch und wagte noch eine Anlauf bei Satif:

„Wollen wir nicht doch langsam mal über dieses Geschäft reden?“

„Noch nicht, die Stimmung ist gerade so schön." Satif rauchte gedankenverloren eine weitere Zigarette und starrte die junge Kellnerin an, die sie bediente. Er winkte sie zum Tisch und bestellte noch eine Runde Champagner.

„Das erste Glas war etwas schal. Ich werde mitgehen und überwachen, dass dieses junge Ding auch keinen Fehler macht."

Er lief hinter der Frau her und verschwand mit ihr im Haus. Das Zigarettenetui lag noch auf dem Tisch und Patrick nahm sich eine weitere Zigarette heraus. Er zündete sie an und sank auf dem Stuhl zurück. Er starrte in den Himmel und döste etwas ein. Satif kam erst nach über einer Viertelstunde zurück. Sein Hemd hing an einigen Stellen aus der Hose. Er grinste zufrieden. Kurz nach ihm kam die Kellnerin mit dem Champagner. Ihr Kleid war zerknittert und aus dem Haarknoten hingen einige Strähnen heraus.

„Was hälst du von einem Besuch im Zoo", fragte Satif, während er das Glas ansetzte und einen Schluck Champagner nahm.

Patrick kicherte: „Der Zoo? Wir sind doch keine Kinder mehr."

„So etwas macht immer Spaß und der Tierpark ist gar nicht weit von hier. Wir können laufen."

Patrick kapitulierte. Während Satif bezahlte,

trank er den Champagner aus. Dann machten sich die beiden auf den Weg.

Patricks Laune steigerte sich immer mehr. Er kicherte und gackerte wie ein kleiner Junge. Satif machte gute Miene zum bösen Spiel, obwohl er im höchsten Grad genervt war. Doch bevor sie den Zoo betraten, fasste er Patrick an der Schulter und rüttelte ihn kräftig durch.

„Benimm dich gefälligst. Man kennt mich hier in der Stadt. Also reiß dich zusammen und kicher nicht so albern."

Patrick sah Satif mit großen Augen an und lachte dann weiter. Satif verpasste ihm eine Ohrfeige, das half. Patrick war augenblicklich ruhig. Er hielt sich die Wange, sagte aber kein Wort.

„Champagner und Tabletten vertragen sich wohl doch nicht so gut", dachte Satif unzufrieden. Sein Plan kam ins Wanken und das passte ihm gar nicht.

Sie betraten den Zoo, schlenderten durch die Anlage und blieben vor dem einen oder anderen Gehege stehen.

„Als ich klein war, war ich am liebsten bei den Panthern. Sie haben mich an das ‚Dschungelbuch' erinnert. Ich dachte es wäre Baghira und ich habe mir vorgestellt ich sei Mogli, frei von allen Fesseln der Gesellschaft", erzählte Satif, während er zu den Tieren schaute.

„Was für gesellschaftliche Fesseln habt ihr denn hier?“ Patrick konnte sich nicht vorstellen das es in Jaipur auch nur annähernd so streng zuging, wie in London. Wenn er an seine Nannys dachte, die ihn im Laufe seiner Kindheit vor die Nase gesetzt wurden, lief ihm ein kalter Schauer den Rücken herunter.

„Du machst dir keine Vorstellung was meine Eltern alles dafür getan haben, damit ich eine ordentliche englische Erziehung bekomme. Wenn wir noch die Kolonialzeit hätten, wären die beiden Könige gewesen.“

„Soweit ich weiß, wurde der Vizekönig von der Königin ernannt und er kam aus der britischen Oberschicht.“ Patrick konnte sich seinen süffisanten Unterton nicht verkneifen.

„Ach ist doch egal. An solchen Kleinigkeiten wollen wir uns doch jetzt nicht aufhängen“, blaffte Satif.

Er zog Patrick weiter, an den Leoparden und Schakalen vorbei. Vor dem Tigergehege blieben sie wieder stehen.

„Heute ist er mir der Liebste.“

„Du hast also die Seiten gewechselt, von Baghira direkt zu Shir Khan.“

„Sozusagen. Aber die Schlangen haben auch ihren Reiz“, sagte Satif mit einem aufgesetzten

Lachen.

Der Zoo war nicht sehr groß, so dass ihn die beiden Männer recht schnell abgelaufen hatten. Nur bei den Krokodilen blieben sie noch eine Weile stehen. Ein halbes Dutzend dieser Bestien tummelten sich in dem Gehege und balgten sich um einige Fleischstücke, die ihnen die Pfleger erst kurz zuvor zugeworfen hatten.

„Faszinierend, nicht wahr. Bei ihnen überlebt nur der Stärkste."

„Wirklich? Damit habe ich mich nie befasst." Patrick stand wieder der Schweiß auf der Stirn. Satif hatte ihm eine halbe Ecstasy-Tablette in das zweite Glas Champagner getan. Die Wirkung hielt nicht so lange, wie Satif es sich erhofft hatte. Er überlegte, wie er die Situation weiter zu seinen Gunsten beeinflussen konnte.

„Da wir heute schon am Planetarium waren, was hälst du davon, wenn wir uns auch die Sternwarte ansehen? Ich war ewig nicht dort und es ist faszierend da."

Patrick sah Satif verwundert an. Sein Verhalten war ihm ein einziges Rätsel. Satif hatte seinen Porsche nicht weit vom Zoo geparkt. Sie stiegen ein und fuhren die wenigen Kilometer in die Altstadt. Patrick hatte die Warte schon gesehen, als er in Richtung Man Sagar See gelaufen war.

Die Sternwarte war, nach Satifs Worten, uralt. Es waren 14 einzelne Bauwerke. Einige waren sehr groß und hoch, andere dagegen klein. Es gab runde und eckige Häuser und auf eines führte eine lange Treppe. Als Patrick davor stand, fühlte er sich wie in 1001 Nacht. Alles wirkte fremd und exotisch. Er las die Schilder und konnte sich gar nicht losreißen. So hatte sich das Satif nicht gedacht. Er wurde von Minute zu Minute unzufriedener.

Als Patrick noch vor einem großen Zeitmesser stand, packte Satif ihn am Arm und zerrte ihn zum Ausgang: „Ich habe Hunger, lass uns etwas essen gehen."

„Also sag mal, was willst du eigentlich? Das Planetarium, der Zoo, nun die Sternwarte und kaum sind wir da, willst du auch schon wieder weg."

„Ja, weil ich Hunger habe. Ganz in der Nähe ist eine recht gute Pizzeria. Du hast doch nichts gegen italienisches Essen."

„Ganz im Gegenteil, ich liebe es. Du machst dir ja kein Bild von der englischen Küche."

Satif hatte recht, der Weg war nicht weit. Sie mussten nur die Straße überqueren.

„Für eine so große Stadt wie Jaipur, sind die Wege nicht sehr weit", stellte Patrick. fest. Vor zwei Tagen war ihm das ganz anders vorgekommen.

„Wenn man sich auskennt…", murmelte Satif.

Das Lokal war nicht sehr groß, aber es hatte einen hübschen Garten. Sie saßen wieder unter großen Bäumen, an denen Mangos wuchsen und aßen Lasagne und tranken Rotwein. Was Patrick am Tag zuvor an Alkohol vermisst hatte, bekam er nun doppelt und dreifach. Er ahnte nicht, dass Satif noch eine halbe Ecstasytablette in seinem Glas versenkt hatte und nur darauf wartete, dass diese endlich wirkte.

Sehr lange konnten sie sich nicht mit dem Essen aufhalten. Dunkle Wolken waren heraufgezogen und ein ungemütlicher Wind war aufgekommen.

„Es wird einen Sturm geben, vielleicht zieht ein Gewitter herauf", stellte Satif mit einem kritischen Blick zum Himmel fest.

„Dabei haben wir noch gar nicht über dein Geschäft gesprochen."

„Lass uns zu mir fahren. Dort haben wir die nötig Ruhe."

Als die Männer das Restaurant verließen und zum Auto liefen, kamen gerade die ersten Regentropfen und in der Ferne war Donnergrollen zu hören.

Es dauerte nicht lange, da waren Jaipurs Straße durch den stärker werdenden Regen hoffnungslos verstopft. Satif versuchte sich mit seinem Porsche um alle Hindernisse herum zu schlängeln. Wo das nicht ging, hupte er so lange, bis alle, die vor ihnen waren, Platz machten. Als sie an Satifs Haus angekommen waren und der Porsche vor dem Eingang hielt, kam sofort ein Diener mit einem Regenschirm gerannt, um die beiden Männer trockenen Fußes in das Haus zu führen. Das Gewitter wurde immer stärker, der Sturm wütete und Blitz und Donner folgten direkt aufeinander. So stellte sich Patrick die Monsunzeit vor. Er kannte sie nur aus den wenigen Erzählungen seines Vaters. Aber er konnte es nachvollziehen. In seinem Inneren hatten schon oft genug solche Stürme getobt. Einen unruhigen Geist hatte das seine Mutter genannt. Er wusste es besser. Es waren die Drogen und der Alkohol, mit dem er versuchte sein Leben zu betäuben und die am Ende immer das Gegenteil bewirkten.

Patrick und Satif schienen das nicht zu bemerken. Der viele Alkohol machte sich bei beiden bemerkbar, wobei Satif noch wesentlich klarer bei Verstand war als Patrick. Doch er spielte mit und kicherte mit Patrick um die Wette, wie Teenager, die jemandem gerade einen Streich gespielt hatten.

Satif schenkte zwei Cognac ein und reichte Patrick einen der Schwenker. Unbemerkt hatte er eine weitere Tablette in das Glas fallen lassen. Jetzt war er bereit, seinen Angriff zu starten:

„Also dann, wollen wir über Geschäftliches sprechen.“

„Jetzt, wo wir gerade so viel Spaß haben?“

„Irgendwann muss es ja sein.“

„Na guuuut.“ Patrick kicherte wieder wie ein Schuljunge. Satif war von dem Verhalten genervt, aber zumindest hatte er ihn da, wo er ihn hinhaben wollte.

„Ich kenne einen Mann, der hier in der Stadt im großen Stil in Bauprojekte investiert. Er ist stinkreich und das einzige, was er hier wirklich will, ist ein Grundstück neben der Mission. Das Problem ist nur, dass die Schwestern oder Ashwara Sharma zustimmen müssten. Ashwara ist doch deine Tante …“

„Ja, aber …“

„Wir brauchen nur ihre Unterschrift.“

„Aber …“

„Das dürfte doch kein Problem für dich sein und es ist auch eine dicke Provision für dich drin.“

„Eine Provision?“ Patrick war plötzlich wieder ganz klar. Er wurde hellhörig.

„Ein Prozent vom Gesamtprojekt.“

„Ein Prozent? Wieviel bekommst du?“

„Etwas mehr. Aber das Projekt hat einen Umfang von rund 200 Millionen Euro.“

„200 Millionen? Was wollen die da bauen?“ Patrick versucht sich den Ort vorzustellen, den Satif meinte. Außer der Straße, die um den See führte und zwei Tempeln war dort nicht viel. Es gab nur Bäume, Berge und das Wasser. Das einzige Grundstück, auf dem Platz für mehrere Gebäude war, war die Mission. Doch angesichts des Gewinns, der bei dem Geschäft drin war, verdrängte Patrick diese Bedenken.

„Was sagst du nun? Steigst du mit ein."

„Du brauchst nur eine Unterschrift? Mehr nicht?"

„Mehr nicht."

„Ich würde dir gern helfen, aber ich weiß nicht, wie ich das machen soll."

„Du warst in ihrem Haus. Geh einfach wieder hin. Als Ashwaras Neffe sollte das doch kein Problem sein. Ich gebe dir ein Schriftstück mit und du schmuggelst es ihr auf den Schreibtisch. Sie unterschreibt, du holst es zurück und alles ist gut. Ein paar Stunden später hast du das Geld auf dem Konto und weißt du was, als kleinen Anreiz bekommst du eine Anzahlung. Wie klingen 10.000 Pfund, oder sagen wir 50.000?"

Patrick sah die Summe vor seinem inneren Auge und hielt Satif die Hand hin: „Abgemacht!"

„Dann sollten wir feiern." Satif nahm Patrick den Cognac-Schwenker weg und füllte ihn neu. Patrick nahm das Glas und trank es aus. Er hatte noch keine Ahnung, wie er das alles anstellen sollte, aber ihm würde schon etwas einfallen. Wenn er das Geld bekäme, dann wären alle Probleme gelöst und er könnte nach Hause fahren.

Draußen tobte noch immer das Unwetter und Satif bot Patrick an die Nacht in seinem Haus zu verbringen. Ein Gästezimmer sei schnell hergerichtet und dann könnten sie am Abend noch ein bisschen feiern.

„Nein, nein, das geht nicht. Ich erwarte einen Anruf von meiner Tante. Ich muss heute Abend wieder im Hotel sein."

„Wenn du meinst."

„Wenn sich Tante Ashwara meldet, kann ich ein Treffen mit ihr ausmachen, dann hätten wir beide etwas davon."

„Da hast du auch wieder recht. Aber du bleibst zum Essen."

„Bis zum Abend sind es doch noch ein paar Stunden."

„Wir können das Dinner zeitlich etwas vorziehen und bis dahin trinken wir noch einen guten Schluck."

Nach einem weiteren Glas Cognac ging Satif zu Wodka über und bis zum Abendessen war Patrick sturzbetrunken. Mit Hilfe eines Dieners setzte Satif ihn in seinen Porsche.

„Wehe du übergibst dich hier“, zischte er und fuhr ihn zum Hotel. Er setzte ihn einfach vor der Tür ab. Das Gewitter hatte nachgelassen, aber es regnete noch leicht. Pitschnass taumelte Patrick in die Lobby. Die zwei Männer, die an der Rezeption standen, sahen entsetzt, was da auf sie zukam.

„Das ist der junge Mann von Zimmer 211“, sagte die junge Rezeptionistin, die vom Lärm angelockt aus dem Hinterzimmer kam. Mit vereinten Kräften brachten die Männer Patrick in sein Zimmer und legten ihn auf das Bett.

13

Patrick wurde erst am Mittag wach. Er lag voll bekleidet auf seinem Bett. Lediglich sein Jackett hing ordentlich über der Lehne des Schreibtischstuhls. Aus der Brusttasche schaute die weiße Ecke eines Umschlags heraus. Patrick quälte sich aus dem Bett hoch. Sein Kopf fühlte sich an, als würde er gleich zerspringen wollen. Unsicher tappste er zum Schreibtisch. Mit größter Mühe fingerte er den Umschlag aus der Tasche. Er war nicht zugeklebt und da Patrick nicht darauf achtete, wie er das Kuvert hielt, fiel eine kleine Tüte heraus. Er drehte den Umschlag herum und schaute hinein. Es war ein säuberlich gefaltetes Blatt Papier drin, mit einem gelben Posted darauf. Auf dem Klebezettel stand nur: *„Die Unterschrift muss auf die zweite Seite.“*

„Was zur Hölle ...“ langsam dämmerte es Patrick. Das Geschäft mit Satif und die Zustimmung seiner Tante zum Grundstücksverkauf. „Ach ja.“

In dem Umschlag war noch ein weiterer Zettel. Patrick schaute darauf. Es war ein Scheck über 50.000 Pfund. Dann war das Gespräch wirklich real gewesen. „Ich hab das nicht geträumt“; schoss es Patrick durch den Kopf. Seine größte Finanznot war erst einmal vorbei. Patrick bekam einen Lachanfall. Wie oft war er in Gedanken das Gespräch mit seiner Tante durchgegangen. Erst hatte er sich unzählige Male überlegt, was er ihr sagen sollte. Dann, als er mit Ashwara gesprochen hatte, zermarterte er sich krampfhaft den Kopf, was schief gelaufen war. Warum hatte er sie nicht überzeugen können. Ihr langes Zögern, war eindeutig: Sie wollte ihm nicht helfen. Nun brauchte er ihre Hilfe auch nicht mehr. Das Beste für ihn: Er war nur noch eine Unterschrift von seiner Heimreise entfernt

„Wozu habe ich mir nur in den letzten Tagen all die Sorgen gemacht? Man braucht nur die richtigen Freunde.“

Was er definitiv wusste, war, dass Charly St. Claire nicht mehr dazu gehörte, denn er hatte genauso gezögert wie Ashwara. Dafür hatte er nun aber Satif.

Patrick verwahrte den Scheck sicher im Safe. Er wollte ihn nicht sofort einlösen, sondern Ergebnisse liefern. Er zog die Jacke an, die an ein paar Stellen noch feucht vom gestrigen Regen war, steckte den Umschlag ein und verließ das Zimmer.

Patrick hatte Ashwaras Adresse, aber er wusste den Weg dorthin nicht mehr. Als Shari ihn abgeholt hatte, war es schon dunkel. Patrick trat noch einmal an den Safe, um etwas Geld aus seiner Reisekasse zu nehmen. Seine Finanznot war vorbei und Patrick hatte es satt zu sparen.

Als Patrick vom Safe zurück trat, spürte er etwas unter seinem linken Fuß. Er bückte sich und fand das Tütchen, das kurz zuvor aus seiner Jacke gefallen war. Es waren drei Pillen drin und ein winziger Zettel, den Patrick kaum entziffern konnte. „Falls du Nachschub brauchst, melde dich. S."

„Er ist wirklich ein Freund." Patrick öffnete die Tüte, nahm eine Tablette heraus und schluckte sie. Er fühlte sich, als könnte er Bäume ausreißen. Sein Äußeres sagte allerdings etwas anderes und hätte er sich die Zeit genommen und mal eine Blick in den Spiegel geworfen, hätte er das auch gesehen.

Patrick eilte aus dem Zimmer und schwankte in die Lobby. An der Rezeption hatten noch die gleichen Angestellten Dienst, wie am Abend.

„Geht es ihnen wieder besser, Herr Arun?" fragte der Junge hinter dem Tresen. Patrick winkte kurz und durchquerte den Raum. Er konnte sich nicht erinnern den Jungen schon einmal gesehen zu haben. Am Abend stand Patrick so neben sich, dass er nicht mehr wusste, was seit dem Verlassen von Satifs Haus alles passiert war. Der junge Portier schaute Patrick besorgt nach, der mit unsicheren Schritten das Hotel verließ.

Vor der Tür hielt sich Patrick die Hände vor die Augen: „Verdammt ist die Sonne hell."

Außerdem war es schon wieder drückend heiß. Von dem Unwetter des Vortags war nichts mehr zu spüren. Der Sturm tobte dagegen in seinem Kopf. Die Sonne und die Wärme verschlimmerten die Kopfschmerzen noch und die Tablette wollte auch noch nicht wirken.

Patrick winkte eine Fahrradrikscha heran. Er gab dem jungen Fahrer Ashwaras Adresse und lehnte sich dann unter dem kleinen Dach zurück. Der Schatten tat gut. Der Bursche radelte kreuz und quer durch die Altstadt. Manchmal ging es recht knapp zu, zwischen den Autos, Lastern und Bussen. Aber davon bekam Patrick von seiner Rückbank nicht viel mit. Er döste vor sich hin.

Die Rikscha kam viel schneller vor Ashwaras Haus an, als Patrick gedacht hatte. Er drückte dem-Fahrer ein paar Scheine in die Hand und kletterte schwerfällig aus dem kastenartigen Gefährt heraus. Die paar Stufen bis zur Haustür meisterte er geradezu bravourös, doch dann stand Patrick wieder vor dem Problem mit der Klingel und diesmal war keine Shari mit einem Hausschlüssel in der Nähe. Patrick betätigte den Klopfer in dem Löwenmaul. Er klopfte dreimal und hörte den dumpfen Widerhall aus dem Haus. Nichts rührte sich und es waren auch sonst keine Geräusche zu hören. Er schaute sich noch einmal um, ob er irgendwo eine Klingel sah. Ohne Erfolg.

„Mist“, fluchte Patrick, dann dämmerte es ihm: „Sie wird in der Mission sein.“

Patrick drehte sich um und wollte den Jungen mit der Rikscha winken. Aber der war schon über alle Berge. Er hatte wohl Angst, dass das großzügige Trinkgeld ein Versehen war. Patrick hielt sich krampfhaft am Geländer neben dem Eingang fest. Er war müde und fühlte sich von der Wärme vollkommen erschlagen. Was sollte er tun? Es würde sicher noch Stunden dauern, bis Ashwara wieder nach Hause kam.

Patrick stolperte die Stufen wieder herunter und wäre fast hingefallen. In letzter Sekunde konnte er sich abfangen und am Geländer festhalten. So aufrecht wie möglich lief Patrick zur nächsten Straßenecke. Er versuchte sich zu orientieren, doch das war sinnlos. Er kannte sich einfach zu wenig in den eng bebauten Straßen von Jaipur aus. Zu seinem großen Glück entdeckte er an der Ecke einen kleinen Laden, der auch noch einen Imbiss zu haben schien.

Er steuerte darauf zu. Es gab ein paar Stühle unter zwei Sonnenschirmen.

Patrick betrat den Laden und nuschelte dem Verkäufer etwas zu. Der Mann blickte ratlos und erst als Patrick auf die Kaffeemaschine deutete, konnte der Mann die Worte identifizieren. Zu dem Kaffee kaufte Patrick noch eine kleine Flasche Wodka. Der Verkäufer sagte etwas, nur Patrick verstand kein Wort. Er nahm den Kaffeebecher und zeigte auf die Stühle. Der Verkäufer nickte. Er zeigte Patrick sein zahnloses Lächeln, aber Patrick stand schon so neben sich, dass er das nicht mehr mitbekam. Er hätte sich gern etwas hingelegt, aber auch das Sitzen tat gut. Er nahm vorsichtig einen Schluck Kaffee. Er schmeckte furchtbar. Patrick öffnete die Flasche und gab etwas von dem Wodka hinein. Dann trank er noch einen Schluck direkt aus der Flasche. Aus der Jackentasche holte er das Tütchen mit den Tabletten und nahm sich die Zweite heraus. Patrick spülte sie mit dem Wodka herunter. Dann trank er den Kaffee. Seine Gedanken wurden langsam klarer. Er schaute sich um. Wie weit mochte er jetzt vom See entfernt sein? Ob er die Strecke laufen könnte? Es waren weit und breit weder Taxen noch Tuktuks oder Rikschas zu sehen. Warum musste seine Tante in so einem ruhigen Teil der Stadt wohnen? Patrick kippte den restlichen Wodka in den Kaffee und trank das Gemisch aus. Er wurde immer müder. Der Verkäufer beobachtete argwöhnisch, wie der Fremde, der da schon eine ganze Weile vor seinem Imbiss saß, eindöste. Der Kopf sank ihm auf die Brust und der junge Mann drohte vom Stuhl zu fallen. Der Verkäufer kam aus dem Laden und versuchte Patrick wachzurütteln.

Patrick kippte nach vorn und schlug mit dem Kopf auf den Tisch. Der Verkäufer schrie erschrocken und richtete Patrick dann vorsichtig wieder auf. Er hatte eine kleine Wunde an der Stirn und eine Beule. Der Mann rannte in seinen Laden und holte ein Glas Wasser. Er versuchte Patrick etwas einzuflösen, aber der war vollkommen weggetreten. Was sollte der Verkäufer nur mit ihm machen? Er griff in die Tasche von Patricks Jackett und fand etwas Bargeld, einen Umschlag und einen Zettel mit der Adresse von Ashwara Sharma. Patrick konnte sich glücklich schätzen, dass seine Tante in der Nachbarschaft bekannt war. Der Verkäufer holte sich sein Notizbuch und blätterte es durch. Es dauerte eine Weile, bis er die richtige Seite gefunden hatte, auf der die Nummer der Mission stand. Er wählte.

„Hallo? Shari Raji hier."

„Ja hallo? Ich würde gern Frau Sharma sprechen."

„Einen Moment, sie ist gerade im Haus unterwegs. Wer spricht denn da?"

„Kahn. Ich arbeite in dem Eckladen..."

„Ach ja, ich weiß. Warten sie bitte kurz. Ich suche Ashwara."

Kahn hörte Shari den Hörer auf den Schreibtisch legen und dann ihre Schritte. Eine Weile war Ruhe, dann wieder Schritte.

„Hallo, hier ist nochmal Shari. Ich finde Ashwara gerade nicht. Sie wird bei den Kindern sein. Kann ich ihr etwas ausrichten oder kann sie zurückrufen?"

„Das ist kompliziert. Hier ist ein junger Mann, er ist plötzlich umgekippt und auf dem Tisch aufgeschlagen. Er hatte Frau Sharmas Adresse in der Tasche."

„Auf einem blauen Zettel?"

„Ja, woher wissen sie das?"

„Ich habe sie aufgeschrieben", sagte Shari stockend, „das ist Ashwaras Neffe. Ich gehe sofort nochmal auf die Suche und dann machen wir uns auf den Weg zu ihnen."

„Soll ich einen Arzt anrufen? Und wer bezahlt das dann?"

„Nein, warten sie noch."

Bei diesen Worten legte Shari auf und Kahn stand ratlos da. Er illerte durchs Fenster, ob der junge Mann noch da war. Patrick lag mehr als das er saß und er blutete leicht aus der Wunde am Kopf. Kahn bückte sich unter seinen Ladentisch. Hinter mehreren Reihen Kartons hatte er einen Erste-Hilfe-Koffer. Er öffnete ihn und suchte nach einem Pflaster. Es waren keine mehr da, aber eine dicke Rolle Verband, ordentlich aufgerollt und zu Patricks großem Glück noch nie benutzt.

Kahn nahm den Verband und ging wieder nach draußen. Mit etwas Mühe bugsierte er Patrick vom Tisch hoch und setzte ihn aufrecht hin. Dann legte Kahn den Verband an, der viel zu lang war und am Ende, als Kahn alles um den Kopf gewickelt hatte, wie ein Turban aussah. Kaum hatte sich der Verkäufer wieder umgedreht, fiel Patrick krachend auf den Tisch zurück. Kahn drehte sich um, konnte aber keine weitere Wunde entdecken. Patrick stöhnte nur kurz auf.

Die Ereignisse in dem kleinen Lädchen waren in der Nachbarschaft nicht umbemerkt geblieben. Einige Anwohner hatten Kahns Schrei gehört. Vom Fenster aus verschafften sich einige einen Überblick oder waren direkt zu dem Laden gelaufen. Mit großen Augen musterten sie den Fremden und löcherten den Verkäufer mit Fragen. Zu seinem Bedauern konnte Kahn nur nicht viel davon beantworten.

Es dauerte keine fünfzehn Minuten, da hielt Sharis alter Transporter an der Ecke. Shari war wie eine Verrückte durch die Stadt gerast und hatte alle Schleichwege genommen, die sie kannte. Zusammen mit Ashwara eilte die junge Frau zu Patrick. Der lag noch immer ohnmächtig auf dem Tisch.

„Lebt er noch?“ rief Shari erschrocken.

„Ja, aber es geht ihm wirklich nicht gut. Er riecht sehr stark nach Alkohol, er schwitzt und ist kreidebleich.“ Kahn war zu den Frauen getreten: „Er ist einfach umgefallen, ich hab ihn versorgt.“

„Was hat er getrunken und wieviel?“ fragte Ashwara entsetzt.

„Nur einen Kaffee und diese kleine Flasche.“ Kahn zeigte auf die leere Wodkaflasche.

„Wir bringen ihn ins Haus und ich ruf Doktor Kapoor an.“

Ashwara packte Patrick am Arm und zog ihn vom Stuhl hoch. Mit Sharis Hilfe schleppten sie ihn zum Transporter und fuhren die wenigen Meter bis zum Haus. Der Weg zur Treppe und durch die Tür wurden zur Herausforderung.

„Ashwara, wir schaffen das nicht. Wir bekommen ihn nicht ohne Hilfe in den ersten Stock. Nicht über die steile Treppe.“

„Wir lassen ihn ihr. Hol Kissen und eine Decke. Ich telefoniere schnell.“

Sie legten Patrick vorsichtig in den Flur und während Shari die Treppe hinauf rannte, ging Ashwara ins Wohnzimmer.

Doktor Kapoor traf etwa zwanzig Minuten später ein. Patrick lag noch immer im im Eingang auf dem Boden. Ihm stand der Schweiß auf der Stirn und er hatte Schüttelfrost bekommen. Zwischendurch war Patrick kurz wach geworden und hatte ein paar unverständliche Worte vor sich hingebrabbelt.

„Ich möchte wissen, was mit ihm los ist. Als wir uns vorgestern am Hotel getrennt haben, ging es ihm noch gut. Was ist seitdem nur passiert?"

„Shari, Liebes, er riecht stark nach Alkohol und wird sicher nicht zum ersten Mal so betrunken sein."

„Er ist nicht nur betrunken", mischte sich Doktor Kapoor in das Gespräch ein.

„Wie bitte?"

„Er hat mit Sicherheit auch Drogen genommen. Das in Kombination mit dem Wodka, ist schuld an seinem Zustand."

„Was?", Shari sprang von der Treppenstufe, auf der sie saß, auf.

„Ich kann es nicht mit Sicherheit sagen", entgegnete der Arzt, „er müsste ins Krankenhaus, damit wir ein paar Tests machen und ihn behandeln können."

„Nein, das möchte ich nicht unbedingt. Wir sind die einzigen Menschen in der Stadt, die er kennt und da soll er nicht unter lauten Fremden aufwachen. Ich würde ihn lieber hier behalten. Meine Zeiten als Krankenschwester sind schon eine Weile vorbei, aber ich denke, ich schaffe es noch Patrick zu pflegen."

„Nun, wenn sie das möchten. Ich schreibe ihnen einen Therapieplan auf und bringe heute Abend die Medikamente vorbei."

„Das ist sehr nett von ihnen, vielen Dank, Doktor Kapoor."

„Sie sollten aber wissen, dass die nächsten Tage wahrscheinlich nicht leicht werden. Nachdem was mir Vikash erzählt hat, scheint ihr Neffe in London ein recht wildes Leben geführt zu haben."

„Ich wusste gar nicht, dass ihr Sohn Patrick kennt?"

„Sie haben sich neulich durch Satif Madan kennengelernt, Ashwara", erklärte Shari.

„Patrick hat sich hier schon besser vernetzt, als ich gedacht habe."

„Freunde wird er brauchen, der Entzug wird nicht einfach werden und die Gefahr in alte Muster zurück zu fallen, ist sehr groß."

Mit Hilfe von Doktor Kapoor brachten die beiden Frauen Patrick in eines der Gästezimmer im ersten

Stock. Dann verabschiedete sich der Arzt.

„Vielleicht hing seine Ohnmacht in der Mission schon damit zusammen“, überlegte Shari. „Ich hatte das eigentlich dem schwül-warmen Wetter zugeschrieben.“

„Schon möglich. Wir müssen abwarten, bis er zu sich kommt und wir mit ihm reden können.“ Ashwara deckte Patrick zu und zog die Vorhänge vor.

„Hoffentlich antwortet er dann in ganzen Sätzen“, meinte Shari mit einem letzten Blick auf Patrick, bevor die beiden das Zimmer verließen.

Vor der Tür sagte Ashwara: „Shari, würdest du bitte ins Hotel fahren und ihm ein paar Kleidungsstücke holen? Er ist vollkommen verschwitzt und braucht frische Sachen. Ein Pyjama wäre auch gut.“

„Natürlich, ich fahre sofort los und hole alles.“ Shari nahm ihre Tasche und Ashwara holte eine Schüssel mit kaltem Wasser und einem Tuch, das sie Patrick auf die Stirn legte. Er stöhnte kurz auf, rührte sich aber sonst nicht weiter

Als Shari vor dem Hotel ankam, fiel ihr mit Schrecken ein, dass sie gar keinen Schlüssel für Patricks Zimmer hatte. Ja, sie wusste noch nicht einmal, in welchem Zimmer er wohnte.

„Hoffentlich können die mir weiterhelfen“, überlegte sie, während sie den Transporter vor dem Eingang parkte.

Ehrfürchtig betrat Shari die Lobby. Sie war noch nie in einem Hotel gewesen. Der Eingangsbereich erinnerte sie irgendwie an Satifs Haus. Bei dem Gedanken an ihn, lief ihr ein kalter Schauer über den Rücken. Sie schaute sich etwas um. Auf der Eckcouch, die als nächstes zur Tür stand, saßen zwei Männer, die sich angeregt unterhielten. Ihren Anzügen nach mussten es Geschäftsleute sein. Am Nachbartisch saß ein einzelner Herr und laß Zeitung. Am anderen Ende des Raum war eine Tür, die offenbar in einen Garten führte. Shari konnte einen Brunnen erkennen und sie hörte Kinderlachen. Sie blieb noch einen Moment stehen und saugte die ganze Szenerie förmlich in sich auf. Wer weiß ob sie jemals wieder die Gelegenheit hatte, in ein solches Haus zu kommen.

Shari trat an die Rezeption, wo eine junge Frau schon auf sie wartete.Die Rezeptionistin hatte Shari beobachtet, seit sie durch die Tür getreten war.

Shari räusperte sich: „Ich bin eine Freundin von Patrick Arun, er ist leider unpässlich und ich bräuchte ein paar Sachen aus seinem Zimmer."

„Oh, das tut mir leid, aber wir brauchen eine Einverständniserklärung."

„Dazu ist Herr Arun zur Zeit nicht in der Lage. Er

ist noch nicht einmal ansprechbar."

„Wie furchtbar. Ich schau mal, was sich machen lässt."

Die Rezeptionistin verschwand in das Hinterzimmer. Shari konnte nicht sehen, wer dort war, aber sie hörte ein paar Gesprächsfetzen. Wenig später kam die Frau zum Tresen zurück.

„Alles geklärt, ich bringe sie zum Zimmer." Die junge Frau griff unter den Tresen und holte einen Schlüssel heraus. Während sie in Richtung Fahrstuhl liefen, sagte sie: „Es gab ja gestern Abend schon einen Vorfall, wussten sie das? Übrigens, Herrn Aruns Reservierung läuft morgen aus. Ich nehme mal an, dass er kaum bis dahin zurück sein wird. Es wäre schön, wenn sie alle seine Sachen mitnehmen könnten."

„Ein Vorfall?", Shari blieb erschrocken stehen.

„Nach allem, was ich gehört habe, soll Herr Arun in einem sehr schlechten Zustand gewesen sein, als er hier ankam", und im Flüsterton fügte die junge Frau hinzu: „Wie mein Kollege berichtet hat, war er wohl vollkommen betrunken."

Shari hielt bei den Worten die Luft an. Sie wusste nicht was sie sagen sollte und stammelte nur: „Seine Tante wollte nur ein paar Sachen, aber wenn es nicht anders geht..."

„Ach, er hat seine Tante gefunden? Das freut

mich sehr."

„Sie wissen davon?"

„Nun ja, er hatte mich vor ein paar Tagen um Hilfe gebeten. Darf ich sie etwas fragen?"

„Klar."

„Herr Arun hatte neulich Probleme mit seinen Händen. Er hat furchtbar gezittert. Hat das vielleicht schon etwas mit seinem jetzigen Zustand zu tun?"

„Ich weiß nicht. Es wäre vielleicht möglich."

„Ich hatte gedacht, es sei nur die Wärme und ich habe ihm Bonbons angeboten. Ich hätte einen Arzt rufen sollen."

„Aber sie konnten das doch nicht ahnen. Keiner konnte das ahnen." Shari dachte an ihre erste Begegnung mit Patrick zurück, als er in ihrem Büro ohnmächtig geworden war. Sie hätte schon damals reagieren und einen Arzt holen sollen.

Die beiden Frauen waren an der Zimmertür angekommen und die Rezeptionistin schloss auf. Das Zimmer war ein Schlachtfeld. Das Bett war zerwühlt und überall lag Kleidung herum.

„Männer!", sagte Shari. Es sollte witzig klingen, aber man hörte ihre Hilflosigkeit heraus.

„Ich helfe ihnen."

Sie holten den Koffer unter dem Bett hervor und begannen alles einzupacken. Die Sachen aus dem

Bad warf Shari einfach in eine Tasche.

„Es muss nicht ordentlich zusammengelegt sein. Wie ich Ashwara kenne, wird sie die Sachen erstmal waschen und bügeln. Wenn sie jetzt ein paar Falten bekommen, ist das nicht schlimm.“

Wieder bei Ashwara, berichtete Shari was sie im Hotel erfahren hatte.

„Dann hatte Doktor Kapoor recht mit seiner Behauptung über Patricks Leben in London und Katja und Rangars Berichte über seine Abstürze waren auch nicht übertrieben“, Ashwara sah ihren Neffen mit einem bedauernden Blick an. Dann nahm sie das Tuch von seiner Stirn und tauchte es wieder in das kalte Wasser.

14

Als Patrick wach wurde, wusste er nicht wo er war. Außerdem hatte er jegliches Gefühl für die Zeit verloren. Das Zimmer, in dem er sich befand, war mit dicken Vorhängen verdunkelt und er konnte kaum etwas erkennen. Das einzige, was er um sich herum wahrnahm, war das große Bett, in dem er lag. Patrick versuchte sich etwas aufzurichten. Sein Kopf schmerzte, wie schon so oft in den letzten Tagen. Er griff sich an die Stirn und fühlte ein Pflaster. Er tastete an den Umrissen entlang und merkte, wie der Schmerz stärker wurde.

Patrick sank in die Kissen zurück. Er bewegte vorsichtig die Beine. In seine Gliedmaßen war kaum Gefühl. Alles war taub vom langen Liegen. Nach den Beinen waren die Arme dran. Mit dem Linken griff er immer wieder in Richtung seines Kopfes. Nach einer Weile wollte er wechseln und den rechten Arm heben, da bemerkte er erst eine Kanüle in seinem Handrücken steckte.

Patricks Verwirrung wuchs. War er in einem Krankenhaus? Die wenigen Umrisse, die er in dem Zimmer erkennen konnte, sahen eigentlich nicht so aus. Es roch auch nicht nach einer Klinik. Patrick versuchte sich zu konzentrieren. Aus der Ferne war Musik zu hören. Debussys „Clair de Lune". Gerade verklangen die letzten Töne. Einen Augenblick war Ruhe, dann begann ein neues Lied. Auch wenn die Musik sehr leise und nur bruchstückhaft war, erkannte er es sofort: „Je crois entendre encore". Das Lieblingslied seiner Mutter. Ihm schossen die Tränen in die Augen. Was würde sie sagen, wenn sie ihn so sehen könnte, irgendwo in einem fremden Land, ohne Orientierung oder Erinnerung an die letzten Stunden (eigentlich waren es sogar Tage). Über diesen trüben Gedanken schlief er wieder ein.

Als Patrick das nächste mal wach wurde, war es etwas heller im Zimmer. Einer der Vorhänge war etwas aufgezogen und am Fußende des Bettes saß jemand. Kaum hatte Patrick die Augen geöffnet, rief eine Stimme: „Shari, er ist wach." Die Worte fuhren Patrick wie ein Schwert durch den Kopf.

„Pssst Mina, nicht so laut."

Patrick erkannte Sharis Stimme und musste lächeln. Wenn sie bei ihm war, dann war er in Sicherheit.

Shari zog die restlichen Vorhänge auf, so das die Nachmittagssonne ins Zimmer schien. Dann kam sie zum Bett.

„Hallo, wie geht es dir?“ fragte sie leise.

„Ganz gut, denke ich“, entgegnete Patrick mit brüchiger Stimme.

„Du hast uns einen ganz schönen Schreck eingejagt. Wir hatten schon befürchtete, dass du nie wieder wach wirst.“

„Was ist denn passiert? Ich kann mich an nichts erinnern. Wo bin ich?“

„Bei Ashwara, aber sie schläft jetzt“, krähte Mina dazwischen.

„Mina, sei doch ruhig“, schimpfte Shari. Sie nahm das Mädchen am Arm und beförderte es aus dem Zimmer.

„Jetzt sollten wir Ruhe haben“, sagte Shari, als sie die Tür hinter sich schloss. Dann erzählte sie kurz, was sie von Patricks Zusammenbruch wusste, von den Besuchen Doktor Kapoors und dass Ashwara in den vergangenen Tagen nicht von seiner Seite gewichen war.

„Inzwischen war sie so müde, dass sie sich endlich mal hingelegt hat.“

„Ich habe von alldem überhaupt nichts mitbekommen. Glaub mir, so viel habe ich nicht getrunken, das hätte mich nie so umhauen dürfen.“

„Patrick," Shari wollte von den Drogen erzählen und suchte nach den richtigen Worten, „wir haben in deiner Jackentasche eine kleine Tüte mit einer Tablette gefunden."

„Oh," Patrick ahnte, was jetzt kam.

„Doktor Kapoor hat sie untersuchen lassen. Es war eine Mischung verschiedener Drogen, unter anderem Extasy und Kokain und sie waren fast rein, kaum verdünnt. Doktor Kapoor meinte das hätte einen Elefanten umbringen können."

„Ich gebe ja zu, dass ich schon mal das eine oder andere genommen habe, aber mir ging es schon nicht besonders, bevor ich das Zeug genommen habe. Um ehrlich zu sein, ging es mir danach sogar besser. Ich hätte vielleicht die Finger von dem Wodka lassen sollen." Bei dem Gedanken an den Alkohol kribbelte es Patrick in den Fingern und er bekam sofort Appetit.

Shari schüttelte bedauernd den Kopf. „Doktor Kapoor meinte, dass du schon länger ein großes Drogenproblem hättest, nur diesmal wäre es einfach zu viel gewesen. Eine Pille mehr und du hättest dich umgebracht."

„Das stimmt nicht. Seit ich aus London weg bin, habe ich nichts genommen und nichts getrunken…"

„Und schon da hattest du Symptome von Entzugserscheinungen gehabt", erklang plötzlich eine strenge Stimme von der Tür. Mina hatte Ashwara geweckt und ihr berichtet, dass Patrick wieder wach war.

Patrick wollte etwas erwidern und sich rechtfertigen, aber Ashwara winkte ab: „Du brauchst nicht nach Ausreden zu suchen. Es ist passiert, aber es ist Vergangenheit. Jetzt bist du auf dem Weg der Besserung und ich werde dir dabei so gut wie möglich helfen. Alles was du jetzt brauchst ist Ruhe."

Das war das Zeichen für Shari, dass sie gehen sollte. In der Tür drehte sie sich noch einmal um und sagte: „Ich bringe dir einen Tee, der wird dir guttun und heute Abend gibt es Suppe."

„Klingt toll." Patrick vergrub sich in den Kissen und starrte aus dem Fenster. Ein schöner Schlamassel, in dem er da steckte. Im Gefängnis konnte es nicht schlimmer sein. Es dauerte nicht lange, da kam Shari mit dem Tee zurück.

„Du solltest noch etwas schlafen, meint Ashwara. Wir bringen dir dann später das Abendessen."

Als sie die Tür hinter sich geschlossen hatte, murmelte Patrick: „Eindeutig: Es ist ein Gefängnis."

Er nippte an dem Tee, der nach verschiedenen Kräutern schmeckte. Patrick verzog das Gesicht. Den Geschmack konnte er als Kind schon nicht leiden. Seine Großmutter hatte immer die abenteuerlichsten Mischungen zusammengebraut und dazu

Geschichten aus Russland erzählt. Welche Kräuter wo wuchsen und gegen was sie halfen. Er hatte damals nur mit halbem Ohr zugehört.

Patrick stellte die Tasse auf dem Nachttisch ab und schaute sich um. Vielleicht fand er etwas, wo er den Tee unauffällig entsorgen konnte. Aber im ganzen Zimmer war kein einziger Blumentopf zu entdecken. Er wollte sich gerade aus dem Bett hochquälend und schauen, ob sich hinter einer der Türen ein Badezimmer versteckte, als ein dröhnendes Geräusch auf der Straße seine Aufmerksamkeit erregte.

Nach dem langen Liegen dauerte es eine Ewigkeit, bis er die Füße aus dem Bett heraus und auf dem Boden hatte. Bis er auf der Bettkante saß, war vor dem Haus wieder Ruhe eingekehrt. Dafür ertönten plötzlich im Haus Stimmen. Ein Mann und eine Frau diskutierten. Patrick war sich nicht sicher, ob es Shari oder Ashwara war. Nur Sekunden später wurde die Zimmertür aufgerissen.

„Satif, du kannst doch nicht einfach …" Patrick drehte sich erschrocken um. Er saß noch immer auf der Bettkante und fühlte sich ertappt. Shari achtete in dem Moment aber gar nicht auf ihn sondern funkelte Satif böse an. Macho wie er war, ignorierte er die junge Frau. Stattdessen lief er mit ausgebreiteten Armen auf Patrick zu.

„Patrick mein Freund, wie geht es dir? Ich war vollkommen entsetzt, als ich von deinem Zustand gehört habe. Ich war auch schon einmal hier, aber diese Weibsbilder haben mich nicht zu dir gelassen."

„Äh...", Patrick fühlte sich, als hätte ihn gerade ein Güterzug überfahren.

„Satif, du bleibst nur fünf Minuten. Nicht länger. Patrick braucht Ruhe", fauchte Shari dazwischen. Patrick hätte nie gedacht, dass sie so böse werden konnte.

„Shari, Liebes, reg dich ab. Mein Freund wird mir schon sagen, wie lange ich bleiben darf."

Satif schob Shari aus dem Zimmer hinaus und schloss die Tür. Als die beiden Männer unter sich waren, änderte sich der Ton.

„War unser kleiner Ausflug ein bisschen viel für dich?"

„Satif, ich verstehe das nicht. Wir haben nur etwas getrunken. Ich kann mich aber an nichts erinnern und nun heißt es, ich hätte eine Überdosis gehabt."

„Dann hattest du die wahrscheinlich auch. Aber reden wir nicht mehr davon. Es gibt wichtigeres."

Satif hatte sich einen Stuhl neben das Bett gezogen und sich hingesetzt. Er war sich nicht sicher, ob Shari noch vor der Tür stand und vielleicht das Gespräch hörte, daher sagte er im Flüsterton: „An unser kleines Geschäft erinnerst du dich aber noch, oder?“

„Nun, ja, das schon. Aber ich hatte bisher noch keine Gelegenheit ...“

„Mach dir keinen Stress. Ich habe das inzwischen alles erledigt. Wie eben schon erwähnt, war ich gestern schon einmal da. Meine Mutter war mal wieder großzügig und hat der Mission eine kleine Spende übertragen, sie ist so ein guter Mensch. Für meinen Geschmack übertreibt sie es nur etwas. Sie muss sich ja auch nicht um die ganze Bürokratie kümmern. Das bleibt immer an mir hängen. Du machst dir keine Vorstellungen, was das für ein Papierkram ist, da verliert man schnell den Überblick, was man so unterschreibt.“

„Dann hast du also...“

„Allerdings. Mein Anwalt kümmert sich gerade um die letzten Formalitäten, dann kann mein Investor starten. Nun müssen wir nur noch unser Geschäft abschließen.“

„Was gibt es da noch abzuschließen, wenn du schon alles erledigt hast.“

„Oh Mann, du hast echt Erinnerungslücken. Ich rede von meinem Scheck. Ich will die 50.000 Pfund zurück. Das war eine Anzahlung dafür, dass du die Unterschrift versorgst und das hast du nicht getan.“

Bei Patrick kam die Erinnerung zurück. Den Scheck hatte er im Hotel zuletzt in der Hand gehabt. Sein Hotelzimmer, was war damit passiert und mit seinen Sachen? Er sah Satif entsetzt an: „Ich... ich habe den Scheck nicht hier... Ich weiß nicht wo er gerade ist... Ich muss ihn suchen."

„Dann mach schnell. Ich will mein Geld zurück."

„Aber ... ich weiß nicht wann ich hier mal rauskomme."

„Das ist mir egal. Wir haben Mittwoch, bis Freitag will ich den Scheck oder du stellst mir einen neuen aus, mit Zinsen. Überleg dir, was einfacher für dich ist."

Satif stand auf und lief in Richtung Tür. Bevor er das Zimmer verließ drehte er sich noch einmal um: „Glaub nicht das ich Scherze mache. Wenn ich das Geld nicht bis Freitag habe, wird dir das leid tun. Dein letzter Absturz war nur ein Spaziergang gegen das, was dann passieren wird."

Als Patrick wieder alleine war, vergrub er sein Gesicht in den Händen. Die Verzweiflung war wieder zurück und diesmal war es sogar noch schlimmer. In London hatte er einfach kein Geld gehabt. Nun war er Pleite und hatte auch noch Schulden. Alle seine Hoffnungen mit dem Geld von Satif ein neues Leben beginnen zu können, waren zerstört.

Patrick zog sich an dem Stuhl, den Satif hatte stehen lassen, hoch. Er nahm den Infusionsbeutel, der neben dem Bett aufgehängt war und schleppte sich zum Schrank, der an der gegenüberliegenden Wand stand. Darin fand er alle seine Sachen, ordentlich aufgehängt. Auf dem Schrankboden lagen sein Handy, das MacBook und einige andere persönliche Sachen. Was er nirgends entdecken konnte, waren der Schmuck und die anderen Dinge, die er im Safe hatte.

„Das ist doch nicht möglich. Das muss doch hier sein."

Patrick merkte, wie seine Beine nachgaben. Er stützte sich am Schrank ab und setzte sich auf den Boden. So fand ihn Shari, als sie mit der Abendsuppe ins Zimmer kam.

„Ach du meine Güte, Patrick, was ist passiert?"

„Ich wollte nur..., also ich hab etwas gesucht."

„Gut, ich dachte schon du wärst wieder ohnmächtig. Wann ist denn Satif gegangen, ich habe ihn gar nicht mehr gehört."

„Ich weiß nicht, es ist schon eine ganze Weile her."

Mit Sharis Hilfe stand Patrick wieder auf und tapste vorsichtig zum Bett zurück. Shari stellte das Tablett ab und richtete die Kissen, so dass Patrick sich setzen konnte.

„Wer hat denn meine Sachen aus dem Hotel geholt?“

„Das war ich. Eine freundliche junge Frau an der Rezeption hat mir geholfen.“

„Ach ja, die kenne ich.“

„Das hat sie mir erzählt.“

„Du hast nicht zufällig in den Safe geschaut?“

„Nein, so etwas gab es da?“

„Ja, oben im Schrank.“

„Oh je, das tut mir schrecklich leid. Hattest du etwas sehr wichtiges drin?“

„Naja, dafür ist ja ein Safe da. Es war ein Schmuckstück von meiner Mutter und mein Reisepass.“

Shari schlug die Hände vors Gesicht. „Du glaubst gar nicht, wie leid mir das tut. Ich werde mich darum kümmern, das verspreche ich dir.“

„Kein Problem, wenn du mir hilfst und mich zum Hotel fährst, dann hole ich die Sachen selbst ab.“

„Das muss ich mit Ashwara besprechen. Aber wir finden eine Lösung. Morgen, versprochen.“

„Morgen erst?“

„Ich muss Mina gleich in die Mission fahren, es ist schon spät und sie muss ins Bett. Aber der See liegt in der entgegengesetzten Richtung, wie du weißt.“ Shari verließ das Zimmer wieder. Patrick

Verzweiflung wuchs. Wie sollte er nur unauffällig an diesen Scheck kommen?

15

Die Abendsonne war schon hinter den Häusern auf der anderen Straßenseite verschwunden, als die Zimmertür wieder aufging. Patrick saß noch immer im Bett und rührte lustlos in den Resten der Suppe.

Ashwara trat zu ihm: „Hat es dir nicht geschmeckt?"

„Ich habe keinen richtigen Hunger. Morgen wird es bestimmt besser. Aber es war sehr lecker", Patrick fand seine eigenen Worte nicht besonders überzeugend. Doch Ashwara nickte verständnisvoll:

„Das wird an den Medikamenten liegen. Ich bringe das Tablett schnell weg, dann komme ich wieder und leiste dir Gesellschaft. Ich habe etwas gefunden, das ich dir gern zeigen möchte und was dir bestimmt gefallen wird."

Patrick quälte sich ein kleines Lächeln ab und als Ashwara im Flur verschwunden war, legte er sich wieder ins Bett. Er war komplett erledigt, obwohl er den ganzen Tag nichts gemacht hatte.

Es dauerte wirklich nicht lange bis Ashwara wieder im Zimmer stand. Sie hatte sich umgezogen und statt des hellgrünen Saris trug sie nun leichte Stoffhosen und eine Bluse. Sie hatte einen flachen Karton dabei, setzte sich neben Patrick auf die Bettkante und knipste die Nachttischlampe an.

„Hier sind ein paar alte Fotos drin, aus der Zeit als dein Vater und ich Kinder waren und aus unserer Anfangszeit hier in Jaipur."

Ashwara öffnet den Karton und Patrick sah einen Stapel von vielleicht hundert, unsortierten Fotos, die durcheinander lagen. Das würde sicher ein sehr langer Abend werden. Er richtete sich auf und schob das Kopfkissen in den Rücken.

„Hat dein Vater mal etwas über seine Kindheit erzählt?", fragte Ashwara, während sie einige Fotos aus der Kiste nahm.

„Ja sicher, früher als ich noch klein war. Ich kann mich aber nicht mehr an sehr viel erinnern. Das ist ja auch schon ewig her"

„So lange nun auch nicht, wie alt bist du jetzt eigentlich?"

„Ähh, schon 24. Genau genommen werde ich bald 25 Jahre alt."

„Ach, das ist doch nichts", lachte Ashwara. „Aber gar kein Problem, dann werde ich dir ein bisschen was erzählen. Dazu bin ich ja hier."

Sie griff in den Stapel und zog, ohne langes Suchen, eine vergilbte Schwarz-Weiß-Fotografie heraus. Auf dem Bild waren nur noch schemenhaft die Konturen eines kleines, ärmliches Dorfes zu erkennen. Mehrere Häuschen, die nicht besser aussahen als Hütten, säumten eine schmale Straße. Dahinter waren Felder zu erkennen. Obwohl die Aufnahme schon sehr verblasst war, konnte man noch immer gut erkennen, wie einfach das Leben dort gewesen war.

Nach kurzem Suchen fand Ashwara noch eine zweite Aufnahme, die scheinbar die ganze Familie zeigte. Ein älteres Ehepaar war zu sehen und zwei Kinder, ein Junge und ein Mädchen. Sie standen vor einem der Häuser von dem ersten Foto. Dazu erklärte Ashwara:

„Wir sind in einem kleinen Ort aufgewachsen, gar nicht so weit von hier. Das Dorf war damals noch eigenständig, heute ist es ein Teil von Jaipur. Es kam mir damals wie eine Weltreise vor, wenn wir mal in die Stadt gefahren sind. Wir hatten nur einen kleinen Karren und ein Dromedar. Damit war man stundenlang unterwegs, bis man überhaupt mal an den Stadtrand kam. Der war damals gar nicht so weit von der Mission entfernt und wir haben gleich hinter den Bergen gelebt. Aber die meisten Straßen haben damals noch nicht existiert. Als dein Vater noch ein Kind war, war das Dorf für ihn eigentlich schon zu klein. Er wollte hinaus in die Welt. Das Leben entdecken. Rangar war damals ein kleiner Forscher. Ich war mir sicher, er würde mal Naturwissenschaftler werden oder Arzt. Er sammelte alles ein, was er am Wegrand fand und untersuchte es. Ich weiß nicht, ob es nur eine Phase war, oder ob sich seine Interessen schließlich wirklich so geändert hatten. Aber irgendwann wollte er nur noch eines: Geld verdienen, uns allen ein besseres Leben ermöglichen und der gesellschaftlichen Enge, in die er hineingeboren worden war, entfliehen. Rangar hat nie ein Geheimnis daraus gemacht, dass er nicht sein Leben lang im Dorf bleiben wollte und er hatte auch großes Glück: Es gab eine kleine Schule im Ort und der Lehrer erkannte sein Potential. Unsere Eltern waren nicht so besonders begeistert davon. Sie kannten kein anderes Leben als das auf unserem Hof. Wir hatten damals etwas Landwirtschaft und da wurde jede Hand gebraucht. Die Vorstellung, dass einer von uns weggehen könnte, war ihnen bis dahin nie in den Sinn gekommen. Doch als sich für Rangar diese Möglichkeit ergab, war er überglücklich und alle anderen stürzte er in eine tiefe Krise. Wer sollte auf den Feldern mitarbeiten? Mutter konnte das nicht mehr. Unsere Geschwister … wir waren insgesamt fünf, wusstest du das?“

Patrick schaute Ashwara verwundert an. Er hatte in den vergangenen Minuten mehr über seinen Vater erfahren, als in seiner ganzen Kindheit. „Nein, davon hat Papa nie etwas erzählt, gar nichts von alledem hat er erzählt."

„Das dachte ich mir. Ich glaube er war sehr froh, als er Indien verlassen konnten. Deshalb ist er wohl auch nie wieder zurückgekehrt. Unsere Geschwister sind alle gestorben. Sie sind nie erwachsen geworden. Anya überlebte nicht einmal den Tag ihrer Geburt, Rama bekam eine Lungenentzündung, da war er noch keine drei Jahre alt und Shae ist ertrunken. Unser Dorfbach war während des Monsuns zu einem großen Fluss geworden. Sie wollte ihn auf dem Heimweg durchqueren und blieb dabei in Ästen hängen. Sie wurde fortgerissen. Man entdeckte ihre Leiche einige Tage später im Nachbardorf."

„Das ist furchtbar. Wie alt war sie?"

„Sieben. Sie sollte ein paar Wochen später in die Schule kommen. Unsere Eltern waren zum Glück nicht so eingestellt, wie viele andere damals, die der Meinung waren, dass die Mädchen zu Hause blieben sollten. In vielen Familie durften nur die Jungs in die Schule gehen."

„Wie gut, dass sich das geändert hat."

„Darüber bin ich auch sehr froh. Du glaubst gar

nicht, wie schwer es war einen Lehrer für die Mission zu finden. Wir sind einfach zu weit weg von der nächsten Schule und der Weg wäre zu gefährlich, deswegen habe ich einen eigenen Klassenraum eingerichtet. Das sind übrigens deine Großeltern,“ Ashwara zeigte Patrick ein Foto, das sie gerade aus dem Stapel gezogen hatte. Darauf war ein Ehepaar in traditioneller Kleidung zu sehen. Patrick überlegte, wie alt die beiden wohl gewesen waren. Auf ihn wirkten sie uralt.

Ashwara hatte schon das nächste Bild in der Hand. Es zeigte seinen Vater als Kind, mit seinem verstorbenen kleinen Bruder an der Hand. Auch hier waren Holzhäuser zu erkennen. Im Hintergrund stand eine abgemagerte Kuh. Alles sah so ärmlich aus. Patrick konnte verstehen, warum sein Vater weg wollte.

„Wann bist du nach Jaipur gekommen?“

„Nach dem Tod meines Vaters. Rangar war da schon weg und Mutter hatte die Felder und unsere Tiere verkauft. Das Geld ermöglichte uns ein neues Leben. Ohne Hilfe hätten wir es ohnehin nicht geschafft, alles zu bewirtschaften. Ich konnte Mutter überreden das Dorf aufzugeben. An dem Ort hingen zu viele dunkle Erinnerungen. Das von unseren Geschwistern habe ich dir ja schon erzählt und dein Vater, er war manchmal auch nicht ganz einfach.“

„Oh ja, wem sagst du das."

„Nun, ich denke wir meinen unterschiedliche Dinge", sagte Ashwara lachend. Sie betrachtete das Kinderfoto von Rangar und fuhr dann fort: „Nachdem er unsere Dorfschule verlassen hatte und mithilfe unseres Lehrers hier in Jaipur auf ein Internat gekommen war, gingen Mutter und Vater immer davon aus, er würde irgendwann zurückkommen und sein Erbe übernehmen. Er sollte Bauer werden, wie sie auch. Sie hatten nicht viel Verständnis für seinen Drang in die Welt zu gehen. Außerdem sahen sie, was das alles kostete und es gab damals keine Garantie, dass sie das Geld jemals zurückbekommen würden. Aber hier in der Stadt blühte er auf und entwickelte einen ungeahnten Ehrgeiz. Er beendete die Schule mit Auszeichung und dadurch bekam er auch noch die Möglichkeit zu studieren. Spätestens da war das Dorf, der Hof, eben alles was seine Vergangenheit ausgemacht hat, vergessen. Er war auch viel zu klug um einfach nur Landwirt zu werden. Dieses Leben hätte ihn kaputt gemacht. Aber unsere Familie war sehr traditionell, wie eigentlich alle in der Nachbarschaft. Solche Extravaganzen wie ein Leben in der Stadt, das gab es da einfach nicht. Das konnte sich keiner leisten und die Kinder wurden im Ort gebraucht. Wären unsere Geschwister noch da gewesen, hätte es wohl anders ausgesehen. Inzwischen haben sich die Zeiten geändert, du kannst dir das bestimmt nicht vorstellen“, Ashwara legte die Fotos wieder in die Kiste und griff sich einen anderen Stapel.

Patrick beobachtete sie kurz, dann sagte er: „Doch, schon irgendwie. Papa wollte immer, dass ich in seine Fußstapfen trete und Wirtschaft studiere oder irgendetwas anderes mit Finanzen. Neulich Abend hast du gesagt, dass er sich bestimmt gefreut hätte, wenn ich in seiner Firma gearbeitet hätte. Das kann man nicht einfach mit ja oder nein beantworten. Er wollte, dass ich mich genauso nach oben arbeite wie er und in ein paar Jahren hätte er mich bestimmt gern bei sich gesehen. Aber das war alles so frustrierend. Ich habe kein Talent dafür und keine Geduld. Ich konnte das schon in der Schule nicht und hatte Probleme mich im Matheunterricht stundenlang auf ein und dieselbe Aufgabe zu konzentrieren.“

„Ich kann mir das vorstellen. Rangar hat immer hohe Ansprüche gestellt und er war äußerst eigensinnig. Aber du musst versuchen auch ihn zu verstehen. Er musste wirklich hart dafür kämpfen, um das zu erreichen, was er am Ende hatte.“

„Ich weiß, so hat Mama das auch immer gesagt.“

„Katja hatte so viel Geduld mit ihm. Ich hätte sie gern öfter gesehen. Wir haben uns wirklich gut verstanden. Weißt du überhaupt, wie dein Vater nach

London gekommen ist?“

„Äh, nein“, Patrick war überrascht, dass es noch mehr über seinen Vater zu erfahren gab, von dem er bisher überhaupt keine Ahnung hatte.

Ashwara lächelte still in sich hinein. Dann klappte sie die Kiste zu und stellte sie auf den Nachttisch. Sie schaute Patrick an und lachte: „Es war ein Zufall. Kannst du dir das vorstellen? Ursprünglich sollte ein Freund von ihm dorthin reisen. Rangar war mit seinem Studium fast fertig. Er hatte nur noch ein paar Prüfungen vor sich. Eine Woche intensives Lernen und er hätte es geschafft. Aber dann kam alles anders“, Ashwara machte eine dramatische Pause. "Dieser Freund, ich weiß gar nicht mehr, wie er hieß, hatte ein Stipendium für ein Auslandssemester in Großbritannien erhalten. Kurz vor seiner Abreise wurde krank. Er wäre nie in der Lage gewesen einen so langen Flug zu überstehen. Doch dann wäre das Stipendium verfallen. Die beiden sahen sich etwas ähnlich, da ist Rangar für ihn geflogen. Er hat ein halbes Jahr unter dem Namen seines Freundes in London gelebt, aber an den Unikursen hat er nie teilgenommen, sondern schon nebenbei bei deinem Großvater gearbeitet und sich so eine Basis für sein späteres Leben geschaffen. Natürlich gab es Ärger, mit der Uni und der Stiftung, von der das Stipendium kam. Es kam heraus, dass der eigentliche Stipendiat noch hier in Jaipur war und es fiel auf, dass Rangar verschwunden war. Er hatte ja seine Prüfungen verpasst. In London war er längst untergetaucht. Dort kannte man seinen richtigen Namen nicht, dadurch war das leicht. Er hat sich fast ein Jahr nicht gemeldet, aber dann kam immer mal Geld von ihm."

„Das muss in der Zeit gewesen sein, als er schon mit Mama zusammen war. Sie hat mal erzählt, dass ihre Familie sie lange Zeit noch unterstützt hat und sie dadurch ein recht gutes Leben hatten."

„Davon weiß ich nichts, darüber hat Rangar nie gesprochen. Er hat uns mit dem Geld sehr geholfen, wir haben nie gefragt, wo es herkam."

„Wie bist du dann nach Jaipur gekommen?"

„Ich habe eine Weile gebraucht, bis ich meine Mutter überzeugen konnte, das Dorf zu verlassen. Ich hatte ja schon erzählt, dass sie solche Veränderungen nicht mochte. Rangar hätte sie sicher leichter überreden können, aber er war ja nicht da. Ich habe schon immer gern Menschen geholfen und als ich nicht mehr zur Schule ging, habe ich mich um die älteren Leute im Dorf gekümmert. Mein Lehrer war der Erste, der die Idee hatte, ich könnte Krankenschwester oder Erzieherin werden. Ich habe meine Eltern angebettelt zu Rangar ziehen zu dürfen, um hier in der Stadt eine Ausbildung zu bekommen. Aber ein Mädchen von fünfzehn Jahren alleine in so einer großen Stadt ... du kannst dir sicher vorstellen, was ich für einen Erfolg hatte."

„Hast du mal daran gedacht wegzulaufen?"

„Ich würde lügen, wenn ich jetzt nein sage. Aber weißt du, ich habe gesehen, wie schwer für sie der Abschied von Rangar war. Da konnte ich das einfach nicht. Es hätte ihnen das Herz gebrochen."

„Papa ist nie zurückgekommen, nachdem er Indien verlassen hat. Das muss furchtbar gewesen sein."

„Das habe ich auch nie verstanden. Als ich Euch besucht habe, vor zwanzig Jahren, hatte ich darüber einen riesigen Streit mit ihm."

„War das der Grund, warum du uns nie wieder besucht hast?"

„Ja, ich konnte ihm seine Sturheit nicht verzeihen. Mutter hat sehr gelitten, als wir dann hier waren. Ein Besuch von Rangar hätte ihr geholfen. Ich habe dafür gebetet und mir ausgemalt, wie es wäre, wenn wir alle in London leben würden."

„Hätte Großmutter da mitgemacht?"

Ashwara lachte: „Nein, sicher nicht. Es ging ihr besser, als sie gesehen hat, wie gut es mir ging. Mir hat meine Arbeit Spaß gemacht. Ich war in einem Krankenhaus auf der Kinderstation. Von da an wollte ich nur noch mit Kindern arbeiten. Es gab damals ein Hilfsprojekt, am anderen Ende der Stadt.

Ab und zu waren Kinder von da bei mir auf der Station. An meinen freien Tagen fuhr ich zu ihnen, um zu helfen. Das war der Grundstein für unsere heutige Mission."

„Wolltest du nie eigene Kinder?"

„Doch, ich hätte nichts dagegen gehabt, aber es sollte nicht sein. Eines Tages lag Shari vor meiner Tür, von da an war sie meine Tochter."

„Hab ich eigentlich einen Onkel?"

„Ist dir nicht aufgefallen, dass ich einen anderen Nachnamen habe?"

„Oh, stimmt. Tut mir leid, das war eine dumme Frage."

„Aber nein, das ist doch nicht schlimm. Ich habe Dev bei meiner Hilfsarbeit kennengelernt. Seine Familie war wohlhabend und davon wollten sie etwas zurückgeben. Wie die Madans und die Kapoors. Ohne ihre Hilfe würden viele meiner Mädchen auf der Straße leben."

„Deswegen dieses Haus, ich hatte mich schon gewundert."

„Ach, das ist dir aufgefallen …"

Patrick schaute beschämt auf seine Hände. Ashwara lachte wieder und legte einen Arm um seine Schulter. Mit der anderen Hand griff sie wieder nach dem Fotokarton. Sie nahm den Deckel ab und zog ein Bild heraus. Patrick hatte vorhin schon gemerkt, wie sie es betrachtet hatte. Aber sie war nicht darauf eingegangen, sondern hatte es wortlos zurückgelegt. Jetzt reichte sie es ihm und erklärte:

„Siehst du, hier haben wir Shari, da war sie vier oder fünf Jahre alt."

Das Foto zeigte ein dünnes Mädchen in einem etwas zu großen Sari. Sie hielt einen Strauß Blumen in der Hand und lachte über das ganze Gesicht. Sie schien glücklich zu sein, obwohl sie ein Waisenkind war und nichts hatte. Patrick musste sich eingestehen, dass sie aus ihrem Leben viel mehr gemacht hatte, als er selbst, dem alle Türen offen standen.

Ashwara schien Patricks Gedanken zu erraten. „Mach dir keine Sorgen, wir werden eine Lösung für dich finden. Ich hatte da auch schon eine Idee, wie wir das Geld deiner Eltern sinnvoll einsetzen können. Du kannst mir dabei helfen."

„Wirklich? Aber ich habe doch von Geschäften keine Ahnung."

„Das wird sich schon finden. Am Anfang arbeiten wir einfach zusammen."

„Was für eine Arbeit wäre das?"

„Immer mit der Ruhe, Junge. Es ist schon spät und du brauchst deinen Schlaf damit du dich schnell erholst. Wir reden morgen über alles, einverstanden?" Ashwara packte das Foto wieder in die

Kiste.

Patrick fügte sich in sein Schicksal. Müde war er noch nicht. Immerhin hatte er ja auch fast drei Tage durchgeschlafen. Aber er rutschte im Bett ein Stück nach unten und kuschelte sich in die Kissen. Ashwara deckte ihn noch ordentlich zu und machte dann das Licht aus.

„Vielleicht war es doch keine schlechte Entscheidung, hierher zu kommen. Das könnte tatsächlich der Beginn eines neuen Lebens für mich sein", überlegte Patrick, bevor er einschlief.

16

Die Nachmittagssonne schien mild über den Man Sagar See und die Bäume warfen lange Schatten auf die Wiese. Patrick hatte sich einen Stuhl direkt ans Ufer gestellt und döste vor sich hin. Erst hatte er noch die Füße ins Wasser gehalten, aber trotz der tropischen Temperaturen, wurde ihm das mit der Zeit zu kalt.

Unweit von Patricks Sitzplatz war die kleine Schule der Mission. Sie befand sich in einem Holzhaus, dessen Wände bei schönem Wetter komplett aufgeschoben werden konnten. An diesem Tag war aber alles verschlossen.

„Sie haben eine Prüfung", hatte Shari erklärt, als sie Patrick noch einen Tee brachte. Danach machte sich Shari auf den Weg in die Stadt. Sie wollte zu Patricks Hotel, um noch die Sachen aus dem Safe zu holen. Bei einem kurzen Telefonat am Morgen, hatte sie schon erfahren, dass alles an der Rezeption lag. Ein Zimmermädchen hatte den verschlossenen Safe entdeckt und den Hausmeister gerufen. Als die

Mitarbeiter sahen, was sich darin befand, war klar, dass der Besitzer das Geld und den Schmuck würde zurück haben wollen. Daher packten sie alles in eine Kiste und deponierten diese im Büro hinter der Rezeption.

Am Morgen hatte Ashwara Patrick von der Kanüle und dem Infusionsbeutel befreit und sie frühstückten zusammen.

„Du siehst schon wieder viel besser aus, du hast richtig Farbe bekommen“, stellte sie zufrieden fest.

„Ich fühle mich auch wirklich besser.“

„Aber in Zukunft musst du vorsichtiger sein und die Finger von den Drogen lassen und auch vom Alkohol, sonst fällst du ganz schnell in alte Muster zurück. Möglicherweise kann dir dann nicht mehr geholfen werden.“ Ashwara hob mahnend den Zeigefinger.

Bei den Worten seiner Tante musste Patrick schlucken. Das sein Lebensstil nicht der beste war, war ihm klar. Das hatten seine Eltern ihm auch immer gesagt. Aber es war nie so schlimm gewesen. Ein bisschen Kopfweh, ein Tag Übelkeit und dann konnte es wieder weitergehen. Diesmal war es anders und Patrick wollte sich gar nicht ausmalen, wie sich ein schlimmerer Zusammenbruch anfühlte.

„Ich werde mich mehr in acht nehmen, versprochen“, antwortete er kleinlaut.

„Das will ich hoffen, denn ich habe eine wichtige Aufgabe für dich."

Patrick wurde hellhörig: „Wie sehen deine Pläne aus?"

Ashwara legte ihre Serviette beiseite und trank den letzten Schluck Tee aus. Dann lehnte sie sich in ihrem Stuhl zurück und faltete die Hände vor dem Bauch. Die Geste und auch ihr Gesichtsausdruck kamen Patrick bekannt vor. So hatte auch sein Vater immer dagesessen, wenn er etwas wichtiges zu besprechen hatte. Ashwara und Rangar waren sich so ähnlich und doch ganz unterschiedlich.

„Ich habe mir etwas überlegt, wie wir das Erbe deiner Eltern wirklich sinnvoll einsetzen können. Ich muss das noch mit einem Anwalt oder Notar besprechen, deswegen kann sich noch etwas ändern! Aber im Groben gesagt, will ich eine Stiftung gründen. Damit soll die Hilfsarbeit in Indien unterstützt werden und das nicht nur hier in der Mission, sondern auch in anderen Städten. Speziell schweben mir da Hilfsprojekte für Mädchen vor. Sie haben es wirklich schwer und außer als Ehefrauen und Mütter haben sie nur wenig Zukunftsaussichten. Das muss sich ändern. Eine ordentliche Schulbildung und ein selbstbestimmtes Leben und das nicht nur in den Großstädten, wo sich die Familien langsam öffnen, sondern auch auf dem Land."

„Mit dieser Rede kannst du sicher jeden überzeugen.“ Patrick war beeindruckt.

„Warte ab, ich bin noch nicht fertig. Eine Stiftung braucht Unterstützer. Ich hoffe, dass ich weiterhin auf die Madans und die anderen wohlhabenden Familien zählen kann, aber das wird nicht reichen. Da kommst du ins Spiel. Du kennst dich in England in der Oberschicht aus, hast Kontakte. Du musst die Stiftungsarbeit in London machen. Du bist zur Hälfte Inder, kennst nun hier die Probleme, bist dabei aber gleichzeitig eine neutrale Person. Wenn du dich dafür einsetzt, wird man dir eher glauben als einem Fremden, der mit dem allen überhaupt nichts zu tun hat.“

„Das ist eine große Aufgabe. Ich weiß nicht ob ich das kann. So viel Verantwortung hatte ich noch nie.“

„Du wirst das schaffen. Ich glaube fest an dich.“ Ashwara griff nach Patricks Händen und drückte sie. Dann stand sie auf und gab ihm einen Kuss auf die Stirn. Patrick war verwirrt. Er wusste nicht so recht, was er von dem Angebot halten sollte. Was hätte er davon? Er hätte gern seine Tante danach gefragt, aber sie war so glücklich über ihre Idee, dass er keine Diskussion über seine privaten Belange beginnen wollte. Dafür müsste er einen besseren Zeitpunkt abpassen.

„Ich muss darüber nachdenken.“

„Natürlich, nimm dir alle Zeit der Welt. Wir

fahren nachher zur Mission. Die frische Luft am See wird gut für dich sein und du hast Ruhe um nachzudenken. Ich habe dann einen Termin. Ein Architekt will mit mir sprechen. Wenn ich ihn richtig verstanden habe, dann ist er ein Freund von Satif und Vikash. Ich bin gespannt was er will. Vielleicht wird er schon ein erster neuer Unterstützer."

„Mmh", Patrick war in Gedanken versunken und hatte am Ende nicht mehr richtig zugehört. Nur bei Satifs Namen schaute er kurz auf. Das war noch so eine Baustelle, die er unbedingt in Ordnung bringen musste. Er brauchte den Scheck und zwar schnell.

Etwa eine Stunde später fuhren sie mit einem Taxi zum Man Sagar See. Ashwara wurde freudig von einer Gruppe Mädchen begrüßt, die im Hof mit Murmeln spielten. Mit großen Augen schauten sie Patrick an. In der Mission gab es selten Männerbesuch. Außer dem Lehrer und Satif, der ab und zu vorbeischaute, waren sie immer nur von Frauen umgeben und allen Fremden gegenüber sehr skeptisch. Sie räumten ihre Spielsachen zusammen und verzogen sich ins Haus. Ashwara ging zu einer Nonne, die neben der Eingangstür stand und ein wachsames Auge auf die Mädchen hatte. Die beiden Frauen sprachen kurz miteinander, dann winkte Ashwara Patrick zu sich.

„Das ist Mutter Barbara, sie hat hier die Oberaufsicht. Wenn du etwas brauchst, kannst du dich jederzeit an sie wenden."

Die Schwester schaute Patrick streng an. Er konnte sich schon denken, was gerade in ihrem Kopf vorging und er nahm sich vor um die Frauen in ihren weiß-blauen Gewändern einen Bogen zu machen. Erstmal folgte Mutter Barbara aber den Kindern ins Haus. Sie wollte sicherstellen, dass die Mädchen pünktlich beim Nachmittagsunterricht erschienen.

Shari hatte das Treiben im Hof von ihrem Fenster aus beobachtet. Da Patrick mit dem Rücken zu ihr stand, fuhr er erschrocken zusammen, als sie rief:

„Schön dich zu sehen", und wie Ashwara schon am Morgen, stellte auch Shari fest: „Du siehst schon wieder viel besser aus."

Patrick konnte das nicht so glauben, denn er fühlte sich zwar etwas besser, aber auch noch nicht wieder ganz in Ordnung. Im Moment hätte er sich gern in irgendeine Ecke gelegt und geschlafen. Shari, die inzwischen neben ihm stand, schien seine Gedanken zu erraten: „Willst du dich etwas ans Wasser setzen? Dort ist es kühler und es weht immer etwas Wind."

Sie holten einen Stuhl aus dem Vorraum und Shari nahm noch eine Decke und ein Sitzkissen mit.

„Eine Decke brauch ich nun wirklich nicht. Wieviel Grad haben wir überhaupt schon wieder?“

„So um die 35. Ich nehme sie aber trotzdem mit.“

Seitdem saß Patrick am See und beschäftigte sich mit Nichtstun, während Shari unterwegs war. Irgendwann hatte er ein Auto gehört und gehofft, sie sei wieder mit seinen Sachen zurück. Aber es war nicht Shari sondern Sandeep. Damit kündigte sich neues Unheil für Patrick an, von dem er aber noch gar nichts ahnte.

17

Satif hatte nie viel Geduld besessen und nun, wo er endlich Ashwaras Unterschrift in der Tasche hatte, wollte er mit seinem Millionenprojekt anfangen. Die Idee geisterte ihm schon seit Jahren durch den Kopf. Eigentlich schon von dem Moment an, als sein Vater ihn als Jugendlicher zum ersten Mal mit zum See genommen hatte. Er sah das Grundstück und wusste, dass er eine riesige Goldgrube vor sich hatte. Man musste nur zugreifen. Seine Eltern wollten oder konnten dieses Potential scheinbar nicht sehen. Ganz im Gegenteil, sie pumpten immer mehr Geld in diese Gören, die am Ende doch nur auf der Straße landen würden. Aber jetzt hatte sich das Blatt für Satif Madan gewendet.

Schon an dem Abend, als Satif von Ashwara wieder zurück in seinem Haus war, hatte er angefangen Pläne zu machen und mögliche Geldgeber für eine Co-Finanzierung zu finden. Als erstes mussten die ärmlichen Hütten weg und dann konnten dort große Appartement-Häuser gebaut werden, mit Terrassen und Dachgärten und alles mit Seeblick. Dazu noch die Lage an den Bergen, die über die Mittagszeit ihre langen Schatten auf die Uferseite warfen und damit eine wohltuende Kühlung brachten. Satif musste nicht lange suchen. Kaum einer konnte dazu nein sagen. Er verfasste eine Mail und zitierte Sandeep zu sich.

Der junge Architekt, der gut in der Stadt vernetzt war, hatte bereits Gerüchte gehört, dass sich etwas Großes anbahnte. Einer seiner Partner hatte die Fühler ausgestreckt und erfahren, dass Satif Madan dahinter steckte.

„Er ist doch ein Freund von dir, vielleicht können wir den Auftrag bekommen?"

„Nein, das ist nur ein Gerücht. Ashwara Sharma würde nie das Grundstück am See aufgeben."

„Meine Quellen sind aber zuverlässig."

„Das mag sein, ich glaube trotzdem nicht daran."

Sandeep fuhr an diesem Morgen wie jeden Tag in sein Büro, trank einen Kaffee (eine Unart, die er sich während seines Studiums in Europa angewöhnt hatte) und checkte seine Mails. Satif hatte ihm mitten in der Nacht geschrieben. Seine Mail war die erste im Posteingang. Der Betreff: „Ein kleines Dankeschön für die Hilfe mit Patrick Arun" machte ihn neugierig. Doch als Sandeep den Inhalt las, glaubte er seinen Augen nicht zu trauen. Satif berichtete wortreich von eben dem Bauprojekt am See, um das sich die Gerüchteküche rankte. In einer zweiten Mail, die Satif direkt hinterher geschickt hatte, wurde er konkreter:

„Ich habe ein Mega-Projekt am Start, draußen am Man Sagar See. Ich will dich dabei haben. Es ist aber alles noch in der Anfangsplanung, also behandle nachfolgendes Diskret: Ashwara Sharma hat mir das Missionsgrundstück übertragen und vorgestern den Vertrag unterschrieben und ich habe das angrenzende Gelände beim Tempel gekauft. Ich stelle mir dort vier oder fünf Appartement-Häuser vor. Vielleicht mit fünf oder sechs Stockwerken. Es wäre toll, wenn du einen Entwurf machen könntest. Die Finanzen sind geklärt, der Rahmen ist nach oben offen."

Als Sandeep das las, verschluckte er sich an seinem Kaffee.

„Die Gerüchte stimmen also...", murmelte er. Sein Bauchgefühl sagte ihm aber, das an der Geschichte etwas faul sein musste. Er griff zum Telefon und rief bei Ashwara an, dann ließ er alles stehen und liegen und machte sich quer durch die Stadt auf den Weg zum See. Unterwegs begegnete er Shari in ihrem alten Transporter. Er blinkte auf und stoppte.

„Hallo, ich bin gerade auf dem Weg zu euch.

Ist Ashwara da?“ Durch die Madans waren Satifs Freunde in der Mission gut bekannt und auch Sandeeps Eltern gehörten zu den regelmäßigen Unterstützern.

„Hey, ja, sie ist eben angekommen. Was gibt es denn?“

Sharis letzte Worte hörte Sandeep schon gar nicht mehr. Er hatte das Gaspedal voll durchgetreten und raste auf der Uferstraße weiter. Shari wunderte sich über sein Verhalten, da sich hinter ihr aber schon eine lange Schlange gebildet hatte und die ersten anfingen zu hupen, fuhr sie weiter.

Mit quietschenden Reifen fuhr Sandeep in den Missions-Hof. Er legte eine Vollbremsung hin, so dass man deutlich die Reifenspuren im Kies erkennen konnte. Durch seinen rasanten Auftritt, musste Sandeep nicht lange nach Ashwara suchen. Sie stand bereits am Fenster und schaute missbilligend auf die schwarze Limousine, die da plötzlich vor ihrem Haus stand. Im ersten Moment hatte sie Satif im Verdacht, für den so ein Auftreten nicht ungewöhnlich war. Umso erstaunter war sie, als Sandeep aus dem Auto stieg und auf sie zueilte.

Der junge Architekt war vollkommen fertig und außer Atem, als er endlich in dem kleinen Büro saß. Ashwara reichte ihm ein Glas Wasser, während er stockend berichtete.

„Ich habe Satif Madan mit Sicherheit nicht das Grundstück übertragen. Das muss er geträumt haben.“

„Das dachte ich mir auch, aber er schreibt, es gäbe einen Vertrag. Die Gerüchte halten sich ja auch schon seit einigen Tagen.“

„Nein, so etwas gibt es nicht. Ich habe Satif schon eine Weile nicht mehr gesehen.“

„Der Abschluss soll vorgestern gewesen sein“, Sandeep hielt Ashwara die Mail unter die Nase und zeigte auf den Satz. Dann schaute er selbst noch einmal auf das Blatt und sagte: „Ach nein, die Mail ist noch gestern abgeschickt, also vor drei Tagen.“

Ashwara setzte sich geschockt auf ihren Schreibtischstuhl. In letzter Zeit war so viel passiert, dass sie sich gar nicht mehr an alles erinnern konnte.

„Er war bei mir im Haus, um meinen Neffen zu besuchen. Dem armen Jungen ging es nicht besonders. Wenn ich es mir recht überlege, war Satif sogar zweimal da. Er hatte Unterlagen von seiner Mutter dabei.“

„Haben sie sich die Sachen angesehen?“

„Natürlich. Ich unterschreibe nie etwas, ohne es nicht vorher gelesen zu haben.“

„Dann verstehe ich das nicht.“

„Ich auch nicht, das können sie mir glauben.“

„Ich habe unterwegs kurz telefoniert, die Nebengrundstücke sind tatsächlich verkauft. Es spricht alles dafür, dass er das Projekt wirklich umsetzen will."

„Das kann er gleich wieder vergessen. Wo sollen denn die Mädchen hin? Ohne dieses Hilfsprojekt hätten sie keinerlei Zukunftsperspektive und würden auf der Straße landen."

„Bei Satif klingt es so, als ob das so oder so passieren würde."

„Natürlich gibt es immer schwarze Schafe. Aber wissen sie, wieviele einen Beruf erlernt haben und jetzt ein gutes Leben führen?" Ashwara war wieder aufgestanden und lief vorm Fenster auf und ab, wie ein Tiger im Käfig.

„Ich glaube ihnen ja, das Problem ist nur, dass Satif irgend etwas in der Hand zu haben scheint und danach würden sie alles verlieren."

„Das darf auf gar keinen Fall passieren. Ich rufe ihn an."

„Nein, tun sie das nicht. Dann weiß er sofort, dass ich es ihnen gesagt habe."

„Ich kann aber nicht so tatenlos hier sitzen."

„Das müssen sie auch nicht. Geben sie mir nur bis heute Abend Zeit. Ich rede mit Satif und versuche Einzelheiten zu erfahren. Vielleicht bringe ich ihn dazu, dass er mir diesen Vertrag mal zeigt."

„Das wäre wirklich gut. Bestimmt ist die Unterschrift darauf gefälscht. Anders kann es gar nicht sein."

„Ich melde mich bei Ihnen und ich würde ein paar alte Anwaltsfreunde meines Vaters kontaktieren. Ich bin mir sicher, dass sie ihnen helfen werden."

„Ich weiß gar nicht, wie ich ihnen danken soll. Sie sind unsere Rettung. Ich weiß nicht, was sich Satif nur dabei gedacht hat. Seine Familie unterstützt uns schon so lange. Seine Mutter ist unsere größte Förderin."

„Satif ist anders als seine Eltern. Sie geben gern von dem ab, was sie erarbeitet haben. Satif nicht, er will immer noch mehr."

„Und da ist er nicht der Einzige!" Shari stand plötzlich in der Tür. Ihr Gesicht war hochrot und sie schäumte vor Wut. Sie war wie eine Verrückte von Patricks ehemaligen Hotel zur Mission zurückgefahren. Ganz dienstbeflissen hatte ein junger Mitarbeiter ihr den Karton mit den Sachen aus dem Safe gezeigt. Shari hatte zwar keine Ahnung, was Patrick dort alles drin hatte, sie hörte sich trotzdem die kurze Rede des Mannes an und ließ sich alles zeigen. Zuerst beförderte er den Schmuck aus dem Karton. Es war eine wunderschöne Smaragdkette mit passenden Ohrringen, einem Ring und einem Armband. Shari stockte der Atem, als sie die Juwelen sah. Sie mussten einer Königin oder zumindest einer Prinzessin gehören, so wertvoll sahen sie aus. Dann holte der Mitarbeiter ein paar Bündel Geldscheine heraus. Insgesamt mussten es um die tausend Pfund sein. Zu guter letzt kam der Scheck über 50.000 Pfund von Satif zu tage. Shari wusste nicht, was sie dazu sagen sollte. Sie kannte Satif nicht gerade als Menschenfreund, der andere großzügig beschenkte. Warum sollte er Patrick nur so viel Geld geben? Ihr kam die Sache komisch vor und sie machte sich sofort auf den Rückweg. Im Flug, auf dem Weg zu Ashwaras Büro, hatte Shari ein paar Gesprächsfetzen mitbekommen. Nun war ihr alles klar:

„Patrick war es. Er steckt mit Satif unter einer Decke, platze es aus ihr heraus."

„Warum sollte er das tun? Er hat doch gar keinen Grund dafür."

„Aus Rache vielleicht, weil du alles erbst und nicht er. Als wir auf der Festung waren, hat er mir selber erzählt, wie verzweifelt er ist." Shari legte den Scheck auf den Tisch. Ashwara betrachtete das Stück Papier kopfschüttelnd und auch Sandeep warf eine Blick darauf, dann meinte er:

„Ich kenne zwar die ganzen Hintergründe nicht, aber wenn dieser Patrick für seine Rache nur 50.000 Pfund kassiert, dann hat er ein schlechtes Geschäft abgeschlossen."

„Das stimmt, das ist kein Gegenwert."

„Egal, er war es. Das war sein einziges Ziel, seit er hier angekommen ist."

„Shari, du übertreibst maßlos. Woher hätte Patrick wissen sollen, dass er hier auf Satif trifft und dieser Interesse an dem Grundstück hat?"

„Trotzdem, ich bleibe dabei und ich werde es jetzt Patrick sagen."

„Shari, das wirst du nicht. Wir reden gemeinsam mit ihm, ruhig und sachlich."

Bei Shari war es dafür zu spät, sie kochte vor Wut. Sandeep wollte sich diskret zurückziehen. Die Sache lief ihm zu sehr aus dem Ruder. Als er sich heimlich an den beiden Frauen vorbeischleichen wollte, packte Shari ihn am Arm.

„Du bleibst hier", zischte sie ihn an.

„Lasst mich da raus, bitte." Sandeeps Stimme klang fast flehend, als er versuchte sich aus Sharis Griff zu befreien.

„Sandeep, sie sind der einzige, der Beweise hat", bat Ashwara. Sandeep hob kapitulierend die Arme und setzte sich auf die Kante des Schreibtischs.

18

Shari hatte das Büro verlassen und eilte in Richtung See. Ashwara folgte ihr. Sie wollte nicht, dass Shari Patrick direkt mit der Nachricht überfiel. Sie wollte selber mit ihm reden.

Patrick hatte sich in den Stuhl gekuschelt und die zusammengefaltete Decke zwischen Schulter und Stuhllehne geklemmt. So war er eingeschlafen. Als plötzlich jemand unsanft an seiner Schulter rüttelte, sprang er hoch, als hätte ihn eine Giftschlange gebissen. Mina stand neben ihm.

„Du bekommst gleich richtig Ärger."

„Was?" Patrick musste sich erstmal orientieren, wo er überhaupt war. Eben hatte er noch von seinen Eltern geträumt, wie seine Mutter an seinem Bett saß, als er krank war und als sein Vater ihm Fahrradfahren beigebracht hat.

„DU BEKOMMST ÄRGER", sagte Mina noch einmal und betonte dabei jeden einzelnen Buchstaben.

„Was willst du von mir? Ich weiß das du mich

nicht leiden kannst, also lass mich in Ruhe."

Mina zog eine Schnute: „Ich wollte dich nur warnen, selber schuld, wenn du nicht auf mich hörst. Aber Shari wird gleich da sein."

„Wer hier Ärger bekommt, bist du, weil du nicht in der Schule bist.

„Ach, daran sind die gewöhnt." Mina setzte sich auf Patricks Stuhl. Sie zog die Beine an und stützte ihr Kinn auf die Knien. Sie hatte sich so gedreht, dass sie in Richtung Haus blicken konnte. Sharis leuchtend gelbes Kleid tauchte zwischen den Bäumen auf und an ihrem Gesichtsausdruck konnte man schon sehen, dass es gleich ungemütlich würde.

Patrick schaute Mina triumphierend an: „Siehst du, du wirst Ärger bekommen."

Mina drehte sich zu ihm um und blickte genauso triumphierend. „Nee, ich nicht..."

„Patrick, komm sofort ins Haus", rief Shari, als sie noch etwa zwanzig Meter von Patrick und Mina entfernt war. Mina bekam einen Lachanfall, als sie sah, wie Patrick in sich zusammensank. Shari richtete ihre Aufmerksamkeit auf das Mädchen:

„Was machst du hier? Ab in den Unterricht!"

„Ok, das ist ein unentschieden", grinste Mina und rannte weg.

Patrick wusste nicht so recht, wie er auf Shari

reagieren sollte. Er konnte sich beim besten Willen nicht vorstellen, was er falsch gemacht hatte. Sie war ja noch gar nicht so lange weg gewesen. Was konnte in der kurzen Zeit nur passiert sein? Patrick musste nicht lange auf eine Antwort warten. Shari pfefferte es ihm direkt ran:

„Du hast deine Seele verkauft."

„Ich habe was? Wovon redest du?"

„Shari", rief Ashwara. Sie stand plötzlich hinter ihnen, „Das wollen wir jetzt nicht hier besprechen, sondern im Haus. Ohne weitere Zuhörer."

Patrick schaute sich um. An den Fenstern der umliegenden Häuschen hatten sich sowohl Nonnen als auch Kinder versammelt und interessiert die Ereignisse am beobachtet.

Shari stapfte wutschnaubend davon, Ashwara folgte ihr, allerdings nicht ohne einen bedauernden Blick auf ihren Neffen zu werfen. Patrick trottete hinter den Frauen hinterher. Er war verwirrt.

Sandeep wartete noch immer in Ashwaras Büro. Durch das Fenster sah er die kleine Gruppe auf das Gebäude zukommen. Kurz zuvor war schon ein Mädchen aus Richtung See zum Haus gerannt und im Inneren verschwunden.

Als erste traf Shari in dem Zimmer ein. Sie stellte sich neben Sandeep und wartete mit verschränkten

Armen auf die anderen. Ashwara setzte sich hinter den Schreibtisch, so dass die drei wie ein Tribunal vor Patrick standen. Er fühlte sich wieder in Schulzeiten zurückversetzt, nur diesmal schien alles viel schlimmer zu sein.

Shari rührte sich als erstes und knallte ihm den Scheck vor die Nase.

„Was ist das?“ fragte sie herausfordernd.

Er nahm den Scheck in die Hand und antwortete zögerlich: „Das siehst du doch.“

„Ich will es aber von dir hören!“

„Shari, bitte reiß dich zusammen“, ermahnte Ashwara sie und an Patrick gewandt sagte sie: „Kannst du uns bitte erzählen, wieso Satif Madan dir einen Scheck über 50.000 Pfund ausgestellt hat?“

„Naja, also ...“

„Siehst du, Ashwara, er kann es uns nicht sagen, oder er will nicht.“

„Shari“, ermahnte Ashwara wieder, „lass bitte Patrick reden. Sonst kannst du nach draußen gehen und zusammen mit Mina an der Tür lauschen.“

Shari schnappte nach Luft, sagte aber keinen Ton mehr. Patrick hatte die kurze Pause genutzt und den Fremden beäugt. Der junge Mann schien etwa in seinem Alter zu sein. Er trug einen maßgeschneiderten Anzug und eine auffällige Uhr. Er schien aus ähnlich guten Verhältnissen zu stammen wie Satif, nur trug er es nicht ganz so auffällig zur Schau. Über seine Gedanken, hatte Patrick das eigentliche Thema ganz vergessen. Er merkte erst nach einer kleinen Ewigkeit, dass keiner mehr etwas sagte und alle ihn anschauten. Er atmete tief ein und begann zu erzählen:

„Satif hatte mir ein Geschäft vorgeschlagen. Ich sollte ihm bei etwas helfen und dafür war der Scheck als Anzahlung gedacht. Aber dann kam ja der ... der Zusammenbruch und damit blieb das alles auf der Strecke. Als Satif gestern da war, wollte er den Scheck zurück haben. Ich konnte ihm den aber nicht geben, weil er ja noch im Hotel war."

„Ist das wirklich alles?" fragte Ashwara. Sie klang ruhig und sachlich, aber das fand Patrick beinahe noch bedrohlicher als Sharis aufbrausende Art.

„Ich glaub ihm kein Wort", zischte Shari. Der Fremde gab den Frauen ein Zeichen, dass sie sich beruhigen sollten und ergriff dann das Wort:

„Um was für ein Geschäft hat es sich denn dabei gehandelt?"

„Im Endeffekt war es wohl ein Bauprojekt, aber so genau weiß ich das nicht. Satif war da sehr vage."

Shari schnappte nach Luft, aber Sandeep antwortete schneller. „Aber wenn er ihnen nichts weiter gesagt hat, was sollten sie dann tun?"

„Er wollte Tante Ashwaras Zustimmung, weil er hier an dem Nachbargrundstück interessiert ist. Aber er hat das dann wohl selbst geklärt…"

„Blödsinn!" fiel ihm Shari ins Wort.

„Ist das wirklich alles, Patrick?" Ashwara wirkte noch immer sehr gefasst, aber Patrick ahnte, dass dieser Eindruck trügte.

„Ja, wenn ich es doch sage!"

„Nun, wie es aussieht, handelt es sich um einen großen Schwindel", erklärte Sandeep in sachlichem Ton. Patrick schaute ihn verwirrt an.

„Satif will also gar nichts bauen?"

„Oh doch, dass will er. Aber hier, auf dem Grundstück der Mission."

„Das geht doch gar nicht. Da würdet ihr doch nie zustimmen."

„Da hast du vollkommen recht. Aber wie es aussieht, habe ich das trotzdem getan. Allerdings ohne davon zu wissen."

„Satif hat deine Tante hereingelegt und du hast ihm dafür Tür und Tor geöffnet", schimpfte Shari. Ihr wurde es in dem Büro zu warm. Das Zimmer war zu klein für so viele Leute und ihr fehlte die Luft zum Atmen. Sie stürmte nach draußen, schmiss die Tür zu und rannte dabei fast Mina um.

„Was machst du hier? Du solltest doch im Unterricht sein."

„Ach, das hat jetzt auch keinen Sinn mehr. Schau

doch mal auf die Uhr. Es ist gleich Schluss."

Shari gab nichts auf das was Mina sagt. Sie griff nach dem Arm des Mädchens und brachte sie zur Schule.

In Ashwaras Büro wurde die Stimmung nach Sharis Fortgang nicht besser. Seine Tante sah Patrick mit kalten Augen an. Er war sich immer noch nicht sicher, was er nun verbrochen hatte, aber ihm war klar: Hier hatte er nichts mehr zu suchen. Ein Gespräch über das Erbe war nun vollkommen überflüssig geworden. Sie würde ihm ja doch nicht mehr zuhören. Patrick wollte aufstehen und das Büro verlassen, dann ergriff Ashwara wieder das Wort: „Wo willst du hin. Wir sind noch nicht fertig."

Patrick reichte es langsam. Warum behandelte ihn jeder wie ein Kind? Das warf er nun auch seiner Tante an den Kopf.

„Ganz einfach, weil du dich so benimmst. Du kannst nicht auf dich aufpassen, handelst impulsiv und deine Taten ziehen schreckliche Konsequenzen nach sich."

„Aber für das was Satif tut, kann ich doch nichts."

„Du hättest mit mir reden können. Ehrlich sein. Aber du hast dich verkauft, für einen Scheck über 50.000 Pfund."

„Von dem hab ich doch nichts. Ich hab doch gesagt, dass Satif den wiederhaben will."

„Keine Angst, den Weg nehm ich dir ab." Ashwara zerriss den Scheck. „Sandeep, sie sind mein Zeuge."

„Ich werde zu Satif fahren und mit ihm reden. Das ist bestimmt alles nur ein Missverständnis", Patrick klammerte sich an den letzten Strohhalm, der ihm noch blieb.

„Das ist es nicht. Ich bin Architekt und Satif hat mich schon mit einem Bebauungsplan beauftragt und ich werde mich nachher mit ihm treffen und versuchen ihm diesen Irrsinn auszureden."

„Da komme ich mit", warf Patrick ein.

„Nein, es wäre besser, wenn sie die Stadt dann schon verlassen haben. Satif wird sehr wütend werden."

„Sandeep, was denken sie ist besser, wenn sie allein mit Satif reden oder wenn ich dabei bin."

„Ich gehe erstmal allein hin. Er soll nicht wissen, dass sie die Pläne kennen. Ich habe vorhin schon einen Anwalt angerufen. Er kommt heute noch hier her. Wenn Satif wirklich einen Vertrag hat und ihre Unterschrift echt ist, muss das juristisch geklärt werden. Aber keine Angst, jeder Vertrag lässt sich anfechten. Das habe ich von meinem Vater gelernt. Wenn sie vor Gericht gehen, dann kann sich das ganze Bauprojekt noch um Jahre verzögern. Wer weiß ob Satifs Geldgeber da mitspielen."

„Wie soll ich denn das bezahlen. Ein Prozess kostet viel Geld."

„Du hast doch Vaters Erbe. Du musst es nur annehmen und alle deine finanziellen Probleme sind gelöst", sagte Patrick niedergeschlagen.

„Du weißt das ich andere Pläne mit dem Geld habe. Ob Satifs Mutter noch so viel Einfluss auf ihren Sohn hat, um ihm das auszureden?"

„Das weiß ich nicht. Ich glaube sie haben nicht den engsten Kontakt. Aber wenn sie ihnen zuhört und ihre Geschichte glaubt, kann sie auf alle Fälle Maßnahmen ergreifen. Satif lebt ja vor allem von ihrem Geld."

Sandeep hatte sich langsam in Richtung Tür zurückgezogen. Ihm saß die Zeit im Nacken und er musste ja noch quer durch die Stadt fahren, um zu Satif zu kommen.

Als Patrick und Ashwara allein im Zimmer waren, stand seine Tante auf und legte Patrick eine Hand auf die Schulter.

„Junge, ich weiß, dass du in den letzten Monaten viel durchgemacht hast und dass du das nicht aus böser Absicht getan hast. Trotzdem fällt es mir schwer dir zu vertrauen. Ich hätte dich gern in die Stiftung mit einbezogen und dir aus deinen finanziellen Schwierigkeiten geholfen, aber du wirst sicher verstehen, dass das angesichts der Ereignisse nicht geht."

„Natürlich", antwortete Patrick leise. Er hatte den Kopf gesenkt und wäre am liebsten im nächsten Loch verschwunden.

„Ich glaube es wäre das beste, wenn du Jaipur verlässt. Du kannst vorerst in der Wohnung deiner Eltern bleiben, da habe ich nichts dagegen."

„Dann wars das also. Ich packe meine Sachen und reise ab", Patrick stand auf und schlich aus dem Zimmer. Ashwara wollte noch etwas sagen, er hörte wie sie seinen Namen rief, aber er drehte sich nicht noch einmal um.

19

Auf dem Weg aus dem Büro fiel Patrick mit Schrecken ein, dass er ja gar keine Möglichkeit hatte um in die Stadt zu kommen. Für einen Spaziergang um den See fühlte er sich eigentlich noch zu schwach. Aber noch einmal zurückgehen und um Hilfe bitten? Niemals! Diese Demütigung wollte er sich nicht antun. Doch als Patrick aus dem Haus trat, sah er, dass Sandeeps Auto noch da stand.

„Wollen sie mitfahren?" rief Sandeep Patrick aus dem geöffneten Seitenfenster zu.

Patrick blieb überrascht stehen. Damit hatte er nicht gerechnet. „Das wäre furchtbar nett." Sandeep machte eine Kopfbewegung in Richtung Beifahrersitz.

Schweigend verließen sie das Gelände der Mission und fuhren die Uferstraße entlang. Patrick war die Stille unangenehm. Der Fremde, der da neben ihm saß, war während der ganzen Zeit im Büro am sachlichsten geblieben und Patrick hätte ihm gern erklärt, wie es überhaupt so weit kommen konnte.

Es dauerte noch eine ganze Weile, bis Patrick sich traute und das Wort ergriff: „Ich wollte nur sagen, dass ich das wirklich nicht mit Absicht getan haben. Ich würde meiner Tante nie etwas Böses tun wollen. Es war immer nur von den Nachbargrundstücken die Rede."

„Satif ist rücksichtslos, er geht über Leichen, wenn er damit schneller ans Ziel kommt. Entschuldigen sie, wenn ich das so direkt sage, aber er hat nur einen Dummen gesucht, der ihm das Tor zur Mission öffnet. Bei ihnen ist er fündig geworden."

„Ja, so ist es wohl. Ich war sein perfektes Opfer."

„Seien sie froh, dass sie es nicht waren, der ihrer Tante das Dokument zur Unterschrift untergeschoben hat. Dann wären sie in einer viel schlimmeren Situation."

„Das stimmt, aber es ist nur ein schwacher Trost."

„Mit mehr kann ich ihnen nicht dienen. Kopf hoch, ich kenne gute Anwälte, die das sicher wieder gerade biegen können. Es wird seine Zeit dauern, aber irgendwann ist Gras über die Sache gewachsen. Sie müssen nur Geduld haben, dann wird sich auch das Verhältnis zu ihrer Familie wieder bessern."

„Geduldig zu sein war nie meine Stärke. Aber das ändert jetzt auch nichts mehr", Patrick starrte gedankenverloren aus dem Fenster. Sie waren inzwischen an der Altstadt angekommen und bis zu ihrem Ziel war es nicht mehr weit. Die beiden Männer sagten kein Wort mehr.

Sandeep stoppte vor Ashwaras Haus. Patrick bedankte sich, stieg aus und ging dann zum Eingang. Auf dem Treppenabsatz drehte er sich noch einmal um und schaute Sandeep nach, wie dieser davonfuhr. Zuletzt hatte Sandeep ihm noch versprochen mit Satif zu reden und zu versuchen, die ganze Sache rückgängig zu machen. Falls Satif nicht darauf eingehen sollte, gäbe es noch andere Mittel und Wege…

Patrick ging nach oben in sein Zimmer. Er packte schnell seine Sachen zusammen. Patrick wollte weg sein, bevor Ashwara oder Shari zum Haus kommen würden. Er wollte ihnen nicht begegnen, nie mehr. Wütend warf er seine Kleidung in den Koffer. Sie landeten dort ähnlich zerknittert, wie bei seiner Abreise aus London. Er klappte den Koffer zu und eilte die Treppe hinunter. Im Vorraum blieb er stehen. Patrick hielt den Hausschlüssel in der Hand, den er erst am Morgen von Ashwara bekommen hatte. Was sollte er damit machen? Er schaute sich um und entdeckte ein kleines Tischchen neben der Garderobe. Patrick blickte noch einmal zurück, in

Richtung Speisezimmer und Garten. Wenn er ehrlich zu sich selbst war, hatte er sich hier schon fast heimisch gefühlt. Das Haus war wohnlicher als das Penthouse seiner Eltern, das hatte er in den letzten Tagen gemerkt.

„Es hätte wirklich schön werden können“, murmelte er und zog die Haustür hinter sich zu. Draußen wartete schon ein Uber, den Patrick kurz zuvor gerufen hatte. Bevor das Auto abfuhr, schaute Patrick ein letztes Mal auf das Haus zurück. Über dem Eingang war sein Zimmer, der Vorhang war noch halb vor dem Fenster. Patrick dachte daran, wir er zum ersten Mal in das Haus kam. Das war erst wenige Tage her. Da hatte er noch so viel Hoffnung, das alles gut werden würde. An das zweite Mal, als Patrick hier ankam, konnte er sich nicht mehr erinnern.

20

Das Klingeln eines Telefons hallte durch die leeren Räume der Arunschen Wohnung. Es war mitten in der Nacht und John und Doris hatten erst wenige Stunden zuvor Feierabend gemacht. Nachdem die Pembrocks sie regelrecht überfallen hatten und die Polizei tagelang in der Wohnung war, hatten sie es nun, fast zwei Wochen später endlich geschafft, wieder die alte Ordnung herzustellen und alles an seinen angestammten Platz zurück zu bringen. Die Pembrocks hatten alle anderen Angestellten der Aruns entlassen, so dass die ganze Arbeit an John und Doris hängen geblieben war.

Doris hörte das Klingeln als Erste. Mühsam quälte sie sich aus dem Bett hoch und tastete sich bis zur Tür. Im Korridor reagierte der Bewegungsmelder und nach und nach ging ein Wandleuchter nach dem anderen an. Schlaftrunken wankte Doris bis zum Treppenabsatz, wo das Telefon stand. Sie griff nach dem Hörer und flüsterte:

„Hallo?"

Auch am anderen Ende sagte jemand: „Hallo?"

„Ja, wer ist denn da?", fragte Doris schon mit etwas festerer Stimme.

„Hallo? Verstehen sie mich?" Die Stimme, die aus dem Hörer drang, klang energisch und erinnerte Doris entfernt an ihren früheren Dienstherren.

„Ja, ich kann sie recht gut verstehen."

„Hallo? Die Verbindung ist leider sehr schlecht." Die Unzufriedenheit der Anruferin war nicht zu überhören. Dafür war Doris inzwischen komplett wach geworden.

„Können sie mich denn verstehen? Wer spricht denn da?"

„Hier ist Ashwara Sharma. Können sie mich verstehen?"

„Ja, klar und deutlich. Sind sie DIE Frau Sharma?"

„Wie bitte? Bin ich denn jetzt richtig in London? In der Wohnung von Rangar Arun?"

„Nun ja, ja schon. Aber ich muss ihnen leider mitteilen, dass Herr Arun nicht mehr unter uns weilt."

„Das weiß ich, ich bin seine Schwester. Also bin ich bei ihnen richtig?"

„Oh ja, natürlich. Ich bin Doris, die Hausdame der Familie. Wie kann ich ihnen helfen?"

„Ich wollte gern wissen, ob sich mein Neffe bei ihnen gemeldet hat."

„Master Patrick, nein. Von ihm haben wir schon seit Wochen nichts mehr gehört."

„Ach je …"

John war durch den Lärm wach geworden. Er hatte seine Tür einen Spalt geöffnet und gelauscht. Als der Name Sharma fiel, ging er zu Doris. Er stellte sich so nah wie möglich neben sie, um dem Gespräch zu lauschen. Er schaute sie fragend an, Doris zuckte aber nur mit den Schultern.

„Was ist los? Was ist denn passiert?", fragte Doris entsetzt. Sie hörte Ashwara schwer atmen. In knappen Worten schilderte sie, was in den vergangenen Tagen in Jaipur passiert war. John musste schlucken, als er den Bericht hörte und Doris standen Tränen in den Augen. Sie hatte immer befürchtet, dass so etwas mal passieren könnte.

„Wenn sich Patrick melden sollte, rufen sie mich bitte an. Ich mache mir wirklich Vorwürfe, ich hätte ihn in diesem Zustand nicht gehen lassen dürfen", sagte Ashwara am Ende ihres Berichts.

John nahm Doris den Hörer aus der Hand: „Wer ist denn dieser Satif Madan?"

Für einen Moment war Ruhe am anderen Ende. Schließlich fragte Ashwara: „Wer spricht denn da?"

„Verzeihung, ich bin John, der Butler und so zu sagen die rechte Hand von Herrn Arun."

„Ja natürlich, ich erinnere mich an sie. Wir

haben uns kennen gelernt, als ich in London war."

„Ich weiß...", antwortete John recht barsch. In dem Moment wurde ihm seine heftige Reaktion bewusst und er ergänzte: „Ich meine, ich erinnere mich ebenfalls."

Ashwara erklärte John noch einmal, was sie vor wenigen Minuten schon Doris erzählt und was John am Hörer mit belauscht hatte. Kopfschüttelnd legte er schließlich auf.

Doris hatte aus der Küche zwei Gläser warme Milch geholt und reichte John eines. „Verstehen sie was das alles zu bedeuten hat?"

„In Jaipur muss etwas schreckliches passiert sein. Master Patrick scheint wirklich Schwierigkeiten zu haben."

„Es scheint ihm aber auch nicht gut zu gehen. Ob Master Charly etwas weiß?"

John schaute auf seine Uhr. Es war kurz nach Mitternacht. „Wollen wir ihn wirklich jetzt noch stören?"

„Wie wahrscheinlich ist es, dass er schon schläft oder überhaupt zu Hause ist?"

„Sie haben recht, Doris."

John nahm das Telefon wieder und wählte die Nummer der St. Claires. Er hatte in den vergangenen Wochen so oft dort angerufen, dass er die Zahlenfolge inzwischen auswendig konnte. Er ließ es einige Minuten klingeln, aber am anderen Ende nahm keiner ab.

„Es scheint keiner da zu sein. Ich probiere es morgen früh gleich noch einmal.“ Sie stellten die Milchgläser auf das Telefontischchen und gingen zu ihren Zimmern zurück. Kaum lag John wieder in seinem Bett, hörte er es auf dem Flur klingeln.

„Das kann doch jetzt nicht wahr sein“, murmelte er. John schaltete die Nachttischlampe wieder an und schlug die Bettdecke zurück. Als er aus seinem Zimmer trat, schaute auch Doris aus ihrer Tür.

„Wer kann das sein?“

„Vielleicht wieder Frau Sharma. Möglicherweise hat sie etwas vergessen.“ John erreichte das Telefon als erster und nahm ab. Es war nicht Ashwara Sharma, sondern der Butler der St. Claires. Er hatte schon geschlafen und das Telefon zu spät gehört. Wie Doris vermutet hatte, war Charly nicht da. Er war vor ein paar Tagen auf das Land gefahren, sollte aber bald zurück sein.

„Ich werde ihm ausrichten, dass er sich bei ihnen meldet.“

Die restliche Nacht verlief störungsfrei. Am nächsten Morgen waren John und Doris gerade mit ihren normalen Tagesaufgaben beschäftigt, als es an der Tür klopfte. Charly St. Claire und Anthony Fitzhenry, ein Schulfreund, standen davor und waren in ein hitziges Gespräch vertieft.

„Sires, schön sie zu sehen."

Charly schaute John kritisch an: „Sie hatten angerufen, was gibt es denn?"

John führte die beiden Männer in den Salon. Er bot ihnen einen Kaffee an, aber die beiden lehnten ab.

„Ja, wir hatten vergangene Nacht einen beunruhigenden Anruf aus Indien." John berichtete von Ashwara Sharma und Patricks Problemen.

„Ich konnte diese Frau noch nie leiden", zischte Charly. Er stand auf und ging zu Rangars Hausbar. Es war noch nicht mal zehn Uhr, aber er schenkte sich schon einen großen Whiskey ein.

„Charly, du kennst sie doch gar nicht. Für mich klingt es so, als würde sie nur ihre Interessen wahren. Wir würden auch nichts anderes machen", warf Anthony ein. Er ging zu Charly und nahm ihm die Flasche aus der Hand. Doch statt sich selbst ein Glas einzuschenken, drehte er den Verschluss wieder drauf und stellte die Flasche in den Schrank zurück.

„Anthony, darum geht es nicht. Wenn sie nicht wäre, würde Patrick jetzt nicht tausende Kilometer entfernt in irgendeinem Schlamassel stecken."

„Ok gut, du hast gewonnen", Anthony nahm Charly das Glas aus der Hand und trank den letzten Rest aus.

Charly schüttelte den Kopf. Er drehte sich zu der Bar um, um sich erneut zu bedienen, aber Anthony hatte den Schrank schon verschlossen. Er atmete genervt ein und nahm sein Handy. Er tippte eine Nachricht an Patrick. Es war schon mindestens die zehnte WhatsApp, die er ihm in den letzten Tagen geschrieben hatte und wie er an den grauen Haken sehen konnte, hatte sein Freund keine einzige davon gelesen.

„Irgendwann wird er die Nachrichten mal sehen und sich melden. Das muss er einfach. Normalerweise hält er keine Stunde ohne sein Handy aus“, Charly ließ sein Smartphone in die Jackentasche gleiten und stieß seinen Freund in die Seite: „Komm, Anthony, wir haben heute noch ein bisschen was zu tun.“

21

Mit dem Uber war Patrick schneller am Flughafen als bei seiner Ankunft mit dem Taxi in der Stadt. Patrick steuerte den erstbesten Schalter an und fragte nach Tickets. Er bekam keinen Direktflug nach London. Zuerst ging es für ihn nach Dubai und dann Frankfurt. Patrick war dadurch viel länger unterwegs, aber dafür war das Ticket billiger.

„Naja, es hat auch sein Gutes, da hab ich mehr Zeit zum Nachdenken", schoss es Patrick durch den Kopf. Ihn trieb die Frage um, wie es nach seiner Ankunft weitergehen würde. Patrick hatte sich in die Lounge gesetzt und wartete darauf, dass sein Flug aufgerufen würde. Automatisch begann er nach Zigaretten zu suchen. Erst in den Hosentaschen, dann im Jacket. Sein Handy steckte in der Brusttasche. Er hatte es seit seiner Ankunft in Jaipur nicht mehr in der Hand gehabt. Er schaltete es ein.

„Wahrscheinlich ist der Akku komplett leer",

überlegte Patrick. Mit bangem Blick starrte er auf das Display. Das Akku-Symbol zeigte nur noch einen Strich. Aber um die Nachrichten abzurufen, reichte es noch. Außerdem hatte Patrick zig verpasste Anrufe. Er erkannte die Nummer der Anwaltskanzlei Pembrock. Was wollten die Anwälte seiner Eltern noch von ihm? Es war doch alles klar? Auch aus dem Penthouse hatte man versucht ihn zu erreichen und Charly St. Claire. Die meisten Nachrichten waren ebenfalls von ihm.

„Wo steckst du?"

„Ruf an!"

„Mach bloß keinen Blödsinn und ruf mich endlich an!"

„Ich komm in die Wohnung, du kannst dich nicht ewig verstecken."

„Sie haben keine Leiche aus dem Fluss gezogen, also bist du noch irgendwo da draußen. Melde dich endlich."

„Ok, du hast gewonnen, ich war ein Idiot. Du bist in Not und brauchst Hilfe. Ich mach mir langsam wirklich Sorgen, also melde dich einfach, wir suchen eine Lösung."

Die letzte Nachricht war vor zwei Tagen angekommen. Patrick merkte wie ihm die Tränen in die Augen stiegen. Er überlegte, ob er Charly schnell anrufen sollte, doch in dem Moment wurde sein

Flug aufgerufen. Patrick machte das Smartphone wieder aus und murmelte:

„Nein Charly, du warst nicht der Idiot, ich war es…“

Als Patricks Flugzeug zur Landung in Heathrow ansetzte, hing eine dicke Wolkendecke über London. Während der Zwischenlandung in Dubai hatte Patrick noch einmal die Nachrichten durchgelesen. Inzwischen war eine weitere von Charly angekommen. Patrick überwand seinen eigenen Stolz und schickte eine kurze Antwort, dass er auf dem Rückflug sei und wann er ankommen würde. Er hatte die Hoffnung, dass Charly ihn vielleicht abholen würde. Wenn er nicht da wäre, hätte Patrick ein großes Problem. Der Blick in seine Geldbörse war ernüchternd gewesen. Der größte Teil seiner Reisekasse war für den Rückflug drauf gegangen und nun waren nur noch ein paar Pfund übrig. Die würden vielleicht für einen Kaffee reichen, aber niemals für eine Taxifahrt in die Stadt. Er könnte die öffentlichen Verkehrsmittel nehmen, so wie es viele Leute taten, aber wenn Patrick ehrlich zu sich selbst war, wusste er ohnehin nicht, wo er die nächste Nacht verbringen sollte. Das Angebot seiner Tante, weiter in der Wohnung zu bleiben, wollte er nicht annehmen. Er zog es vor unter dem Radar zu bleiben.

Während Patrick am Gepäckband auf seinen Koffer wartete, ging er in Gedanken seine ganzen Optionen durch. Viele waren es nicht. Er ließ den Koffer einmal an sich vorbeifahren, um noch etwas Zeit zu schinden. Als der Koffer wieder vorbeikam, griff Patrick zu. Er zog den Griff heraus und machte sich auf den Weg zum Ausgang.

In der Halle wartete eine ganze Traube Menschen. Patrick spähte über die Köpfe, ob er ein bekanntes Gesicht sah. Charly war nicht da.

Patrick merkte wie sich die Enttäuschung in ihm ausbreitete: „Du machst dir Sorgen, von wegen."

Patrick zerrte seinen Koffer zur Tür. Der Bewegungsmelder schlug an und die doppelflügelige Tür öffnete sich vor ihm. Plötzlich räusperte sich jemand neben Patrick. Er drehte sich um und sah einen Mann, der einen guten Kopf kleiner war als er selbst.

„Hey, Patrick", sagte der Fremde

„Hallo ...", antwortete Patrick zögerlich.

„Erkennst mich nicht mehr, hä? Naja, kein Wunder, du hast mich ja schon in der Schule nicht beachtet."

„Tut mir leid...", Patrick war verwirrt.

„Anthony, Anthony Fitzhenry. Charly schickt mich. Er hat einen Termin, aber ich soll dich zu seiner Wohnung bringen."

„Anthony ... natürlich ... aus dem Internat. Jetzt wo du das sagst, kommt die Erinnerung wieder“, stammelte Patrick.

Anthony musste lachen. „Ja klar.“ Er hatte mit so einer Reaktion gerechnet. Auch wenn Anthony Patrick nicht glaubte, konnte dieser sich doch düster an seinen ehemaligen Mitschüler erinnern. Anthony war ein Außenseiter gewesen. Der Streber der Klasse, dazu seine Körpergröße und eine dicke Brille und er war nur Stipendiat. Damit war er das perfekte Opfer für all die reichen Jungs wie ihn und Charly. Dass die beiden noch befreundet waren, hatte Charly nie erwähnt.

Zu seiner Ehrenrettung und um Anthony zu überzeugen, sagte Patrick: „Doch doch, du hattest eine Brille. Wo ist die?“

„Ich hab mir die Augen lasern lassen. Ihr hattet damals schon recht. Ich war eine Brillenschlange. Jetzt fühl ich mich viel wohler.“

„Das ist echt toll für dich“, Patrick hätte gern das selbe von sich gesagt, aber ihm kam die ganze Situation einfach nur surreal vor, „ich wusste gar nicht, dass Charly und du noch Kontakt haben.“

„Ach, der ist nie abgerissen. Ich hatte ja schon in der Schule immer seine Hausaufgaben gemacht und an der Uni brauchte er auch hin und wieder Hilfe.“

„Ich verstehe...“, Patrick hatte sich immer

gewundert, wie mühelos Charly durch das Studium kam, obwohl er nie mehr gelernt hatte als er selbst und er hatte eine Bruchlandung nach der anderen erlitten.

„Es war eine gute Gelegenheit das Taschengeld aufzubessern. Jetzt arbeiten wir an einer gemeinsamen Investition."

„Wirklich? Davon hat Charly nie erzählt."

Die beiden Männer traten vor den Flughafen. Kalte, feuchte Luft schlug ihnen entgegen. Während Anthony seinen Mantelkragen nach oben schlug, blieb Patrick kurz stehen und genoss die Nässe auf seiner Haut. Wie sehr er das in den letzten Wochen vermisst hatte!

Anthony drehte sich um: „Alles okay bei dir?"

„Ja, ich finde nur das Wetter ganz wunderbar."

„Hast du zu viel Curry gegessen in Indien oder was ist mit dir los?"

Patrick musste lachen. „Nein, aber du machst dir kein Bild, was für eine Hitze dort war. Selbst im Schatten konnte man es kaum aushalten."

Anthony hörte verwundert zu und zuckte dann mit den Schultern: „Lass uns fahren, mein Wagen wartet gleich da."

Patrick traute seinen Augen nicht. Die Brillenschlage hatte tatsächlich eine Limousine und einen Chauffeur. Wie konnten sich die Zeiten nur so ändern? Der Fahrer nahm Patrick den Koffer ab und nur wenige Minuten später fädelte sich das Auto auf die Auffahrt zur M4 ein. Zügig ließen sie den Flughafen hinter sich. Patrick lehnte sich in den weichen Polstern zurück. Langsam begann er sich zu entspannen und döste etwas weg.

Eine knappe Stunde später hielt die Limousine vor der Stadtvilla von Charlys Eltern. Die St. Claires waren zu dieser Jahreszeit immer in Südafrika, wo Charlys Vater in ein Weingut investiert hatte. Charly nutzte die Zeit, um wieder zu Hause zu wohnen und alle Annehmlichkeiten der elterlichen Villa zu genießen.

Anthony stieg kurz mit aus, um sich von Patrick zu verabschieden. „Charly müsste da sein."

„Kommst du nicht mit rein?", Patrick hatte ein mulmiges Gefühl, nach allem was passiert war, seinem Freund gegenüber zu treten. Mit Anthony als neutralen Puffer an seiner Seite, wäre ihm wohler zu mute. Doch Anthony winkte ab:

„Ich fahr gleich weiter, ich hab noch einen Termin."

„Okay", aus Patricks Stimme war die Enttäuschung deutlich zu hören. „Danke fürs Abholen."

„Nichts zu danken, wir sehen uns", Anthony stieg wieder ins Auto und wartete darauf, dass der Fahrer den Koffer ausgeladen und die paar Stufen bis zur Haustür gebracht hatte. Patrick sah den Rücklichtern des Wagens nach. Es regnete noch immer und langsam wurde ihm kalt. Er wollte klingeln, aber da wurde die Tür auch schon aufgerissen.

„Du bist wirklich wieder da! Ich hab schon gedacht, ich sehe dich nie mehr wieder. Ist alles noch an dir dran?“ Charly ließ Patrick gar nicht zu Wort kommen, sondern fiel ihm glücklich um den Hals.

Nur mit Mühe konnte sich Patrick aus der Umarmung befreien. „Solange war ich doch nun auch nicht weg. Was soll denn in den paar Tagen schon passiert sein?“

„Machst du Witze? Ich kenne alle deine Schandtaten. Außerdem bist du ohne eine Nachricht abgereist und hast auch keine einzige meiner Nachricht beantwortet. Nicht einmal deine Bediensteten wussten etwas.“

„Du klingst wie meine Mutter.“

„Einer muss ja auch auf dich aufpassen...“

Im Eingang hinter Charly wartete ein Diener. Auf Charlys Handzeichen hin, nahm er den Koffer und brachte ihn ins obere Stockwerk.

„Die müssen nicht ausgepackt werden. Da sind nur Sommersachen drin. Ich muss mir erstmal was aus der Wohnung besorgen.“

„Keine Bange, deine Sachen sind hier. Ich war bei dir und hab mit John gesprochen. Du machst dir keine Vorstellung, was in deiner Wohnung los war."

„Das ist nicht mehr meine Wohnung. Sie gehört meiner Tante."

„Nicht so voreilig. Ich glaube ich habe ein Schlupfloch in dem Testament gefunden."

„Das ist sehr nett, aber nach allem was passiert ist, glaube ich nicht, dass das noch etwas nützt."

Sie waren in die Bibliothek gegangen und ein Hausmädchen brachte ohne eine Aufforderung zwei Gläser Whisky. Patrick lehnte mit einer kurzen Handbewegung ab.

„Was ist mit dir los? Haben die etwa eine Gehirnwäsche gemacht?"

„Nein, aber ich habe gemerkt, dass ich mit meinem Leben nicht so weitermachen kann. Ich hätte lieber einen Tee, wenn es nicht zu viele Umstände macht."

Das Mädchen nickte und verschwand in die Küche. Kurz darauf kam sie mit einem Tablett wieder, auf dem eine Teekanne, zwei Tassen und eine Schale Gebäck standen. Sie schenkte Patrick ein.

„Patrick Arun, ich mache mir wirklich Sorgen. Wann hast du das letzte Mal freiwillig Tee getrunken?"

„So schlecht ist das gar nicht und man hat wesentlich seltener Kopfschmerzen als von Whisky oder Wodka."

Als das Mädchen wieder verschwunden war, berichtete Patrick von seinem Ausflug nach Jaipur und von dem Schlamassel mit Satif.

„Da hast du dir aber was Schönes eingebrockt", stellte Charly am Ende kopfschüttelnd fest.

„Dieser Sandeep war recht zuversichtlich, dass sich das klären lässt und Satif nicht damit durchkommt. Aber was wenn doch... Charly, ich habe gesehen, was bei diesem Hilfsprojekt für die Kinder getan wird. Sie würden alle auf der Straße leben und wahrscheinlich nie das Erwachsenenalter erreichen. Mit Vaters Geld könnte da noch viel mehr Kindern und Jugendlichen geholfen werden. Und nun brauchen sie es wahrscheinlich für den Rechtsstreit oder wie auch immer die das dort lösen."

„Das verstehe ich ja alles. Aber dieser Typ kann doch nicht damit durchkommen, dass deine Tante ihm das Grundstück einfach überschreibt. Wer glaubt das denn?"

„Du hast recht. Das habe ich mir noch gar nicht überlegt."

„Gib mir ein bisschen Zeit, ich recherchiere das. Falls die nicht selber schon eine Lösung gefunden haben, schauen wir mal, was wir von hier aus machen können. Du solltest auf alle Fälle mal mit John und Doris reden und mit diesem Anwalt, Ward.

Glaub mir, deine Zukunft sieht bei weitem nicht so schlimm aus, wie du jetzt denkst."

„Ich möchte dir ja gern glauben, aber im Moment fällt mir das echt schwer."

„Kein Wunder, du warst stundenlang unterwegs und hast wahrscheinlich kaum geschlafen. Komm, ich zeig dir dein Zimmer und das Mädchen kann dir die Badewanne einlassen. Nach einem schönen entspannenden Bad wirst du dich besser fühlen und morgen früh sieht die Welt auch wieder freundlicher aus."

Patrick musste Charly recht geben. Er fühlte sich furchtbar. Er griff noch einmal in die Gebäckschale und folgte dann Charly in das obere Stockwerk.

22

Als Patrick am nächsten Morgen wach wurde, schien die Sonne. Ein seltener Anblick für Ende Oktober in London. Patrick zog die Vorhänge auf und schaute auf eine Allee von Bäumen. Die meisten hatten die Blätter schon abgeworfen. Der letzte Rest, der noch dran war, leuchtete in den schönsten Gelb- und Rottönen. Patrick öffnete eines der bodentiefen Fenster und sog die kalte Luft ein. Wenn er jetzt so auf die Stadt blickte, wurde ihm klar, was er die ganze Zeit vermisst hatte. Jaipur war sicher keine schlechte Stadt und unter Umständen hätte er sich tatsächlich ein Leben dort vorstellen können. Aber was er tatsächlich erlebt hatte, war erst eine Illusion und dann ein Desaster. Das hier war die Realität, war sein Leben.

Patrick schaute in den Schrank, der dem Bett gegenüberstand und entdeckte fast seine komplette Garderobe. Er nahm sich eine Jeans und einen Wollpulli und nach einer warmen Dusche, fühlte er sich wie ein neuer Mensch. Beim Blick auf die Uhr erschrak Patrick: Es war schon nach elf. Er hatte über zehn Stunden geschlafen. Lag es an dem langen Flug, am Jetlag oder steckte ihm die Drogen-Attacke von Satif noch in den Knochen? Wahrscheinlich war es ein bisschen was von allem.

Beim Blick in den Spiegel war Patrick zufrieden. Er sah wieder aus wie er selbst. Er schlenderte langsam die Treppe nach unten in Richtung Esszimmer. Patrick hoffte einem der Angestellten zu begegnen und etwas Essbares zu bekommen. Da aber nirgends ein Mensch zu sehen war, glaubte Patrick schon, er sei allein im Haus. Doch als er am Salon vorbei kam, hörte er plötzlich Stimmen.

Eine der Stimmen gehörte Charly, eine andere Männerstimme glaubte er auch zu kennen, aber Patrick konnte sie aktuell nicht zuordnen. Außerdem schien noch ein dritter Mann dabei zu sein. Die Tür war nur angelehnt und Patrick versuchte etwas durch den Spalt zu erkennen. Doch er konnte sich noch so viel Mühe geben, es war niemand zu sehen.

„Wo stecken die nur?“, fragte er sich.

„Guten Morgen Sir, möchten sie einen Tee oder einen Kaffee?“ Das Hausmädchen war hinter Patrick aufgetaucht, ohne das er es bemerkt hatte. Erschrocken fuhr er zusammen. Statt Reue zu zeigen, dass sie den Hausgast so überfallen hatte, stand das Mädchen nur mit erwartungsvollem Blick da.

„Wo haben die St. Clairs nur so jemanden aufgetrieben? Geschult war das Mädchen bestimmt nicht“, überlegte sich Patrick. Dann ging ihm ein Licht auf. Sie war keine Angestellte, sondern eine von Charlys Auserwählten. Das Mädchen der Stunde, sozusagen.

Charly hatte die Stimmen vor der Salontür gehört und war in den Flur getreten. Er nahm Patrick die Antwort ab: „Tee, für uns alle. Aber ein bisschen Hop!“ Dabei gab er ihr noch einen Klaps auf den Hintern.

Patrick beobachtete die beiden verwundert. „Wo hast du die aufgetrieben?“, fragte er, als die junge Frau hinter der Flügeltür zur Küche verschwunden war.

„In einem billigen Hotel in Soho, frag lieber nicht. Komm, es ist Besuch für dich da.“

Patrick folgte Charly in den Salon, in dem vier Männer saßen. Einer war Anthony Fitzhenry, der ihn am Abend zuvor am Flughafen abgeholt hatte. Gegenüber von Anthony saß ein älterer Herr, den Patrick schon einmal gesehen hatte, er wusste nur nicht wo. Hinter dem Sofa stand John, der Butler seiner Eltern. Als Patrick den Salon betrat, kam John aus der Zimmerecke hervor und ging auf Patrick zu. Ohne Vorwarnung umarmte er Patrick.

„Ich bin so froh sie gesund wiederzusehen. Doris und ich haben uns solche Gedanken gemacht. Gestern rief auch noch Frau Sharma an und fragte ob sie angekommen seien und wir wussten ja von nichts."

„Meine Tante hat angerufen?", stammelte Patrick.

„Aber ja, sie hat sich große Sorgen um sie gemacht. Wir mussten ihr auch versprechen, uns sofort zu melden, wenn wir etwas von ihnen hören. Aber die Zeitverschiebung ..."

Patrick fiel John ins Wort: „Nein, tun sie das bitte nicht", und etwas leiser setzte er hinzu: „Ich glaube nicht, dass sie sich wirklich Gedanken macht. Höchstens um ihr Geld." John schien die Worte nicht zu hören, aber Charly.

„Wir reden später über die Probleme, wenn die anderen weg sind", flüsterte er ihm zu, etwas lauter sagte er: „Stanley Ward kennst du ja." Der ältere Herr stand kurz auf und reichte Patrick die Hand, Anthony nickte nur kurz.

„Ich kann mich nur anschließen und sagen, wie froh ich bin, dass sie wieder da sind", sagte Ward. Bei Patrick kam die Erinnerung langsam wieder. Ward war zusammen mit den beiden Pembrocks in der Wohnung gewesen. Er war der Testamentsvollstrecker.

„Ich bin überrascht sie hier zu sehen, ohne die Pembrocks", Patrick schaute Ward verwundert an.

„Ich arbeite nicht mehr für die Kanzlei. Die Geschäftsmethoden haben mir nicht zugesagt. Naja, um ehrlich zu sein, ich bin rausgeflogen."

„Ward war so freundlich uns über die ganzen Ermittlungsarbeiten auf dem Laufenden zu halten. Ohne ihn hätten wir wahrscheinlich große Probleme bekommen und du auch", erklärte Charly.

„Ermittlungsarbeiten?"

John räusperte sich: „Sir, die Pembrocks kamen einen Tag nach der Testamentseröffnung zurück. Sie wollten die Wertgegenstände sicherstellen und haben dann das Fehlen des Schmucks bemerkt."

„Oh…"

„Keine Angst, wir haben das geregelt. John hat sich an mich gewandt und ich habe meine Fühler ausgestreckt. Viele Leihhäuser gibt es ja nicht, die sowas ohne zu Prüfen abnehmen. Den Rest hat Pete gemacht."

Anthony räusperte sich und schaute Charly herausfordernd an. Dieser zuckte mit der Schulter: „Und Anthony, der hat auch seinen Teil dazu beigetragen."

„Herr St. Claire hat den Schmuck ausgelöst und

in der Bank seines Vaters deponiert…“, mischte sich John ein, doch Charly fiel ihm ins Wort:

„Wir haben dann nur noch ein paar Unterlagen angepasst und schon sah es so aus, als ob die Klunker schon immer dort gelegen hätten. Euren Haussafe haben sie nie gesehen. Zumindest in der Wahrnehmung der Pembrocks.“

John beendete die Geschichte mit den Worten: „Nun ja, so konnten die Herren das schlimmste erstmal abwenden, nur ein Collier fehlt.“

Patrick nickte wissend: „Die Smaragden.“

„Genau, Sir.“

„Ich konnte sie nicht weggeben. Es war der Lieblingsschmuck meiner Mutter. Das Set ist oben in meiner Tasche.“

„Dann werden wir sie wohl am besten im Haussafe einschließen“, schlug Charly vor. Patrick nickte.

Das Mädchen brachte den Tee in den Salon und verteilte die Tassen vor den Männern. Mit einem leichten Knicks verabschiedete sie sich und zwinkerte dabei Charly zu. „Freche Göre …“, murmelte dieser.

„Herr Arun, ich habe nun leider nicht mehr die Testamentsangelegenheit in der Hand. Die Pembrocks haben mir den kompletten Zugriff auf die Unterlagen versagt.“

„Das macht nichts, Herr Ward. Ich habe kein Interesse mehr an dem Erbe. Soll meine Tante damit glücklich werden."

Charly winkte ab: „Patrick, nicht so schnell. Ich habe dir doch gestern schon gesagt, dass es vielleicht ein Schlupfloch gibt."

„Charly, nein. Ich will nicht."

„Sie sollten sich Herrn St. Claires Vorschlag anhören. Seine Idee ist nicht schlecht und ich denke, sie könnten damit Erfolg haben."

„Ansonsten gibt es noch eine andere Lösung", mischte sich John wieder ein.

Patrick atmete tief ein. Das war ihm gerade alles zu viel. Er hatte den Aufenthalt in Indien nur haarscharf überlebt und wenn er daran dachte, was dort noch für Ärger auf ihn wartete, hätte er sich am liebsten in die hinterste Ecke Schottlands zurückgezogen. Aber vor dem Eifer der anderen musste er kapitulieren:

„Also gut, ich höre mir alles an, aber ich kann jetzt schon sagen, dass ich eigentlich kein Interesse mehr daran habe."

„Wer wird denn hier so negativ sein?" Charly klopfte Patrick auf die Schulter und drückte ihn dann auf eines der Sofas.

Stanley Ward ergriff wieder das Wort: „Also, es ist so. Herr St. Claire hatte sich an mich gewandt, kurz nachdem sie abgereist waren ..."

„Zu viele Infos Stanley, wir können das kürzer halten. Ich denke, das ist auch Patrick lieber."

„Oh, natürlich, Herr St. Claire."

„Nennen sie mich Charly, das habe ich ihnen nun schon hundertmal gesagt."

Ward atmete noch einmal tief durch. „Herr St. Claire, Verzeihung, Charly, fiel auf, dass der Testamentszusatz nicht ordnungsgemäß bezeugt wurde. Damit ist er anfechtbar."

„Wie bist du zu dem Testament gekommen?"

„Stanley war so weitsichtig von allem Kopien zu machen, bevor er des Büros verwiesen wurde. Ein wirklich kluger Kopf. Pembrock war dumm, ihn gehen zu lassen. Tja, sein Pech, mein Glück."

„Nun, ich dachte mir, Vorsicht ist besser als Nachsicht und die Zusammenarbeit mit den Pembrocks wurde von Jahr zu Jahr schwieriger, vor allem mit dem Juniorchef."

„Wenn ich mich recht erinnere, waren doch aber zwei Unterschriften auf dem Zusatz."

„Nur die ihrer Eltern, es fehlen Zeugen. Die Pembrocks sind sich dessen bewusst, sonst hätten sie nicht so einen Druck gemacht alles zu katalogisieren."

„Die haben schön blöd geschaut, als wir ihnen schließlich den Schmuck noch präsentiert haben. Wenn sie dich wegen Diebstahls ranbekommen hätten, hättest du alle Ansprüche verloren, aber so ..."

„Was ist mit den Smaragden?"

„Da fällt uns schon was ein."

„Shari, sie ist die Stieftochter meiner Tante, sozusagen. Sie hat den Schmuck gesehen..."

„Sie wollten ihn ihr persönlich bringen, als Zeichen, dass sie nichts gegen sie haben", schlug John vor.

„Ich bin mir nicht sicher, ob das Argument zieht."

„Egal ob sie es glauben, sie sind im Zugzwang und müssten das Gegenteil beweisen. Aber Patrick, wir müssen uns darüber jetzt nicht den Kopf zerbrechen, vor allem wenn du wirklich keine Anfechtung willst. John hat noch eine andere Lösung für dich."

Patrick schaute den Butler verwundert an. In seinen Augen war er nie mehr als ein Angestellter gewesen. Wie könnte er ihm jetzt aus seinen Problemen helfen?

John wirkte plötzlich nervös. Er rutschte unruhig in seinem Sessel hin und her. „Bitte verzeihen sie, Sir, dass ich nicht schon früher ehrlich zu ihnen war, aber ich hätte nicht gedacht, dass sich das alles so entwickelt. Ich glaubte wir hätten mehr Zeit, aber ich kann ihnen versichern, ich wollte nie ..."

„John, sie müssen sich nicht rechtfertigen", Patrick legte John eine Hand auf den Arm, um ihn etwas zu beruhigen.

„Bitte, warten sie ab, was ich zu sagen habe", John räusperte sich. Seine Nervosität schien größer zu werden. „Es ist so: Ihr Vater hat regelmäßig Bargeld von seinen Konten genommen und dieses dann an verschiedenen Orten deponiert. Als Notfallreserve, falls er mal nicht an die Konten oder die Schließfächer käme."

Patrick wurde hellhörig: „Wie sollte es bei Immobiliengeschäften zu so einem Notfall kommen?"

„Ihr Vater hat schon lange nicht mehr nur in Immobilien investiert. Es war nur ein Teil seines Unternehmens. Genauer gesagt, der Legale."

„Der Legale? Das würde ja bedeuten, dass Vater in kriminelle Sachen verwickelt war, wollen sie das damit sagen?" Bei Patricks Worten nickte John leicht. Patrick musste lachen. „Aber mir Vorhaltungen über mein Leben machen. Das war so klar."

„Seien sie ihm nicht böse, er wollte nur das beste für sie. Das hat er mir oft gesagt."

„Der illegale Teil der Geschäfte kommt noch von deinem Großvater, dem Russen. Ein bisschen Schmuggel, ein bisschen Geldwäsche und so weiter."

„Woher weißt du das nun schon wieder, Charly, und ich nicht?"

„Tja, ich war fleißig während du Urlaub gemacht hast."

„Das war alles andere, nur kein Urlaub."

„Ist doch egal. John, reden sie weiter."

„Ja, also, um die Sache abzukürzen: Dieses Geld taucht in keinen Büchern auf, demzufolge wissen auch die Anwälte nichts davon. Ich habe alles aus den Verstecken geholt. Es sind etwa fünf Millionen Pfund."

„Fünf Millionen?" Patrick fiel fast die Teetasse aus der Hand.

„Ja, Sir. Gemessen an der Gesamtsumme ist es nicht viel, aber es gehört ihnen und das kann ihnen auch keiner mehr wegnehmen."

„Patrick, bevor du was sagst: Anthony und ich waren so frei schon mal ein bisschen mit dem Geld zu spielen."

Charly ließ sich neben Patrick auf das Sofa plumpsen und nickte Anthony zu. Patrick hatte ihn schon ganz vergessen, wie damals in der Schule. Anthony hatte sich bisher auch nicht groß in das Gespräch eingebracht, sondern nur seinen Tee getrunken. Nun stellte Anthony die Tasse geräuschvoll auf dem Tisch ab.

„Ok, also dann würde ich dir mal ein paar Unterlagen geben." Er griff in eine Tasche, die neben seinem Sessel stand und holte einen dicken Packen Papiere heraus. Es mussten an die hundert Seiten sein.

„Was um Himmelswillen ist das?", fragte Patrick, als er den Ordner in der Hand hielt.

„Wir haben dein Geld ein bisschen investiert. Ein Teil liegt bei meinem Vater auf der Bank, in einem Schließfach, das im Moment noch auf meinen Namen läuft. Die Übertragungsurkunde ist bei den Unterlagen mit dabei. Stanley hat sie aufgesetzt und wir müssen nur noch unterschreiben. Der Rest sind verschiedene Anlagefonds. So arbeitet dein Geld für dich und du musst im Gegenzug nicht arbeiten. Außer du willst das unbedingt. Ich wüsste jetzt allerdings nicht, was du machen könntest." Charly gab Patrick einen Stoß in die Rippe, so dass dieser zusammenzuckte. Patrick blätterte ungläubig durch die Papiere.

Patrick brauchte ein paar Minuten, bis er sich wieder gefangen hatte. Als er zu sprechen begann, hatte er einen dicken Kloß im Hals:

„Charly, ich muss mich bei dir entschuldigen. Das kann ich nie wieder gut machen."

„Ok, das versteh ich nicht."

„Als wir uns das letzte Mal gesehen haben, fühlte ich mich von dir verraten. Du warst so komisch und dann deine Nachricht, dass du am Wochenende auf dem Land wärst. Ich hatte das Gefühl vollkommen allein zu sein, mit den ganzen Problemen, die ich nicht überblicken konnte."

„Ich muss zugeben, im ersten Moment hatte ich die Sache auch nicht wirklich ernst genommen. Du warst nicht mehr ganz nüchtern, als wir uns gesehen haben und ich dachte, bei dir wären die Sicherungen durchgebrannt oder du hättest einfach etwas durcheinander gebracht. Dein Plan war so aberwitzig ... erst als ich gemerkt habe, dass du weg bist, ist mir klar geworden, wie ernst die ganze Sache ist."

„Dann waren wir beide ziemliche Idioten."

„Naja, du schon mehr als ich."

„Wie bitte?"

„Ich würde nie auf die Idee kommen einfach nach Indien abzuhauen."

„Apropos Indien ..."

„Darüber reden wir später." Charly sah Patrick streng an und schüttelte leicht den Kopf. „Lass uns erstmal den Papierkram erledigen, damit du wieder zu Geld kommst. Wie soll es mit der Testaments-Anfechtung weitergehen?"

„Nein, das lassen wir. Meine Eltern wollten, dass das Geld meiner Tante gehören soll und so soll es nun auch geschehen. Ich habe kein Recht, mich über ihren letzten Willen zu erheben. Dank John und euch geht es mir gut. Alles andere wird sich ergeben."

„Sie sollten aber wissen, dass ihre Chancen recht gut sind, Sir."

„Das mag sein, Stanley, ich will es aber trotzdem nicht."

Stanley Ward schaute ratlos von Patrick zu Charly, zuckte dann mit den Schultern und packte die Papiere wieder in seine Tasche. Patrick hatte inzwischen die Übertragung des Schließfachs unterschrieben und schob Charly das Blatt hin.

„Das hätten wir. Herzlichen Glückwunsch, Patrick, du bist wieder solvent."

„Das fühlt sich gut an", Patrick streckte sich auf dem Sofa aus und kuschelte sich in die Kissen."

„Was willst du jetzt tun?", fragte Anthony.

„Ich habe keine Ahnung. Ich werde mir einige Tage Zeit nehmen und in Ruhe darüber nachdenken."

„Hört hört, das sind ja ganz neue Töne von dir."

„Ich bin gespannt wie ein Flitzebogen, wie das ausgeht. Sag mir bescheid, wenn du einen Plan hast." Anthony stand auf und verabschiedete sich. Auch John machte Anstalten zu gehen. Patrick folgte ihm in den Vorraum:

„Ich weiß nicht wie ich ihnen danken soll. Sie haben mich gerettet."

„Sir, sie müssen mir nicht danken. Ich hätte es ihnen viel eher sagen sollen, dann hätten sie nie diese Maßnahmen ergreifen und nach Jaipur reisen müssen."

„Vielleicht war das ganz gut. Es hat mir die Augen geöffnet und mir geholfen zu mir selbst zu finden."

„Ihre Tante hat mehrfach betont, dass sie weiter in der Wohnung bleiben können. Also wenn sie wieder in ihr altes Zimmer wollen, es ist alles hergerichtet."

„Das ist verlockend, aber ehrlich gesagt wäre es mir lieber, wenn ich so wenig Kontakt zu Tante Ashwara hätte, wie möglich. Ich kann ihnen natürlich nicht verbieten mir ihr zu reden, streng genommen arbeiten sie ja jetzt für sie. Aber sagen sie ihr bitte nur das Nötigste."

„Wenn sie es nicht wünschen, werde ich ihr nichts sagen."

„Sie könnte es von ihnen verlangen..."

„Das spielt keine Rolle. Sie können immer auf Doris und mich vertrauen."

Patrick brachte John noch zur Tür und schaute dem alten Butler nach, bis dieser um die nächste Kurve verschwunden war.

„Ich beneide dich um deine Angestellten", sagte Charly, der plötzlich neben Patrick in der Tür stand.

„John ist nicht mehr mein Angestellter, Charly."

„Egal. Ich hab ihn versucht abzuwerben, aber er will nicht."

„Ich kann gar nicht verstehen warum..."

Patrick und Charly gingen zurück in den Salon, wo Stanley Ward noch immer wartete.

„Herr Arun, Charly berichtete mir von den Problemen, die es in Jaipur gab."

„Und, was denken sie?"

„Nun, ich kenne nicht den ganzen Fall und mir fehlt das Wissen über das indische Rechtssystem, aber grob gesagt, denke ich, kann man ihnen nicht viel anhaben."

„Wirklich?"

„Sie haben zwar über das Geschäft gesprochen, aber es ist nie zu einem Abschluss gekommen. Das hat dieser Madan erledigt und der Scheck wurde vernichtet, also gab es auch keine Vorteilnahme. Nach allem was ich gehört habe, waren sie zu dem Zeitpunkt auch nicht im Vollbesitz ihrer geistigen Kräfte."

„Nur ohne mich wäre es nie so weit gekommen."

Charly schüttelte den Kopf: „So darfst du nicht denken. Du warst zur falschen Zeit am falschen Ort. Wie dieser Architekt gesagt hat: Du warst der Idiot, der ihm die Tür geöffnet hat oder anders gesagt, durch dich wurde das ganze beschleunigt."

Anthony pflichtete ihm bei: „Das glaube ich auch. Dieser Gauner hätte das Geschäft irgendwann gemacht, vielleicht hätte es noch Jahre gedauert, aber es wäre passiert."

„Seid ihr euch da wirklich sicher? Ich fühle mich nämlich komplett schuldig."

„Dafür brauchst du einen Therapeuten, aber

keinen Anwalt. Ich kann dir ein paar Namen nennen." Charly hatte sich mit einem Whiskey auf das Sofa gegenüber von Patrick gesetzt. Er ließ die Eiswürfel in dem Glas kreisen und wartete auf eine Antwort seines Freundes.

„Ok", presste Patrick zwischen seinen Lippen hervor. Für ihn war die Sache noch nicht erledigt. Im Moment war er nur froh darüber, dass er rechtlich aus der ganzen Angelegenheit raus war.

„Gibt es trotzdem eine Möglichkeit in dem Fall auf dem Laufenden zu bleiben? Es würde mich wirklich interessieren, wie es mit der Mission weitergeht."

Ward nickte: „Natürlich. Ich seh zu, was ich da machen kann."

„Du solltest damit abschließen. Schau nach vorn und nicht mehr zurück."

„Charly, du verstehst das nicht. Es bedeutet mir wirklich sehr viel."

Charly hob kapitulierend die Arme. Ward verabschiedete sich ebenfalls und die drei Freunde blieben allein zurück im Salon.

„Könnt Ihr mir erklären, was ihr mit dem Geld gemacht habt? Worin hab ich hier alles investiert?"

Anthony blätterte den Ordner auf: „Das ist eine äußerst komplexe Angelegenheit. Willst du das wirklich alles im Einzelnen wissen?"

„Nein, das will er nicht. Er will sich nur an dem Gewinn erfreuen und ansonsten das schöne Wetter genießen“, Charly lehnte sich breit grinsend zurück und Patrick verdrehte genervt die Augen.

23

London hatte sich in ein weihnachtliches Gewand gehüllt. Als Patrick mit einem Becher Kaffee in der Hand am Fluß entlang spazierte, fielen sogar ein paar Schneeflocken vom Himmel. Er atmete tief ein und genoss die klare kalte Luft. Aus der Ferne war leise Weihnachtsmusik zu hören. Patrick hatte den Leierkastenmann auf dem Weg zur Themse gesehen. Er war auf dem Weg zu der Stelle, an die sein Vater immer gern gegangen. In den vergangenen Tagen hatte Patrick immer mehr das Bedürfnis gehabt, seinem Vater nah zu sein. Er hatte am Vortag seinen ersten eigenen Geschäftsabschluss getätigt.

„Ob er jetzt stolz auf mich wäre?“, überlegte Patrick. Er lehnte sich an das Geländer und blickte über die Themse. Ein Schiff war auf dem Weg flussabwärts und nicht weit von Patrick entfernt legte gerade ein Touristenkahn ab. Patrick ließ die vergangenen Tage in Gedanken noch einmal Revue passieren.

In der ersten Woche nach seiner Rückkehr aus Indien, wollte Patrick nur seine Ruhe haben. Alle waren auf ihn eingestürmt, wollten ihn überreden das Testament anzufechten, gegen die Anwälte vorzugehen und noch jede Menge andere Dinge zu machen, die Patrick nicht wollte. Er hatte in der Zeit mindestens hundertmal angefangen, einen Brief an seine Tante zu schreiben. Er wollte ihr gern alles erklären und sich entschuldigen. Erst Mitte November hatte er eine Version fertig bekommen, mit der er zufrieden war. Patrick hatte die drei Seiten in einen Umschlag gepackt und diesen beschriftet. Nur abgeschickt hatte er ihn nicht. Er lag verschlossen auf seinem Schreibtisch.

Jedes Mal wenn er den Brief sah, dachte er sich: „Irgendwann werde ich es schaffen, nur jetzt noch nicht."

Aber allein die Tatsache, dass er es geschafft hatte, sich mit seinen Gefühlen auseinanderzusetzen und sie aufzuschreiben, hatte Patrick geholfen. Der Sturm, der seit Monaten in ihm tobte, wurde langsam ruhiger.

Vor ein paar Wochen hatte Charly ihn dann mit einer Geschäftsidee überrascht: Der Name Arun hatte in der Londoner Immobilienwelt noch einiges an Gewicht. So hatte Patrick eine ganze Etage in einem neuen Hochhaus gekauft, das gerade fertig gestellt wurde. Vor nicht einmal vierundzwanzig Stunden hatte er den Vertrag unterschrieben. Charly hatte die Etage unter ihm gekauft. Er wusste noch nicht, was er damit machen sollte, aber Patrick hatte dagegen schon ein paar Pläne. In dem Stockwerk gab Platz für bis zu vier Wohnungen. Eine wollte er selbst behalten und spätestens im Frühjahr bei den St. Claires ausziehen. Die anderen wollte er ausbauen lassen und er hatte sogar schon Angebote von potenziellen Käufern. Diese hatte ihm Anthony vermittelt, der der eigentliche Kopf des Geschäfts war. So hatte Patrick sein Kapital binnen weniger Stunden fast verdoppelt.

„Siehst du, so einfach kann das gehen“, meinte Anthony grinsend. Für ihn waren solche Geschäftsabschlüsse nichts besonderes mehr, für Patrick schon. Er konnte nicht fassen, was er da gerade getan hatte. Sein Vater hatte sein ganzes Leben damit zu gebracht: Häuser kaufen und kaum das die Tinte auf dem Vertrag trocken war, wieder verkaufen. „Kein Wunder, dass er so einen Spaß an dem Job hatte...“

Charly und Anthony hatten noch mehr Geschäfte eingefädelt, die aber noch nicht so weit vorangeschritten waren. Stanley Ward kümmerte sich um die ganzen Verträge. Charly hatte so lange auf den Anwalt eingeredet, bis dieser eingewilligt hatte, in ihr kleines Unternehmen mit einzusteigen. Patrick hatte am Ende nur unterschrieben.

Irgendwo hinter Patrick hupte ein Auto, um schneller durch den Londoner Vorweihnachtsstau zu kommen. Davon angesteckt, begann ein wahres Hupkonzert. Patrick kam wieder Jaipur in den Sinn. Dort war ständig ein Auto am Hupen oder man hörte Fahrer und Fußgänger schimpfen.

„Ob sie sich dort auch auf Weihnachten vorbereiten?" Patrick versuchte sich die Pink City mit Festtagsdekoration vorzustellen, mit Lichterketten in den wenigen Bäumen und bunten Kugeln an den Ästen. Bei den Gedanken musste Patrick lachen. Es kam ihm zu surreal vor. Dann fiel ihm die Mission ein. „Mina ist bestimmt vollkommen aus dem Häuschen und wird alle nerven, wann der Weihnachtsmann kommt. Vielleicht basteln sie und die anderen Kinder zur Zeit Geschenke. Wenn es die Mission überhaupt noch gibt..."

Stanley Ward hatte verschiedene Kontakte angerufen und Recherchen angestellt. Seine erste Vermutung bestätigte sich: Es bestand keine Gefahr für Patrick. Im schlimmsten Fall müsste er vielleicht vor Gericht aussagen. Aber dazu müsste man ihn erstmal vorladen und dagegen könnte noch Einspruch erhoben werden, hatte Ward ihm wortreich erklärt. Charly hatte Patrick verboten online in den indischen Zeitungen nach Nachrichten über Satif Madan, seine Bauvorhaben oder die Mission zu suchen. Patrick war sich ziemlich sicher, dass Charly selber ein Auge auf die Ereignisse hatte, aber er sagte ihm nichts. Von John wusste Patrick, dass seine Tante immer mal im Penthouse anrief. Sie wollte mit ihm sprechen, den Kontakt nicht abreißen lassen. John log ihr seit Wochen vor, dass er nicht wüsste, wo Patrick war. Über die Pembrocks hatte Ashwara aber sicher erfahren, dass er wieder in London war und bei einem Freund wohnte.

Plötzlich knallte es keine zehn Meter von Patrick entfernt. Erschrocken fuhr er zusammen. Beinahe hätte er den Kaffeebecher in den Fluss gestoßen. Er drehte sich um und sah zwei Jungs, die Böller zündeten. Die explodierenden Feuerwerkskörper holten Patrick in das Hier und Jetzt zurück.

Die Sonne war hinter den Hochhäusern verschwunden und über den Fluss wehte ein eiskalter Wind. Patrick schlug seinen Mantelkragen hoch und spazierte langsam an der Themse zurück. Er schlenderte durch die Straßen in Richtung der St. Claireschen Stadtvilla. Unterwegs blieb er immer mal stehen und betrachtete einige Schaufenster. Seine Weihnachtsgeschenke hatte er schon eingekauft. Er wollte sich mit Doris und John einige Tage vor den Feiertagen treffen, das hatte sich Patrick vorgenommen. Über Weihnachten selbst fuhr er mit Charly in die Schweiz. Charlys Eltern waren noch in Südafrika und wollten über den ganzen Winter dort bleiben. Sie hatten die beiden eingeladen, ein paar Tage in der Wärme zu verbringen, aber Charly und er wollten lieber Skifahren gehen. Charly wollte erst im Januar seine Eltern besuchen. Dann war Anthony, der über Weihnachten bei seiner Familie in Schottland war, zurück in London. Patrick war sich ziemlich sicher, dass die beiden ihn nicht alleine lassen wollten. Einer von ihnen war immer in seiner Nähe. Im neuen Jahr wollte Patrick wieder mehr auf eigenen Füßen stehen. Er hatte sich sogar schon erkundigt, was er tun müsste, um wieder an der Uni angenommen zu werden. Wieder studieren und eine eigene Wohnung erschienen ihm ein ganz guter Anfang und nebenbei wollte er mit der Hilfe seiner Freunde ein bisschen Geld verdienen.

Auf dem Rückweg ließ Patrick die Erinnerung an Indien nicht mehr los. Seine Gedanken kehrten immer wieder nach Jaipur zurück.

Kaum hatte Patrick die Haustür hinter sich geschlossen, stürmte er in den ersten Stock und in sein Zimmer. Patrick holte seinen Mac aus der Schublade seines Schreibtischs und begann zu googeln. Seine Geduld war aufgebraucht. Er musste einfach schauen was dort los war.

Charly war in der Bibliothek als Patrick ins Haus kam. Er hörte ihn die Treppe nach oben rennen. Nur wenig später klappte eine Tür. Charly legte das Buch weg, in dem er gerade gelesen hatte und stellte sein Whiskyglas ab.

„Was hat der denn vor?“ Charly stand vom Sofa auf. Er lief ins Treppenhaus und folgte Patrick nach oben. Leise öffnete er die Tür zu Patricks Zimmer und sah diesen vorm Computer sitzen.

„Das solltest du lieber nicht tun. Wecke nicht die Geister der Vergangenheit“, sagte Charly, als er direkt hinter Patrick stand.

Patrick fuhr herum: „Warum musst du mich so erschrecken?“

Charly schüttelte den Kopf und sagte mahnend: „Du neigst dazu Blödsinn zu machen, wenn man nicht auf dich aufpasst.“

„Ich muss aber wissen was in Jaipur los ist. Ich hätte dort nicht einfach so verschwinden sollen.“

„Sei doch ehrlich, du willst wissen, was aus dieser Shari geworden ist.“

„Du würdest nicht so abfällig reden, wenn du sie kennen würdest.“

„Schon gut.“ Charly hatte einen Stuhl neben Patricks gestellt und zog den Mac zu sich. „Wenn du schon nach Informationen suchst, dann solltest du es richtig anstellen.“ Charly tippte einige Wörter in das Suchfeld und wenig später tauchte ein Artikel der Jaipur Times auf. „Millionär bei Schießerei getötet“, leuchtete in dicken Buchstaben auf.

Charly schob Patrick den Laptop wieder hin: „Das ist erst ein paar Tage her.“

Patrick überflog den Artikel. Entsetzt schaute er Charly an: „Das glaub ich jetzt nicht. Satif Madan ist tot.“

„Tja, so spielt das Leben. Die Inder glauben doch an Karma, also sollte dich das Ganze wirklich nicht wundern.“

„Charly …“

Charly hob kapitulierend die Hände. Patrick beachtete ihn nicht weiter, sondern begann noch einmal zu lesen:

„Am Samstagmorgen kam es zu einer Schießerei in einer Villa in der Altstadt. Nach ersten Informationen aus der Nachbarschaft, soll ein Mann den Liebhaber seiner Ehefrau ermordet haben. Nähere Umstände zur Tat sind noch nicht bekannt. Bei dem Opfer soll es sich um den bekannten Playboy Satif Madan handeln. Seine Familie ist an vielen Bauprojekten in Jaipur beteiligt und unterstützt zahlreiche karitative Einrichtungen. Die Familie war bis Redaktionsschluss nicht für eine Stellungnahme zu erreichen, ein Anwalt blockte alle Anfragen ab.“ Patrick lehnte sich im

Stuhl zurück. „Ich kann das wirklich nicht fassen."

„Ich habe ein paar Erkundigungen eingeholt. Dieser Satif scheint Affären mit so ziemlich allen Frauen der Oberschicht gehabt zu haben, egal ob verheiratet oder nicht. Eine von ihnen glaubte wohl, dass es etwas ernsteres sei. In diesem Irrglauben erzählte sie ihrem Ehemann von dem Verhältnis und das sie ihn verlassen wolle. Er hat sie krankenhausreif geprügelt und ist dann zu der Villa gefahren. Satif wurde regelrecht hingerichtet."

„Das ist unfassbar", wiederholte Patrick noch einmal. Ein paar Minuten war es mucksmäuschenstill im Zimmer, dann durchbrach Charly die Ruhe:

„Na los, frag schon."

„Was meinst du."

„Frag mich, was dich wirklich interessiert."

„Was interessiert mich denn wirklich?"

„Die Probleme, in die die Mission durch Madan geraten ist, sind hinfällig. Seine Mutter hat alle Projekte stoppen lassen, als sie davon erfahren hat. Seit Satifs Tod sind viele Menschen sicher sehr viel glücklicher."

Patrick reagierte nicht auf Charlys Worte sondern starrte weiter auf den Bildschirm. Er konnte es noch immer nicht fassen, was da stand.

Es dauerte eine Weile, bis Patrick seine Sprache wiederfand. Er räusperte sich: „Weißt du, wegen

Weihnachten in der Schweiz, ich bin eigentlich nicht so der große Fan von Skifahren in den Alpen."

Charly verdrehte die Augen: „Früher hast du das ganz gern gemacht."

„Aber ich bin doch mal so böse gestürzt. Kannst du dich nicht erinnern, ich hab mir doch mal den Fuß gebrochen. In der zehnten Klasse. Ich konnte wochenlang nicht am Crickettraining teilnehmen."

„Abstürze hatten wir alle mal, nicht nur auf der Skipiste." Charly knuffte Patrick in die Rippe und bekam einen Lachanfall. Patrick sah Charly regungslos an.

„Du weißt genau was ich meine."

„Ja klar, du willst Weihnachten nun doch lieber in einem wärmeren Gebiet verbringen."

„Ich..."

„Nein, sag nichts. Ich halte es zwar für keine gute Idee, aber ich werde dich nicht davon abhalten."

„Tut mir echt leid, was wirst du denn jetzt machen?"

„Erinnerst du dich noch an die Kleine aus dem Café neulich."

„Nicht wirklich. Ich hab ehrlich gesagt den Überblick bei dir verloren."

„Na hör mal, du tust ja so als hätte ich einen halben Harem."

Patrick schaute Charly mit einer hochgezogenen

Augenbraue an. „Jetzt erinnerst du mich an meinen Vater. Allerdings glaub ich, dass seine Braue inzwischen schon in der Position stehen geblieben ist.“ Charly stupste mit dem Zeigefinger Patricks Stirn an.

„Also mal abgesehen davon, dass du die Idee nicht toll findest, hättest du kein Problem damit.“

„Denk über den Satz nochmal in Ruhe nach.“ Charly stand auf und stellte den Stuhl zurück. Dann klopfte er Patrick auf den Rücken. „Ich sag Bertie das er dir einen Koffer raussucht.“

24

Charly gab sich keine Mühe, Patrick von seinem Plan abzubringen. Die Abreise war beschlossen und alle Gegenargumente liefen ins Leere. Eine Bedingung hatte Charly allerdings: Patrick sollte nicht allein reisen. Er und Anthony fielen aus. Aber Charly gab nicht so schnell auf und rief John an. Der alte Butler und auch Doris lebten noch immer in der Wohnung der Aruns, hatten dort aber nicht mehr viel zu tun. Deswegen fiel es Charly nicht sehr schwer, die beiden zu überreden.

Patrick versuchte noch zu protestieren: „Ich brauche keine Babysitter!"

„Da bin ich anderer Meinung."

„Also Charly ehrlich ..."

„Nein, nein, kein Wort mehr."

Patrick gab seinen Protest auf und begann mit den Reisevorbereitungen.

Als Patrick den Flughafen von Jaipur verließ,

kam es ihm so vor, als ob seit seinem ersten Besuch in Indien kaum ein Tag vergangen war. Die Bilder vom Man Sagar See, den Palästen und dem Fort mit seinen Elefanten tauchten vor seinem inneren Auge auf. Trotzdem fühlte es sich diesmal ganz anders an. Vor allem war es nicht so heiß. Der Himmel war wolkenverhangen, es nieselte leicht und das Thermometer zeigte nur 25 Grad. Patrick winkte ein Taxi heran. Die drei verstauten ihr Gepäck und quetschten sich dann nebeneinander auf die Rückbank.

„Die Fahrt in die Stadt dauert eine Weile. In welchem Hotel haben sie reserviert, John?“

„Im Fairmont.“

„Oh, so luxuriös habe ich das letzte mal nicht gewohnt.“

Als der Fahrer das Ziel hörte, fühlte er sich bemüßigt, seinen Gästen etwas bieten zu müssen. Er schien zu jedem Gebäude, an dem sie vorbeikamen, eine Geschichte zu kennen. Manchmal wich er auch von der Route ab und bog in eine Seitenstraße ein. Doch Patrick manövrierte ihn jedes Mal wieder mit ein paar scharfen Worten zurück auf den richtigen Weg. Der Fahrer gab schließlich auf.

Ohne weitere Erklärungen passierten sie das Ajimeri Tor und fuhren auf den Stadtpalast zu. Kurz zuvor bogen sie ab und kamen in ein Villenviertel. Patrick erkannte die Häuser wieder und bei ihm kamen schreckliche Erinnerungen auf. Es dauerte auch gar nicht lange, bis das Taxi vor einem pompösen Haus stoppte. Der Fahrer startete einen letzten Versuch, sein Trinkgeld für die Fahrt noch etwas aufzubessern.

„Sie machen sich kein Bild, was hier passiert ist. Vor wenigen Tagen wurde hier ein Mann umgebracht."

„Das ist ja schrecklich", entfuhr es Doris, die im ersten Moment nicht an den Zusammenhang mit Satif Madan dachte. John stieß sie an und schüttelte den Kopf. Erschrocken hielt sich Doris die Hand vor den Mund, was der Fahrer aber als Zeichen ihres Entsetzens ob der schrecklichen Tat wertete und weiter erzählte. Es war sinnlos den Fahrer stoppen zu wollen und so ließen die drei den Redeschwall über sich ergehen. Nach etwa fünf Minuten fuhr das Taxi weiter. Sie kamen erneut am Stadtpalast vorbei, an dem sich gerade eine Traube Menschen versammelt hatte. Offenbar waren es Touristen, die an einer Führung teilnehmen wollten. Der Fahrer, der nun endgültig gemerkt hatte, dass seine Gäste kein Interesse an seinen Anekdoten hatte, verlor kein Wort mehr. Schließlich verließen sie die Altstadt wieder.

Das Taxi bog auf die große Straße ein, die zum See führte. Doris und John betrachteten staunend den schwimmenden Palast. Patricks Blick ging dagegen weiter in die Ferne. Er konnte die Gebäude am anderen Ufer nur schemenhaft erkennen. Es war fast Mittag. Die Kinder waren sicher noch in der Schule. Shari und seine Tante würde in ihren Büros sitzen. Beim Gedanken an die beiden bekam Patrick einen Kloß im Hals. Ihm stiegen Tränen in die Augen. Er drehte sich schnell weg und schaute auf der anderen Seite aus dem Fenster.

Auf dem Berg vor ihnen tauchte das Fort auf. Patrick hatte das Gefühl, die Fahrt würde nie enden. Was hatte sich John nur dabei gedacht, ein Hotel am anderen Ende der Stadt zu buchen? Nach einer gefühlten Ewigkeit kamen sie endlich am Fairmont an. Patrick sprang aus dem Taxi und steuerte direkt auf die Rezeption zu. Er wollte sich für den nächsten Tag einen Mietwagen bestellen, denn er hatte einige wichtige Wege zu erledigen. John kümmerte sich in der Zwischenzeit um das Gepäck und Doris blieb einfach staunend mitten in der Halle stehen. Sie hatte noch nichts Vergleichbares zu der exotischen Pracht des Hotels gesehen. Es gab mehrere kleine Brunnen, jede Menge Elefantenstatuen und die Abbilder verschiedener hinduistischer Gottheiten. Dazwischen stand Weihnachtsdekoration. Grell geschmückte Bäume mit bunt blinkenden Lichtern und große Kerzenständer. John zog Doris weiter zu den Aufzügen, nicht ohne einen bissigen Kommentar, wie sie solch einen Kitsch toll finden konnte, abzugeben.

Patrick hatte alle Formalitäten erledigt. Er lief zu den Aufzügen und gesellte sich zu den beiden anderen: „Ich habe für sie auch einen Wagen bestellt, John. Dann können sie morgen einen Ausflug machen, vielleicht auf das Fort. Das ist wirklich sehenswert. Man kann dort sogar auf Elefanten reiten."

„Vielen Dank, Master Patrick, das ist sehr nett von ihnen. Aber glauben sie nicht, dass ich ihnen helfen könnte?"

„Egal was Charly ihnen gesagt hat, sie müssen mir wirklich nicht auf Schritt und Tritt folgen. Außerdem gibt es hier ein paar Dinge, die ich alleine regeln muss."

„Wollen sie nicht ihre Tante anrufen?" mischte sich Doris in das Gespräch ein.

„Noch nicht, aber ich werde mich bald bei ihr melden."

25

Die drei waren an ihren Zimmern angekommen und obwohl es noch nicht einmal Nachmittag war, sanken sie alle todmüde in ihre Betten. Doch im Gegensatz zu John und Doris stellte Patrick den Wecker in seinem Handy. Er hatte heute noch etwas vor.

Patrick hatte sich das Auto nicht erst für den nächsten Tag reservieren lassen, sondern schon für den Abend. Der Concierge war nicht sehr begeistert, er meinte, dass das zu kurzfristig sei. Aber Patrick ließ nicht locker. So stand er kurz nach fünf Uhr frisch geduscht und in einem neuen Maßanzug in der Halle und ließ sich den Wagenschlüssel und die Papiere geben. Auf dem Weg zum Parkplatz tastete er die Innentasche seines Jackets ab. Er fühlte den Umschlag mit dem Brief an seine Tante durch den Stoff.

Patrick stellte das Navi ein und lenkte dann den Audi vom Parkplatz. Der SUV reihte sich in den Abendverkehr ein.

„Das wird wieder eine lange Fahrt“, murmelte Patrick. Ganz kurz dachte er darüber nach, sein ganzes Vorhaben abzublasen. Doch dann sprach er sich selbst Mut zu: „Nein, du musst da jetzt durch. Die Sache hinauszuzögern macht es auch nicht besser.“

Patrick brauchte fast eine Stunde, bis er die Straße erreichte, wo Ashwaras Wohnhaus stand. Er sah, dass im oberen Stockwerk Licht brannte. Sein Blick wanderte zu dem Fenster direkt über der Eingangstür. Das war sein Zimmer, in dem er tagelang gelegen hatte und zwischen Leben und Tod schwebte. Fast kam es ihm so vor, als ob der Vorhang noch immer halb vor das Fenster gezogen war, wie an dem Tag, als er aus der Stadt floh. Patrick holte den Umschlag aus der Jacketttasche. Sollte er wirklich? Er schaute noch einmal nach den erleuchteten Fenster. Er hatte nicht damit gerechnet, dass Ashwara schon zu Hause war. Er wollte den Brief durch den Briefschlitz in der Tür werfen und ganz schnell wieder verschwinden.Persönlich würde er sie noch früh genug sehen.

„Meinst du nicht, es wäre besser gleich mit ihr zu reden?“, hatte Charly ihn gefragt. Wochenlang hatte er ihm eingeredet, dass er erstmal alle zur Ruhe kommen lassen solle. Mit etwas Abstand betrachtet würde die Sache einfacher. Aber seit Patrick ihm von dem Brief und seinem Plan erzählt hatte, hatte Charly seine Meinung geändert.

„Die Hoffnung stirbt zuletzt, Kumpel. Riskier es einfach. Es kann ja auch nicht schlimmer werden."

Patrick nahm seinen ganzen Mut zusammen und stieg aus dem Auto aus. Vor dem Haus blieb er noch einmal stehen. Seine Hände zitterten und sein Herz klopfte bis zum Hals. Er stieg die Stufen zur Tür hinauf. Der Briefschlitz quietschte etwas, als er ihn an hob. Erschrocken hielt Patrick inne. Das musste man im ganzen Haus gehört haben. Er lauschte. Aus eigener Erfahrung wusste er, dass man auf der Treppe jede Stufe hörte, wenn einer hinauf oder hinunter ging. Alles blieb ruhig. Er atmete noch einmal tief durch, öffnete den Schlitz etwas weiter und schob das Couvert hindurch. Patrick blieb noch einen Moment stehen. Er wusste selbst nicht warum, aber irgendetwas hielt ihn davon ab zum Auto zu gehen und wieder zu fahren. Schließlich ging er doch langsam zurück. Er hatte die Fahrertür schon geöffnet, als die Haustür aufging. Ashwara stand im Eingang und hielt den Brief in der Hand.

Patrick zuckte innerlich zusammen. Das ganze Selbstvertrauen, dass er in den vergangenen Wochen aufgebaut hatte, war wie weggeblasen. Er spürte Ashwaras Blick und war sich nicht sicher, was er machen sollte. Unsicher blickte er zwischen

Haus, Auto und Straße hin und her. Dabei bemerkte er nicht, dass Ashwara schon lange nicht mehr in der Tür stand, sondern zu ihm gekommen war. Ohne ein Wort zu sagen, nahm sie ihn in die Arme.

„Mein lieber Junge, ich habe mir solche Sorgen gemacht“, flüsterte sie ihm ins Ohr.

Patrick konnte „es tut mir leid“, stammeln, dann wurde er von seinen Emotionen übermannt. Die Ängste und unterdrückte Trauer überrollten ihn von einer Sekunde auf die andere und er konnte nicht mehr aufhören zu schluchzen. Sein Gefühl für Raum und Zeit verschwammen vollkommen. Patrick wusste nicht mehr, wie lange sie so auf der Straße gestanden hatten. Irgendwann reichte Ashwara ihm ein Taschentuch und führte ihn ins Haus.

Es dauerte noch eine ganze Weile, bis sich beide so weit beruhigt hatten, dass sie wieder sprechen konnten. Ashwara hatte eine Kanne Tee gekocht und sie hatten sich in den Wintergarten gesetzt.

„Du hast sehr verschwiegene Angestellte und ganz offenbar gute Freunde.“

„Ja, das habe ich. Sie haben mir alle sehr geholfen.“

„Das sehe ich. Du siehst gut aus. Bist du zufrieden mit deinem Leben?“

„Nun ja, ich kann mich nicht beklagen. Aber …“

„Patrick, ich kann mir denken, was du sagen willst. Es tut uns beiden leid, was im Oktober geschehen ist. Du warst damals nicht ganz bei dir und ich hätte nicht so streng reagieren dürfen."

„Ich habe alles erklärt. In dem Brief steht alles drin. Zumindest soweit ich mich erinnern kann."

„Ich werde ihn später lesen. Ich vermute, du hast gehört, was hier passiert ist."

„Ja, Charly hat mir die Artikel gezeigt."

„Charly St. Claire? Dein Freund? Ich habe versucht mit ihm Kontakt aufzunehmen, aber er ist wirklich schwer zu erreichen."

„Charly? Woher kennst du ihn?"

„Ich hatte mit den Anwälten gesprochen, diesen Pembrocks. Das sind wirklich unfreundliche Zeitgenossen, aber schließlich gaben sie mir die Telefonnummer von diesem Charly."

„Du darfst Charly nicht böse sein. Er hatte wirklich viel zu tun. Vor allem mit mir und meinen Angelegenheiten."

„Das dachte ich mir schon fast."

„Ich wohne im Moment auch noch bei ihm und er und ein anderer Freund, Anthony, helfen mir bei meinen Geschäften."

„Das klingt ja großartig. Weißt du schon, wie es weitergehen soll?"

„Ich hab ein paar Pläne. Mal sehen was davon klappt."

Sie tranken beide schweigend von dem Tee und dann begann Ashwara zu berichten:

An dem Tag, als Patrick Hals über Kopf Jaipur verlassen hatte, war Sandeep zu Satif gefahren, um ihn zur Rede zu stellen und an seine Moral zu appellieren. Doch Satif Madan ließ nicht mit sich reden. Er lachte nur über die Argumente, die sein Freund vorbrachte.

„Weißt du was, es ist mir scheißegal, was die Leute von mir denken. Sollen sie mich doch dafür hassen. Wer was will, kommt am Ende doch wieder angeschissen und bettelt. So wie jedes Mal."

„Denkst du auch mal an deine Familie, Satif? Deine Mutter setzt sich seit Jahren wohltätig ein. Du machst ihre Arbeit von heute auf morgen zunichte."

„Sie wird eine andere Beschäftigung finden. Vielleicht auch mal eine, die nicht ganz so kostspielig ist."

„Satif ..."

„Kein Wort mehr Sandeep. Wenn du keine Lust hast, ein paar Millionen zu verdienen oder wenn dich deine Moral zu sehr plagt, dann verschwinde."

„Du kommst damit nicht durch. Du hast dir die Unterschrift erschwindelt. Das ist kein ordentlich aufgesetzter und verhandelter Vertrag."

„Das muss die andere Seite aber erst einmal beweisen. Dem zugekoksten Neffen glaubt doch keiner ein Wort."

„Da würde ich mich nicht drauf verlassen."

„Verschwinde... SOFORT ..."

Satif schäumte vor Wut. Er griff sich eine große Glasvase, die auf einem Tisch neben ihm stand, und warf sie in Sandeeps Richtung. Der Architekt konnte gerade noch ausweichen. Er verließ Satifs Haus und fuhr zur Mission zurück. Von Satif unbemerkt, hatte er das Gespräch mit seinem Smartphone aufgezeichnet. Er wusste noch nicht so recht, ob die Aufnahme rechtliche Gültigkeit hatte, aber zumindest hatte er etwas in der Hand.

„Ein Geständnis klingt anders", stellte Shari enttäuscht fest, als sie die Aufnahme gehört hatte.

„Er widerspricht aber auch nicht und das ist gut, denke ich", entgegnete Sandeep.

Ashwara saß schweigend an ihrem Schreibtisch und ließ sich die Worte noch einmal durch den Kopf gehen. Sie legte den Stift, den sie die ganze Zeit in der Hand gehalten hatte, zur Seite.

„Können sie eine Kopie von der Aufzeichnung machen, Sandeep?"

„Natürlich. Darf ich fragen, was sie damit wollen?"

„Vor Gericht nützt uns das vielleicht nicht viel, aber bei Satifs Mutter könnten wir etwas erreichen. Sie wird nicht glücklich sein, wenn sie das über ihren Sohn hört."

„Die arme Frau wird einen Herzinfarkt bekommen."

„Ach Shari, denkst du ein Gerichtsverfahren wäre besser für sie?"

„Frau Sharma hat recht. Über Satifs Mutter werden sie das meiste erreichen. Sie sitzt ja immerhin auf seinem Geld und kann ihm alles wegnehmen."

„So weit muss es nicht kommen. Mir reicht es, wenn sie in unserem Fall auf ihn Einfluss nimmt."

„Wenn sie nichts dagegen haben, hänge ich morgen, wenn ich wieder im Büro bin, ans Telefon und mache einen Termin bei Frau Madan aus."

„Ich danke ihnen, Sandeep."

„Ich helfe gern."

Aus dem Treffen mit Satifs Mutter wurde aber erst einmal nichts. Sie war in Hongkong und wurde nicht vor Mitte November zurückerwartet. Sowohl Sandeep als auch Ashwara hatte ihr Nachrichten hinterlassen und auf die Dringlichkeit hingewiesen. An jedem Tag der verging, befürchteten sie, dass Satif mit einer Räumungsklage oder sogar mit einem Abrissbagger vor der Mission stehen würde. Doch die Zeit verging und nichts passierte.

Im Nachhinein kam heraus, dass Satif zwischendurch eine andere Beschäftigung gefunden hatte. Bei einer Cocktailparty hatte er die junge Ehefrau eines Geschäftspartners kennengelernt. Sie trafen sich ein paar Mal und an einem Tag, als der Mann auf Geschäftsreise war, blieb Satif auch über Nacht bei ihr. Dabei hatte er nicht mit der Ergebenheit der Angestellten gerechnet. Noch am selben Tag bekam der Ehemann eine Nachricht von einem der Diener. Er machte sich sofort auf den Rückweg nach Jaipur und traf an dem Morgen, nur kurz nachdem Satif gegangen war, ein. Die Frau war von dem plötzlichen Auftauchen so überrascht, dass sie ihrem Mann die Affäre gestand. Da Satif sie am Abend zuvor mit vielen falschen Versprechungen eingewickelt hatte, glaubte sie wirklich an eine gemeinsame Zukunft mit ihm. Für den Ehemann war das alles zu viel. Seine Ehre war dahin. Er stürzte auf seine Frau zu und brach ihr so ziemlich jeden Knochen im Körper. Sie lag noch immer auf der Intensivstation im Koma. Nachdem er seine Wut an ihr ausgelassen hatte, ging er zum Waffenschrank, holte eine Pistole und fuhr zu Satif. Dieser kam gerade aus der Dusche und wusste nicht wie ihm geschah, als plötzlich sein Geschäftspartner mit einer Waffe vor ihm stand. Ob die beiden noch irgendetwas geredet hatten, war nicht bekannt. Nur so viel, dass Satif splitterfasernackt in seinem luxuriösen Schlafzimmer erschossen wurde. Auch wenn keiner bei der Tat dabei war, kursierten die wildesten Gerüchte darüber, was in dem Schlafzimmer noch alles vorgefallen sein soll.

Nach den Ereignissen kehrte Satifs Mutter nach Jaipur zurück. Der erste Schock hatte sich bei ihr gerade gelegt, als sie von Satifs ganzen halbseidenen Geschäften erfuhr. Sie beauftragte mehrere Anwälte, damit diese alles wieder in Ordnung bringen sollten. Doch über die Jahre war so viel aufgelaufen, dass die Anwälte bald weitere Anwälte engagieren mussten, weil sie es nicht schafften.

„Sie sind immer noch dabei Akten zu sichten", beendete Ashwara ihren Bericht.

„Aber bei euch ist alles gut? Die Mission ist gerettet?"

„Oh ja, dass ist sie. Es war eine der ersten Angelegenheiten, die Satifs Mutter rückgängig machte. Nicht nur das, ihre Anwälte haben mir eine Liste mit Gebäuden geschickt, die wir übernehmen können, um dort sichere Wohnungen für die Mädchen einzurichten, sobald sie zu alt für ein Leben in der Mission sind. Ich werde das Geld von deinem Vater dafür nutzen um alles einzurichten. Ich würde dem Wohnpark auch gern seinen Namen geben, wenn du damit einverstanden bist."

„Natürlich, das ist eine wundervolle Idee. Was ist mit der Stiftung, die du gründen wolltest?"

„Das ist schon in Arbeit. Der größte Teil des Erbes wird dort hineinfließen. Ich hatte ja keine Vorstellung, wie viel Geld deine Eltern besessen haben."

„Ja, Papa hatte ein Händchen dafür, Geld zu verdienen."

„Allerdings. Selbst nach Abzug der Steuern ist die Summe immer noch unfassbar groß."

„Was wird eigentlich aus den Immobilien?"

„Ich weiß es noch nicht. Ich glaube nicht, dass ich sie verkaufen werde. Rangars Herz hing daran und deines doch auch."

„Irgendwie schon."

„Mein Angebot steht noch, du kannst die Wohnung gern nutzen."

„Das ist lieb, aber ich habe inzwischen was gefunden, wo ich bald einziehen kann. Etwas eigenes, was nur mir gehört, weißt du."

„Das ist schön. Ich kann mir vorstellen, wie viel dir das bedeutet."

Patrick hätte auch brennend interessiert, was aus dem Landhaus in Surrey werden sollte und dem Haus in Schottland, aber er traute sich nicht, zu fragen. Irgendwann würde er es schon erfahren.

Nachdem sich die beiden gegenseitig auf den aktuellen Stand gebracht hatten, begann Patrick sich langsam zu entspannen. Der schwierigste Teil war geschafft.

Patrick blieb noch zum Abendessen. Doch langsam merkte er, wie sich die Zeitverschiebung bemerkbar machte.

„Sehen wir uns morgen?“, fragte Ashwara bei der Verabschiedung.

„Gern. Ich würde in die Mission kommen, wenn du nichts dagegen hast.“

„Da würde ich mich freuen. Aber du solltest damit rechnen, dass du dort wahrscheinlich nicht von allen herzlich empfangen wirst.“

„Shari?“

„Ja, sie war sehr enttäuscht und wütend und das hat sie noch nicht verwunden.“

„Ich werde ihr alles erklären. Aber sag ihr vielleicht nicht, dass ich wieder da bin.“

„Das werde ich nicht, versprochen.“

26

Am nächsten Morgen war Patrick noch vor dem Sonnenaufgang wach. Die Nacht war unruhig gewesen. Immer wieder ging Patrick das Zusammentreffen mit seiner Tante durch den Kopf und die damit verbundene Erleichterung. Als er endlich eingeschlafen war, zog auch noch ein Sturm auf. Der Regen peitschte gegen die Fensterscheiben, Blitze zuckten und von fern war Donner zu hören. Patrick quälte sich aus dem Bett hoch, um das Fenster zu schließen. Er blieb eine Weile stehen und beobachtete die Umgebung. Ähnlich aufgewühlt, wie das Wetter war, so fühlte er sich auch. Patrick drehte sich um. So faszinierend das Naturschauspiel war, er konnte es sich nicht mehr ansehen. Er zog die Vorhänge vor und legte sich ins Bett. Am Morgen war das Unwetter vorübergezogen und die Sonne schien wieder über Jaipur.

Patrick duschte und bestellte sich dann sein Frühstück auf sein Zimmer. Während er auf das

Essen wartete, nahm er sich seinen Laptop und begann nach Spielzeugläden in der Pink City zu suchen. Ihm war am Abend noch eine Idee gekommen, wie er die Mädchen überraschen könnte. Als er unter der Dusche stand, nahm sein Plan langsam Gestalt an. Nur da gehörte noch etwas Vorbereitung dazu. Patrick setzte sich mit seinem Mac an den Schreibtisch und während sich die Internetverbindung langsam aufbaute, musste Patrick lachen. Auch sein erster Aufenthalt in Jaipur hatte so angefangen, nur das er da noch nach seiner Tante suchte.

Es klopfte an der Tür. Ein Roomboy kam schon mit dem Essen. Es war gerade erst sechs Uhr und in der Küche schien noch nicht viel Betrieb zu sein. Kaum war der Junge wieder aus dem Zimmer verschwunden, meldete sich Patricks Computer. Charly klopfte per Videoanruf an.

„Wie läuft es so? Hast du schon genug von der Hitze?"

„Nein, noch geht es, aber frag mich mal in ein paar Stunden."

Patrick berichtete Charly von seinem Abend bei Ashwara und was er sich für den Tag vorgenommen hatte.

„Das ist ja ein ganz netter Plan. Hoffentlich sind damit alle so glücklich wie du."

„Ach ich denke schon. Wie läuft es bei dir und, wie hieß sie? Betty, Margery?“

„Harriet, ihr Name ist Harriet. Nun, es könnte besser sein. Ihr erster Snowboardversuch endete in einer Schneewehe. Jetzt hat sie einen geprellten Knöchel und kann nichts mehr machen. Nun verbringen wir unsere Zeit mit Wellness und nachher hab ich eine Pferdeschlittenfahrt gebucht.“

„Das klingt doch nett, sehr romantisch. So kenne ich dich ja gar nicht.“

„Na hoffentlich sieht sie das nicht auch so.“

„Ich dachte deswegen bist du mit ihr in die Schweiz gefahren?“

„Machst du Witze? Wir werden noch Silvester zusammen verbringen, aber dann wars das. Sie war lediglich der Ersatz für dich, wäre ja schade um die Buchung gewesen.“

„Irgendwann wird eines deiner Abenteuer schief gehen und dann wirst du das Mädel nicht mehr los.“

„Du solltest einen Beziehungsratgeber schreiben. Das wird bestimmt ein Bestseller.“

Sie verabschiedeten sich und Patrick wandte sich seinem Frühstück zu. Auf dem Stadtplan hatte er gesehen, dass es gar nicht weit vom Stadtpalast entfernt ein Einkaufszentrum gab. Dort wollte er später hinfahren. Er überlegte, wie viele Kinder es wohl zur Zeit in der Mission gab. Anhand der

Schlafzimmer und Wohngruppen schätzte er vierzig oder fünfzig. Er wollte für jedes Mädchen ein Weihnachtsgeschenk kaufen.

„Mit Teddybären macht man doch bestimmt nichts falsch“, überlegte er, „aber was würden die älteren Mädchen wollen?“ Er versuchte sich englische Teenager vorzustellen, aber mit Make-up, einem neuen Smartphone oder Shoppinggutscheinen, würde er hier wohl nicht weit kommen. „Vielleicht Bücher.“

Die Mittagssonne stand schon hoch am Himmel, als Patrick in die Straße am Man Sagar See einbog. Er hatte unterwegs noch einen kurzen Zwischenstopp an dem Busparkplatz gemacht, wo er damals, an seinem ersten Tag Kahn getroffen hatte. Auch diesmal hatte er Glück. Der Mann, der kaum noch einen Zahn im Mund hatte, saß in seinem Bus und wartete auf eine Touristengruppe.

„Können sie sich noch an mich erinnern?“ fragte Patrick, nachdem er an die marode Tür geklopft hatte.

„Ja klar, sie sind der Junge aus London. Sie sehen gut aus. Viel besser als damals.“

„Danke, mir geht es auch wieder gut.“

Die beiden sprachen noch kurz miteinander und dann gab Patrick Kahn ein kleines Weihnachtsgeschenk, als Dankeschön, dass dieser ihm damals geholfen hatte.

Als sich Patrick dann auf den Weg zur Mission machte, begann er langsam nervös zu werden. Vielleicht war das alles doch keine so gute Idee. Patrick erinnerte sich daran, wie wütend Shari über Satifs Auftreten war und nun kam er mit einer ganzen Wagenladung von Geschenken an.

„Ich bin ein Idiot, Shari wird mich hochkant rausschmeißen", murmelte er, während er auf das Tor zufuhr. Aber nun war es zu spät, um umzukehren. Er hatte den ganzen Kofferraum voll mit Spielsachen, Büchern und Bekleidung. Die Verkäufer in dem Einkaufszentrum waren ganz aus dem Häuschen, als sie merkten, was er vorhatte und so wurde er von einem Laden zum nächsten geschickt. Seine Anwesenheit hatte sich schnell herumgesprochen und kaum betrat er ein Geschäft, wurde er schon von einer Traube Verkäufer empfangen. Die Ladenbesitzer hatten an diesem Morgen wahrscheinlich das Geschäft ihres Lebens gemacht und Patrick hatte viel mehr Geld ausgegeben, als er eigentlich wollte. Zum Glück konnte er es sich wieder leisten.

Patrick parkte den Audi vor dem Tor. Er wollte nicht gleich so viel Aufmerksamkeit erregen. Er stieg aus und warf einen vorsichtigen Blick in den Hof. Zwischen dem Kies standen noch einige

Pfützen, aber Menschen waren weit und breit keine zu sehen.

„Ob es hier Weihnachtsferien gibt?“ überlegte er sich. Patrick ging zu dem Audi zurück, öffnete den Kofferraum und griff sich die verschiedenen Tüten.

„Was machst du denn da?“, fragte plötzlich ein dünnes Stimmchen hinter Patrick. Er drehte sich um und entdeckte Mina.

„Mina, was für eine Überraschung, dass du mir hier als Erste begegnest.“

„Das du dich hier überhaupt noch her traust. Du machst dir keine Vorstellung, wie sauer Shari auf dich war“, Mina hatte die Arme in die Hüften gestemmt und baute sich vor Patrick auf. Patrick musste sich ein Lachen verkneifen. Er wusste von wem sie das hatte.

„Für mich war das auch nicht einfach. Warum diskutier ich hier überhaupt mit einem Kind.“ Patrick drehte sich um und suchte weiter die Tüten zusammen. Mina stand unschlüssig hinter ihm. Das er sie einfach ignorierte, war eine ungewohnte Situation für das Mädchen.

„Was hast du denn da?“ Mina drängelte sich neben Patrick und schaute in den Kofferraum. Als sie die ganzen Spielsachen sah, wurden ihre Augen immer größer. „Ist das etwa alles für uns?“

„Nur für die artigen Mädchen.“ Patrick lehnte sich an das Auto und verschränkte die Arme vor der Brust. Mina verzog das Gesicht. „Pass auf, wenn du mir hilfst die Sachen ins Haus zu bringen, dann bekommst du was."

„Dann wäre es aber besser gewesen, wenn du in den Hof gefahren wärst."

„Willst du nun ein Geschenk oder nicht."

„Ja, ich helfe dir ja schon." Mina nahm sich zwei Beutel, die Patrick bereits neben das Auto gestellt hatte. Nach ein paar Minuten hatten sie den Kofferraum leer und die Beutel standen im Hausflur.

„Danke für deine Hilfe und dafür darfst du dir hier was raussuchen." Patrick zeigte auf die Tüte aus dem Spielzeugladen, in dem die Teddys waren. Minas Augen wurden immer größer.

„Da kann ich mir wirklich was nehmen? Einfach so?"

„Natürlich, dafür sind die Sachen da. Von dem Rest lässt du aber die Finger. Da sollen sich Ashwara und Shari drum kümmern."

„Ich werde ein Kuscheltier haben, ganz für mich alleine." Das Mädchen kämpfte mit den Tränen, als sie einen der Bären an sich drückte.

„Mina, sag mal, Ashwara und Shari sind nicht zufällig da, oder?"

„Nein, ich weiß nicht. Sie sind schon eine Weile weg."

„Ok, na gut. Ich hätte gern mit ihnen gesprochen, aber das kann noch warten. Ich mach noch einen kleinen Spaziergang und fahr dann wieder. Viel Spaß mit den Sachen.“ Patrick ging in den Hof und schlug den Weg zum See ein.

Mina stand noch eine Weile bei den Einkaufstüten. Sie hätte zu gern gewusst, was sich da noch alles drin versteckte. Vorsichtig öffnete sie einen Beutel und entdeckte jede Menge Kleider in allen Farben des Regenbogens. Mit spitzen Fingern schob sie die Sachen beiseite, um zu sehen, was sich da noch versteckte. Mina war so vertieft, dass sie gar nicht mitbekam, wie der alte Transporter in den Hof fuhr.

„Das Auto hab ich noch nie gesehen, Ashwara. Sandeep ist es sicher nicht, aber vielleicht einer seiner Freunde."

Ashwara, die den Wagen erkannte hatte, winkte lachend ab: „Shari, wer zu uns will, fährt doch in den Hof. Vielleicht sind es Wanderer.“

Sie stiegen aus dem Transporter aus und gingen zum Haus. Shari war noch immer wütend:

„Die können hier aber nicht … was ist denn das?“ Shari stand in der Tür und konnte nicht glauben, was da alles im Vorraum sah.

Ashwara war genauso sprachlos: „Du meine Güte, das ist ja unfassbar. Mina, wo kommen die Sachen her?“

„Ich war es nicht.“

„Das ist schon klar. Wer hat denn das gebracht?"

„Ashwara, versprichst du nicht zu schimpfen."

„Warum sollte ich denn?"

„Ich weiß nicht. Ihr schimpft doch in letzter Zeit meistens."

„Ach Mina...", Shari ging zu dem Mädchen und legte ihr einen Arm um die Schulter. Mina biss sich verlegen auf die Lippen. Dann sagte sie durch die zusammengepressten Zähne:

„Patrick hat die Sachen gebracht."

„Patrick ist hier?", Shari stand da wie versteinert. Sie hatte nicht gedacht, dass dieser Tag jemals kommen würde. Am Anfang war sie so wütend auf ihn gewesen, dann besorgt und dann kam die Wut zurück. Diese Gefühle wechselten sich in den letzten Wochen immer wieder ab. Jetzt wusste sie nicht so recht wie sie mit der Situation umgehen sollte.

„Wieso hat er nicht angerufen?", sagte sie, mehr zu sich selbst als zu den anderen.

„Shari, das ist doch egal, er ist jetzt hier. Und es geht ihm gut."

„Woher weißt du das Ashwara."

„Wäre er sonst zurück gekommen?"

„Wo ist er jetzt? Sicher verdrückt er sich einfach wieder."

„Er wollte spazieren gehen. Er ist bestimmt am See", mischte sich Mina ein.

Shari raffte ihren Rock und lief nach draußen. So schnell sie konnte, rannte sie über die Wiese. Das ihre Schuhe und ihr Kleid dabei ganz nass wurden, störte sie nicht.

„Ich hätte ihn doch auch herholen können", Mina setzte einen Schmollmund auf.

Ashwara legte ihr von hinten die Arme über die Schulter und hielt sie fest: „Wir sollten ihnen ein bisschen Zeit geben."

„Dann können wir doch noch die Sachen weiter ansehen, oder?"

„Das machen wir später, wenn die anderen da sind." Ashwara schloß die Bürotür auf und stellte die Tüten dort hinein. Dann ging sie vor das Haus auf den Weg zum See. Mina war sich nicht sicher, ob sie ihr folgen sollte. Schließlich siegte die Neugierde und sie rannte hinter Ashwara her. Diese war an einem Strauch stehen geblieben und schaute zum Wasser. Dort standen Shari und Patrick. Sie hielten sich an den Händen und schienen die Welt um sich herum vergessen zu haben.

„Was machen die denn da?"

„Das ist doch egal, Mina. Verderben wir die Stimmung nicht. Komm, du kannst mir helfen den Transporter auszuladen."

Shari sah Patrick schon von weitem am See stehen. Er hatte ihr den Rücken zugedreht, aber er konnte ihre Schritte hören. Schnelle, sichere Schritte. Patrick wusste genau, wer den Weg entlang kam. Er konnte sich ein Lächeln nicht verkneifen. Das würde jetzt nicht einfach werden, aber auch nicht schwerer als das Aufeinandertreffen mit Ashwara. Shari wollte Patrick zur Rede stellen. Sie war das Gespräch hundert mal in Gedanken durchgegangen. Warum war er einfach verschwunden und hatte sich wochenlang nicht gemeldet? Aber als sie ihn da am Ufer stehen sah, hatte sie ihre Rede vergessen. Sie stellte sich einfach neben ihn und sagte kein Wort.

Patrick hatte sich zu ihr gedreht. Sie war noch hübscher, als er sie in Erinnerung hatte. Die beiden sahen sich einfach nur schweigend an. In diesem Moment hatte Patrick das Gefühl, dass alles gut war. Alle Sorgen und Ängste der Vergangenheit waren vergessen. Er hatte den Monsun überstanden.

ENDE

BOOKS BY THIS AUTHOR

Victoria Winkel: Die Geheimnisse Von Söderholmen

Amelie Edvardson wird von ihrer Vergangenheit eingeholt: Nach 13 Jahren droht ein dunkles Geheimnis ans Licht zu kommen. Um das zu verhindern, trifft sie eine Abmachung mit dem Staatsanwalt Michael Cedergren und muss von heute auf morgen mit ihrem Sohn Tom auf die kleine schwedische Ostseeinsel Söderholmen reisen. Die anderen Bewohner der Insel sind nicht besonders begeistert von den beiden Neuankömmlingen. Denn eine ganze Reihe Geheimnisse drohen ans Licht zu kommen.

Printed in Poland
by Amazon Fulfillment
Poland Sp. z o.o., Wrocław

80136155R00207